4

W0400921

LA MORSURE DES TÉNÈBRES

La dernière tentative des morts-vivants pour reprendre pied sur terre s'était soldée, à la fin de *Ténèbres sur Jacksonville*, par un échec retentissant et une cuisante humiliation. Au massacre général seule une poignée d'hommes et de femmes avait échappé. Parmi eux, Jem (Jérémie Hawkins), un jeune adolescent qui rêve de retrouver son camarade Laurie Robson et fait une fugue, et l'agent fédéral Marvin Hayes, qui s'inquiète de la disparition de Jem et de troubles événements survenus à la morgue d'Albuquerque. Le cauchemar va-t-il recommencer ?

Il semblerait bien en effet que les morts-vivants aient décidé une nouvelle invasion. Et leur premier objectif consistera sans doute à se débarrasser au plus vite des survivants de leur précédente campagne... Ces derniers vont donc devoir se retrouver afin de pouvoir se protéger et cette fois aller jusqu'au bout du voyage, vers l'empyrée où il leur faudra demander des comptes aux dieux qui, ils le sentent bien, se sont une fois de plus remis à leurs querelles assassines...

Tel est le démarrage d'un roman où, jusqu'au cœur des épisodes les plus romantiques et cruels, l'humour ne se dément pas, Brigitte Aubert ne manquant pas une occasion pour parodier les conventions du genre. Un humour référentiel qui fait toute la saveur de ce roman au suspense savamment entretenu.

Née à Cannes en 1956, Brigitte Aubert n'est pas une novice dans l'art subtil de faire peur. Auteur de nombreux scénarios, elle est aussi productrice de courts métrages, dont l'adaptation de son Nuits noires, *nouvelle primée au concours « Série noire TF1/Gallimard » de 1984. Elle a obtenu en 1996 le grand prix de Littérature policière pour* La Mort des bois.

Brigitte Aubert

LA MORSURE DES TÉNÈBRES

ROMAN

Éditions du Seuil

TEXTE INTÉGRAL

ISBN 2-02-040346-5
(ISBN 2-02-036572-3, 1re publication)

© Éditions du Seuil, février 1999

Le Code de la propriété intellectuelle interdit les copies ou reproductions destinées à une utilisation collective. Toute représentation ou reproduction intégrale ou partielle faite par quelque procédé que ce soit, sans le consentement de l'auteur ou de ses ayants cause, est illicite et constitue une contrefaçon sanctionnée par les articles L. 335-2 et suivants du Code de la propriété intellectuelle.

« ... Car ceux qui sont en vie savent qu'ils doivent mourir, mais les morts ne connaissent plus rien, et il ne leur reste plus de récompense, parce que leur mémoire est ensevelie dans l'oubli... »

L'Ecclésiaste.

Prologue

« Souvenirs, souvenirs… »

– Mange, enfoiré, mange, tu vas adorer ça !

Jem baissa les yeux sur l'assiette grouillante d'énormes blattes noires à l'abdomen brillant. Il sentit son estomac se tordre de dégoût tandis que le jeune garçon qui lui faisait face saisissait entre ses doigts blancs et bouffis l'un des gros insectes et le ramenait vers ses lèvres craquelées.

– Je te dis que c'est super bon, tête de nœud ! affirma Paul Martin, avant d'ouvrir démesurément la bouche et de happer délicatement la blatte, n'en laissant dépasser que l'arrière-train bombé et luisant.

L'insecte était vivant, ses pattes remuaient, griffant faiblement la peau terreuse et blême de Paul. Jem voulut fermer les yeux, mais rien à faire : ses paupières refusaient de lui obéir.

Il y eut un craquement sec, puis un liquide glaireux se mit à couler sur le menton de Paul qui mâchait d'un air satisfait.

– A toi, maintenant.

– Non, hurla Jem en se redressant dans son lit, non !

Il sentait son cœur battre à grands coups dans sa poitrine. Il essuya la sueur sur son front avec un pan de drap en se demandant s'il avait vraiment crié. Apparemment non : tout était calme dans le dortoir. Bobby Bronx ronflait, la bouche ouverte comme à son habitude, et Bum Bum Bubble poussait de petits couinements en froissant sa couverture entre ses mains. La routine. Soulagé, Jem s'appuya contre l'oreiller trempé de sueur. Les premiers temps, il criait toutes les nuits et les quinze autres garçons avaient pris l'habitude de l'asperger d'eau glacée pour le faire taire. Ça avait commencé à s'arranger après qu'il avait cassé la gueule à cette enflure de Bobby Bronx. Quels surnoms à la con ils avaient tous… Des clones de B2 Marquez et de Chevy Alonzo.

Mais B2 et Chevy étaient morts. Brûlés vifs en même temps que les 3 542 habitants de Jacksonville, Nouveau-Mexique. Brûlés vifs et certainement en train de pourrir en enfer, comme Paul Martin et les autres. En tout cas, c'était ce que leur souhaitait Jem, de toutes ses forces.

Il se rallongea, certain de ne pas pouvoir se rendormir. Bien que près de deux ans aient passé, il n'arrivait pas à oublier. Il n'en parlait plus au psychologue de l'institut, ni à personne d'ailleurs, mais c'était là, à l'intérieur de sa chair, comme si on lui avait cousu la peur sous les côtes. Respirant à son rythme, dormant avec lui, caressant sa bouche dans la nuit.

Il rejeta le drap, se rassit. Consulta la montre-bracelet aux aiguilles phosphorescentes que l'agent fédéral Samantha Wasterton lui avait envoyée pour son quatorzième anniversaire, deux mois auparavant. Quatre heures du matin. On était en octobre, il ne ferait pas jour avant six heures. Il soupira. Depuis quelques mois, loin de diminuer, les cauchemars s'étaient intensifiés. Pas une nuit sans que le visage exsangue de Paul ne vienne le tourmenter avec son odeur de charogne et ses chicots grouillants de vermine.

Quand il se réveillait, il se rappelait la réalité, et là, c'était pire. Tous ces cadavres animés et affamés, ces bouches pourvues de crocs jaunis tendues vers sa chair d'enfant, le crissement affairé des cafards et la main de Laurie crispée sur son bras, cherchant de l'aide… Il serra les dents, résolu à ne plus penser à rien. L'aube venait.

Le soleil allait se lever, bête et rassurant. Bum Bum Bubble péterait en rafales comme tous les matins et les autres lanceraient de grosses blagues débiles en se barbouillant de dentifrice. Oui, tout irait bien.

– « Le nègre cuit à point
C'est meilleur qu'le lapin !
Donne ton bras, mon p'tit amour,
Donne vite que j'le coupe
Pour l'mett' dans ma soupe… »

– Non !

Laurie Robson rejeta sa couette, ruisselant de sueur, le cœur douloureux à force de battre, avec l'impression que la main décharnée d'Hélène Martin était encore posée sur son bras, ses ongles griffus entamant sa chair tendre. La famille Martin… Frank, Hélène et leur fils, Paul, douze ans. Qui aurait pu imaginer que la famille Martin serait le vecteur de puissances maléfiques ? Il passa sa main brune dans ses épais cheveux noirs aux boucles drues. Est-ce que Jem faisait des cauchemars lui aussi ? Est ce qu'il rêvait de tout ça, est-ce qu'il revoyait leurs faces cadavériques nuit après nuit ? Leurs orbites creuses pleines de vers ? Leurs sourires sans lèvres ?

Il avait envie de vomir, mais ce n'était qu'une impression et il le savait : il ne vomissait jamais. Il restait simplement assis là, dans le noir, à écouter respirer ses cousins, Charles et Artie. Sa tante Janet avait bien voulu l'accueillir dans sa petite maison de Denver après la disparition de ses parents. Il dormait dans la chambre des gamins, dans un lit trop court pour lui. Ses parents. Le mot grinça dans sa tête comme une craie sur un tableau noir. Sa *mère.* Ses entrailles se tordirent. *Le sourire affamé de sa mère.* Il se cacha le visage dans les draps, refoulant les mots, la pensée terrible qui s'imposait à lui toutes les nuits : il avait été élevé par un cadavre, un cadavre maintenu artificiellement en vie par un miracle incompréhensible. Jacksonville tout entière n'était qu'une ville fantôme, une enclave où les morts pouvaient mener un simulacre d'existence réelle. Et Jacksonville avait brûlé. Avec ses parents.

Il se revit en haut de la colline, tremblant, serrant la main de Jem, tandis qu'ils contemplaient la ville en train de flamber à leurs pieds. Duck Rogers s'avançait dans les flammes, portant sa bien-aimée vers le cœur du brasier. Sa bien-aimée en train de se décomposer... Laurie secoua la tête dans l'obscurité de la chambre. Six. Ils étaient six à s'en être sortis. Lui-même, Laurel Robson, Jem – Jérémie Hawkins pour l'état civil –, le shérif Herbie Wilcox, les agents fédéraux Samantha Wasterton et Marvin Hayes, et enfin la vieille Ruth Mirales.

Il entendit tante Janet qui se levait dans la chambre voisine. Elle allait se rendre à la salle de bains avant de préparer des crêpes pour le petit déjeuner. Elle les leur laisserait au chaud dans le four. Elle prenait son service à l'hôpital à six heures. Laurie soupira. Le psy de l'école prétendait qu'un jour il oublierait. Mais il avait l'impression que c'était de plus en plus fort, comme si son cerveau refusait absolument qu'il oublie quoi que ce soit. Il essaierait de téléphoner à Marvin Hayes dans la journée.

Marvin décrocha, soucieux. Depuis quelques nuits, il faisait cauchemar sur cauchemar. Sa femme insistait pour qu'il retourne voir un médecin.

– C'est Laurie, lança une petite voix au bout du fil.

La main brune de Marvin se crispa sur l'écouteur.

– Ça va, Laurie ? demanda-t-il sans avoir envie de connaître la réponse.

– Ça peut aller, répondit Laurie d'une voix neutre. Est-ce que vous avez des nouvelles de Jérémie ?

– Oui. Samantha l'a eu au téléphone le mois dernier. Il va bien, il s'habitue à sa nouvelle vie.

Ce n'était pas exactement ce que Sam avait dit. Elle avait dit que Jem faisait semblant d'aller bien.

– Je veux le voir, disait Laurie, la voix tremblante.

Marvin hésita.

– Laurie, tu sais ce qu'a dit le psy, à Quantico…

Laurie serra les dents. L'expert ès gosses traumatisés… Une face rose récurée à la paille de fer, les dents alignées comme les pierres tombales d'Arlington.

– Il vaut mieux que vous ne vous fréquentiez pas, continuait Marvin. Ça ne ferait que raviver vos mauvais souvenirs, il faut laisser passer du temps, tu comprends ?

– Ça fait deux ans. Je ne suis plus un gosse, Marvin. J'ai quatorze ans maintenant. Je veux voir Jem. Il m'a sauvé la vie. Vous croyez que je pourrais l'oublier un jour ?

– Je vais voir ce que je peux faire, murmura Marvin, vaincu. Je te rappelle.

– Marvin, si je ne peux pas voir Jem, je m'enfuirai.

Il raccrocha, laissant Marvin indécis. Il y avait de l'urgence dans la voix de Laurie et cela le troublait. Comme le troublait cette impression de catastrophe imminente. Il ne pouvait plus entendre sonner le téléphone sans sursauter. « Je n'aurais pas dû arrêter les tranquillisants aussi vite », se morigéna-t-il. Était-ce une idée ou bien le ciel s'obscurcissait-il ? Il consulta sa montre. Seize heures. Le soleil ne se coucherait pas avant deux bonnes heures et il faisait déjà tellement sombre… Il mordilla pensivement le bout de son stylo, puis composa un numéro.

– Wilcox, j'écoute, lança une voix rocailleuse.

– Repos, Herbie.

– Salut, Hayes. Il fait beau à Washington ?

Marvin jeta un coup d'œil aux nuages noirs qui s'amoncelaient.

– Pas vraiment. Et chez vous ?

– Un temps radieux, comme d'habitude. Quoi de neuf ?

– J'ai eu un coup de fil de Laurie. Il veut voir Jem.

Wilcox se racla la gorge sans rien dire. Marvin attendit un instant, puis reprit la parole :

– Je voulais avoir votre avis. Vous savez que les médecins…

– Ce sont des cons, le coupa Wilcox en décapsulant une Bud bien glacée. Marvin, ça fait deux ans tout ça, deux foutues années et ces gosses-là, c'était comme des frères de sang. C'est mal de les empêcher de se voir, et vous le savez très bien. Seulement vous n'êtes qu'un enfoiré de bureaucrate.

– Vous avez rodé votre numéro, à ce que je vois. Le vieux shérif qui les a grosses comme des noix de coco.

Wilcox rit, et Marvin entendit la bière glouglouter dans son gosier, à plus de trois mille kilomètres de là.

– Coors ou Bud ? demanda-t-il.

– Depuis que ma dernière Coors était pleine de sang, je me suis mis à la Bud. Samantha rentre de Minneapolis ce soir. Elle veut rendre visite aux gosses. Vous allez vous y opposer, monsieur Ordre et Justice ?

– Non, je ne pense pas. Je crois que vous avez raison, Herbie. Et Ruth… est-ce que vous avez de ses nouvelles ? Toujours à Las Vegas ?

– Ouais. Il paraît qu'elle s'est transformée en machine à sous avec des boutons lumineux à la place des yeux. Je crois qu'elle a rencontré quelqu'un là-bas, ajouta Herbie d'un ton égrillard.

– Ruth ? A son âge ?

– Elle n'a que quatre-vingts ans, Marvin. Soyez moderne, mon vieux !

Ils échangèrent encore quelques propos sans importance, puis convinrent de se rappeler le surlendemain.

Wilcox raccrocha, pensif. Marvin avait l'air inquiet. Est-ce qu'il dormait mal lui aussi ? Il avala une grande gorgée de bière, sans parvenir à se défaire du sentiment de malaise croissant qui l'envahissait depuis quelques semaines. « Vous serez certainement sujet à des rechutes dépressives », leur avait dit le médecin-major qui les avait examinés à leur arrivée au camp militaire de Los Alamos.

Rechute dépressive. Voilà, il devait être en train de s'en taper une. Heureusement que Samantha rentrait ce soir. Une semaine de repos à passer ensemble avant qu'elle ne reparte pour Richmond. Il avala une autre gorgée de bière en se moquant de lui-même. Herbie Wilcox, cinquante ans, cent kilos de muscles, le dur à cuire, le célibataire endurci ! Il s'était fait complètement piéger par Sam. Sa seule manifestation d'indépendance avait été de refuser de la suivre en Virginie. Il avait repris du service comme shérif ici, à Mariano Lake, et pour lui, il n'était pas question de quitter le Nouveau-Mexique. C'était sa terre. Il ne pourrait pas vivre sans son odeur, sa poussière, son ciel. Mais Sam… Il acheva sa bière presque rageusement.

Le point lumineux se déplaça sur l'écran de contrôle de la cabine « affaires », informant Samantha qu'elle n'était plus qu'à 200 kilomètres de Gallup. A 200 kilomètres et des poussières d'Herbie. Il devait être en train de descendre bière sur bière, pas rasé, son Stetson cabossé enfoncé au ras des sourcils, ses traits de vieux chef indien plissés par la fumée de cigarette. Qu'il en profite. Parce que dès demain, changement de régime. Chemise propre, bottes cirées, restaurant français et champagne.

Elle bougea, cherchant une meilleure position sur son siège. Elle avait dormi presque tout le trajet, mais ne se sentait pas vraiment reposée. Elle avait dû rêver. Elle faisait des rêves épuisants, ces derniers temps. Des rêves étranges qui lui laissaient une impression vaguement érotique et en même temps franchement répugnante. Il fallait reconnaître que l'épisode Jacksonville avait réactivé un épisode douloureux de son enfance. Mais normalement, les réminiscences auraient dû s'estomper, pas s'aggraver… Elle refusa le café que lui proposait l'hôtesse et essaya de se plonger dans les magazines mis à sa disposition, tout en se disant qu'elle devait contacter Hayes pour l'informer qu'elle voulait aller voir Jérémie et Laurie. Jérémie n'avait pas répondu à leur dernière lettre. Laurie, lui, leur avait envoyé une carte postale avec le drapeau étoilé et ces quelques mots : « Mutant Laurel Robson en pleine forme. »

Elle se revit brusquement deux ans plus tôt, devant la pompe à essence de Jacksonville, entourée de corps putréfiés qui avançaient vers eux en grondant ; les deux enfants près d'elle, leurs petits visages graves et tendus, leurs torches enflammées à la main, prêts à défendre chèrement leur peau. Ils devaient avoir grandi, se dit-elle en fermant les yeux. Peut-être même étaient-ils en train de muer et… Elle sursauta violemment : elle avait eu l'impression que quelque chose grimpait le long de sa jambe. Elle se pencha, le souffle court, ne vit rien d'autre que son mollet nu et bronzé dépassant du jean. Pas la moindre blatte. Juste la gentille lettre de Ruth Mirales qui était tombée de son sac à main. Elle la ramassa et la rangea. Il faudrait aussi rendre visite à Ruth.

Les néons clignotaient jour et nuit, pulsant à travers la ville comme du sang coloré. Ruth les trouvait beaux. Elle aimait leur débauche de couleurs et l'impression qu'il n'y avait pas de nuit, ici. Non, pas de ténèbres à

Las Vegas, juste des flots de lumière et de bruit où elle se laissait dériver sans penser à rien. Surtout pas à Herbert, son défunt mari qui lui aurait reproché chaque cent dépensé dans ces foutues machines à sous. Et encore moins aux événements survenus deux ans auparavant, quand elle avait dû abandonner sa jolie maison de Main Street et que l'abbé Randall avait égorgé et dévoré cet enfant de chœur…

Ruth frissonna en introduisant un quarter dans la fente de la machine. Les rouleaux se mirent à tourner avec leur jolie musique apaisante et Ruth se détendit. Cette nuit encore, elle avait fait ce rêve, celui avec les énormes blattes… Est-ce que les autres rêvaient aussi ? Samantha Wasterton lui avait écrit que le shérif Wilcox et elle viendraient sûrement lui rendre visite un de ces jours. Ruth joua trois autres pièces en se demandant si elle avait vraiment envie de les voir. Le passé était le passé, était-il bien sage de le remuer ? Dans un quart d'heure, Kether Brown la rejoindrait. Elle aimait bien Kether. Il était si prévenant et si drôle… Oui, le passé était le passé et, à quatre-vingts ans, elle ne devait se préoccuper que de l'avenir.

1

– Alors, mon garçon, comment ça va aujourd'hui ?

– Bien.

Le docteur Ferguson examinait Jem d'un œil critique. L'adolescent avait pris du poids, des muscles, une bonne vingtaine de centimètres et une ombre de moustache blonde ourlait sa lèvre supérieure. Ses notes étaient correctes. Mais il avait le regard fuyant et de grands cernes sous les yeux. Un cas difficile, ce Jérémie Hawkins.

– Est-ce que tu dors bien, Jérémie ?

– Oui, ça va, lui répondit Jem en se grattant la cheville.

Quand est-ce que ce gros plein de soupe allait le lâcher ? Qu'est-ce qu'il voulait qu'il lui réponde ? « Je passe mes nuits avec des morts-vivants, et le plus drôle, docteur Ferguson, c'est qu'il ne s'agit pas de mauvais rêves, mais de vrais souvenirs ! »

– Dis-moi, Jérémie, ces cauchemars dont tu m'avais parlé… tu en as toujours ?

– Non, presque plus, mentit Jem en faisant craquer ses longs doigts.

– Tu sais, le shérif Wilcox m'a contacté. Il se fait du souci pour toi.

Grand bien lui fasse. Ce pourri de Wilcox avait toujours refusé que les survivants disent la vérité. Il avait laissé accréditer la thèse d'une intoxication par gaz hallucinatoires suite à des expériences militaires. Une folie homicide qui aurait conduit les habitants de Jacksonville à s'entretuer avant d'allumer l'incendie. Samantha, Marvin Hayes et la vieille Mrs Ruth avaient suivi, arguant que, de toute façon, personne ne les croirait, qu'ils devaient reconstruire leurs vies maintenant. Facile à dire. Ils étaient adultes, eux. Et Laurie avait sa tante. Lui, il n'avait personne et on l'avait fourré à l'orphelinat d'Albuquerque. Même s'ils appelaient ça « Foyer d'accueil », c'était un orphelinat.

– A quoi est-ce que tu penses, Jérémie ?

– Au match de base-ball de demain.

Le docteur Ferguson soupira. Il n'arrivait pas à communiquer avec l'adolescent. Il se pencha en avant, soucieux :

– Écoute, Jérémie, je sais que tu as vécu quelque chose d'horrible, quelque chose de si horrible que tu refuses d'en parler, mais si tu n'en parles pas, ça restera toujours à l'intérieur de toi et tu ne pourras jamais t'en libérer.

– Parce que vous en parler, ça pourrait me libérer ? lui répliqua Jérémie, goguenard.

– Euh… oui, acquiesça Ferguson, surpris.

– De vous parler de tous ces cadavres qui voulaient nous bouffer ? Ou du bruit de pastèque trop mûre qu'a fait la tête de mon grand-père quand le bus conduit par Paul Martin l'a écrasée ? Vous savez, juste avant que la mère de Laurie Robson essaie de dévorer son propre fils…

Ferguson tapota l'épais dossier posé devant lui.

– Jérémie, dit-il d'un ton conciliant, toute la ville a été empoisonnée par un produit chimique qui a rendu les gens… euh… différents. Ce n'est la faute de personne. Et en tout cas, pas la tienne. Tu ne peux pas vivre dans la haine.

Non, je ne peux pas, songea Jem, mais je ne peux pas vivre autrement non plus. Tout ce que je peux, c'est faire semblant de vivre normalement.

Il sortit du bureau du docteur Ferguson avec le sentiment d'avoir perdu un temps précieux. Mais précieux pour quoi faire ? Déambuler dans la cour avec les autres laissés-pour-compte ? Se joindre à la partie de basket ? Il éprouva soudain le vif désir de voir Laurie. Un désir quasiment irrépressible. Quelque chose de terrible allait arriver, il en était certain. Il considéra la clôture ornée de haies bien taillées. Rien d'infranchissable. Il n'était pas en prison, mais dans une institution pour adolescents sans famille. Il se dirigea vers le côté est, le plus éloigné des bâtiments, s'engagea d'un pas nonchalant dans l'allée bordée de saules et contourna la remise où le vieux Jenkins rangeait ses outils de jardinage.

– Tiens, tiens, on dirait que ça pue la merde…

Jem se retourna d'un bond. Bobby Bronx l'observait, hilare, adossé à la remise, Bum Bum Bubble à ses côtés. L'odeur lourde du shit flottait autour d'eux. Jem haussa les épaules.

Bobby fit un pas en avant et laissa tomber sa grosse main sur son épaule.

– Hé ! J'te parle, enculé !

– Lâche-moi.

– « Lâche-moi », singea Bobby d'une voix de fausset. T'aurais pas envie de me tailler une pipe, Hawkins ?

– Lâche-moi, répéta Jem d'une voix blanche.

Depuis deux ans, il ne supportait plus qu'on le touche. Les doigts de Bobby enfoncés dans sa chair le brûlaient comme des tisons ardents.

Bobby accentua sa prise. Il avait une bonne tête de moins que Jem et lui gardait rancune de la dérouillée que celui-ci lui avait filée deux mois auparavant.

– Bum Bum ! Amène-toi ! On va se marrer.

Bum Bum Bubble s'avança et dévisagea longuement Jem avant de lui tendre le joint.

– Tu veux fumer avec nous, Jem chéri ?

– Va te faire mettre.

– T'es pas poli, Jem chéri. Hein, Bobby, il est pas poli cet enculé ?

– Allez, fume, connard, fume, c'est de la bonne…

Fume. « Mange, enfoiré, mange. » L'image du plat de blattes enchevêtrées s'imposa à son esprit, la vision de Paul passant sa langue sur ses dents pointues et…

– Putain, t'es cinglé, t'es complètement cinglé !

Jem battit des paupières. Pourquoi est-ce que Bobby Bronx gueulait comme ça ? Et Bum Bum Bubble ? Qu'est-ce qu'il foutait à quatre pattes ? Il se tourna vers Bobby, dont la peau sombre avait viré au gris.

– T'approche pas, mec ! cria celui-ci en reculant.

Bum Bum Bubble vomissait dans l'herbe tondue de frais. Jem baissa les yeux vers sa main anormalement crispée. La pointe de son stylo-bille dépassait entre ses doigts tachés de sang. Du sang ? Mon Dieu ! Il se pencha vers Bubble et lui souleva la tête. Le garçon hoqueta, blême. Une large tache de sang auréolait son sweat-shirt gris, à la hauteur de l'estomac. « Mon Dieu, je suis devenu fou », pensa brièvement Jem en se tournant vers Bobby.

– Il faut prévenir le directeur ! Vite !

– T'es malade, Jem, t'es qu'un malade ! lança Bobby avant de se mettre à courir vers le bâtiment principal.

– J'ai mal, geignait Bum Bum en se tenant le ventre à deux mains.

Ils seraient là dans quelques minutes, les surveillants, le directeur, Ferguson avec sa sale tête d'homme qui comprend tout. Ils seraient là et ils l'enfermeraient pour des années. Parce qu'il était malade. Parce que personne ne le croyait.

Il entendit des gens courir, un brouhaha excité. Il empoigna la clôture.

– Excuse-moi, Bubble.

Il était déjà en haut et se laissait descendre de l'autre côté, dans Central Avenue. Il se faufila à travers la circulation et s'enfonça dans la ville, vers Old Town et ses nombreux touristes.

Le prof de bio dissertait sur le mode de reproduction des batraciens et Laurie imaginait monsieur Crapaud enfilant une capote. Il regarda sa montre impatiemment. Plus que cinq minutes de cours. Accélère, Brother Crapaud ! Déjà deux jours qu'il avait téléphoné à Marvin. Il songea au sac de sport dans son casier. Il y avait fourré des vêtements de rechange, des barres de céréales, du lait concentré, du fil dentaire, une carte routière et Jimmy, son Macintosh portable.

Sa voisine lui toucha le bras et il tourna la tête vers elle. Juddy lui sourit :

– Ça va, Laurie ? lui souffla-t-elle.

Laurie se dit une fois de plus qu'elle était ravissante et qu'il devrait vraiment essayer de l'inviter au ciné, mais plus tard. Il hocha la tête et reprit le cours de ses pensées. Il allait rappeler Marvin et si la réponse était négative, il prendrait son sac et se tirerait. L'orphelinat où ils avaient enfermé Jem se trouvait à Albuquerque. A environ 700 kilomètres. Il pouvait y être en deux jours d'auto-stop, peut-être moins en prenant l'US Highway 87 jusqu'à Springer, puis la 85. Cette foutue horloge n'avancerait donc jamais ?! La sonnerie annonçant la fin des cours retentit enfin et Laurie sauta sur ses pieds. Bousculant Juddy, il fonça jusqu'à l'une des cabines téléphoniques de la cour et appuya sur les touches, passablement énervé.

– Bureau fédéral d'investigations, bonjour, annonça une voix policée.

– Je voudrais parler à l'agent Hayes, s'il vous plaît, Marvin Hayes. C'est une priorité.

Marvin lui avait expliqué que le mot « priorité » déclenchait l'accès à son service. C'était le mot dont se servaient ses informateurs. Le standardiste manipula quelques touches et la voix chaude de Hayes résonna :

– Hayes à l'appareil.

– Vous ne m'avez pas rappelé.

– Oh, Laurie ! Eh bien, je…

– Est-ce que je peux voir Jem ? le coupa Laurie.

– Ce ne sera pas possible.

– Et pourquoi ?

– Il… Jem a disparu.

– Ils l'ont tué ? haleta soudain Laurie.

– Quoi ? Non, bien sûr, mais il s'est enfui.

– Enfui ?

– Laurie, Jem ne va pas bien. Il a attaqué un garçon de sa classe, il l'a grièvement blessé et il s'est enfui. S'il te contacte, il faut que tu m'appelles.

C'est ça, songea Laurie, compte là-dessus !

– Est-ce qu'on a une idée de l'endroit où il est allé ?

– Non, on a perdu sa trace. Mais on pense qu'il va peut-être essayer de venir te voir. Il a ton adresse… Laurie, tu m'entends ?

Laurie avait raccroché.

– Merde ! explosa Hayes, merde et merde !

Un grondement retentit dans le lointain et un superbe éclair déchira le ciel. Mais Hayes n'y prêta pas attention : il était en train de composer le numéro de Wilcox.

Laurie courut jusqu'à son casier et en retira son sac. Jem s'était sauvé. Et s'il venait ici, les flics le coinceraient. Ils allaient surveiller la maison de tante Janet. Mais Jem n'était pas stupide. Il ne viendrait pas. Non, c'était à lui, Laurie, d'aller le retrouver. Si Jem avait blessé ce mec, c'est sûrement qu'il avait une raison. Une raison grave. Laurie se mêla aux élèves qui sortaient, évita habilement Juddy qui se dirigeait vers lui et gagna la station d'autobus tout en recomptant mentalement l'argent dont il disposait. Il travaillait tous les samedis à la station de lavage du vieux Robinson et avait réussi à mettre pas mal d'argent de côté. Près de 500 dollars en presque deux ans. Un rouleau de billets bien serrés dans la poche de son jean.

A la gare routière, il acheta un billet pour Colorado Springs. De là, il essaierait le stop. Il allait voyager tantôt en autobus, tantôt en stop, pour brouiller les pistes.

Il s'assit au fond du bus, le nez collé à la vitre, une crispation douloureuse au creux de l'abdomen. Tante Janet serait furieuse. Et inquiète. Mais il devait y aller. Pas seulement pour Jem, mais parce qu'il sentait que quelque chose allait se passer. D'ailleurs y avait-il une seule raison valable pour qu'il ne se passe rien ? se demanda-t-il tandis que l'autocar s'ébranlait. A la bibliothèque, il avait lu tous les livres traitant du surnaturel, et sa conviction était faite. S'ils n'avaient pas rêvé, si Jacksonville avait vraiment été le théâtre d'une attaque de morts-vivants, c'était parce que des forces puissantes et maléfiques l'avaient voulu. Elles avaient réussi à trouver un accès sur Terre à travers la brèche ouverte par mégarde par le vieux Léonard, le grand-père de Jem. Pourquoi renonceraient-elles ? Jacksonville et ses zombis avaient brûlé, mais les forces qui les avaient dirigés étaient toujours là, tapies dans l'ombre, guettant la moindre faille pour envahir le monde. D'ailleurs les Martin avaient explicitement fait allusion à leur maître : un mystérieux « Versus ». Et dans le journal de la vieille postière, Miss Annabella, était écrit : *« La vie et la mort ne sont que les deux faces d'un même instant comme le jour et la nuit, et si le Jour a régné jusqu'à maintenant, voici venu le temps de la Nuit et des Légions obscures. »*

Il frissonna et se rencogna dans son fauteuil. Il faisait presque nuit et pourtant, il n'était même pas six heures.

– C'était qui ? cria Samantha en sortant de la douche.

– Hayes, lui répondit Herbie Wilcox en soupirant. Jem

s'est enfui. Ils ne savent pas où il est. Il a agressé un autre pensionnaire avec un stylo-bille.

– Quoi ?

– Il a perforé l'estomac d'un de ses camarades avec un putain de stylo-bille et il a foutu le camp. Ton charmant petit Jem.

– Ne sois pas stupide. Jérémie est un garçon très équilibré. S'il a fait ça, c'est qu'il avait une raison, protesta Sam en séchant vigoureusement ses cheveux roux coupés court.

– Il était tout à fait équilibré quand tu l'as connu. Maintenant, il est comme nous. Un survivant. Merde, Sam, c'est comme si ce gamin revenait du Vietnam ou d'un camp de concentration. Il est trau-ma-ti-sé, tu piges ?

– C'est toi qui es traumatisé et qui ne veux pas l'admettre, lui répliqua-t-elle. Herbie, ce gosse est seul, isolé, on lui a interdit de voir son meilleur copain, il n'a plus de famille et personne ne croit un mot de ce qu'il raconte.

Wilcox haussa les épaules.

– Si on avait dit la vérité, on se serait tous retrouvés en hôpital psychiatrique.

Sam s'approcha de lui et posa sa tête sur sa poitrine.

– Mais nous, on sait que c'est la vérité. On sait que les morts peuvent marcher, parler, se balader parmi les vivants, on le sait, Herbie. Nous ne pouvons pas faire semblant de croire à nos propres mensonges. Nous savons que nous sommes en danger. Partout. Tout le temps. Ne me dis pas qu'un vieux bagarreur comme toi ne sent pas le danger.

Wilcox se dégagea sans répondre, ramassa le journal posé sur la table basse et le lui tendit. Elle le prit, perplexe, parcourut les gros titres du regard, puis soudain elle le vit. L'entrefilet entouré au feutre rouge.

« MYSTÈRE À LA MORGUE D'ALBUQUERQUE. DEUX CORPS DISPARAISSENT. UNE FARCE DU PLUS MAUVAIS GOÛT !

« Hier matin, en venant prendre son service, le thanatopracteur Gary Wiggs a eu une mauvaise surprise : les deux corps qu'il devait préparer pour le service funèbre du lendemain avaient disparu ! Le fait est d'autant plus choquant qu'il s'agissait de deux jeunes enfants, Brenda et Jason Mc Mullen, malencontreusement décédés dans un accident de voiture. Pire encore, on a relevé sur le linoléum des traces de pas ensanglantés se dirigeant vers la sortie. On peut imaginer la détresse des proches. Quels dégénérés peuvent s'amuser à de tels actes ?... »

Sam reposa lentement le quotidien.

– C'est comme pour Miss Annabella, murmura-t-elle. Elle était morte, mais elle s'est réveillée à la morgue et elle est partie, nue, dans la nuit. Je l'ai lu dans son journal...

– J'ai téléphoné à Albuquerque, la coupa Herbie. Juste avant que Hayes appelle, pendant que tu étais dans la salle de bains.

– Bravo, les cachotteries ! C'est moi l'agent du FBI, Wilcox. Toi, t'es juste un bouseux qui met des contredanses.

– Ce n'est pas drôle, Sam.

– Ah bon ? J'essayais de t'imiter, tu sais... dans ton répertoire de dur à cuire.

– Je ne t'en ai pas parlé pour ne pas t'inquiéter inutilement. Je voulais d'abord avoir plus de renseignements. Tu n'es arrivée qu'hier !

– Et alors ? Ces renseignements ?

– Brenda avait huit ans et Jason quatre. C'est leur père, Allan Mc Mullen, qui conduisait. Il était ivre. Il a doublé en haut d'une côte. Un camion arrivait en face. Le choc a été terrible. Les gosses ont été tués sur le coup. Mc Mullen est dans le coma à l'hôpital. Sa femme est décédée il y deux ans. Cancer.

– C’est moche, dit Samantha.

– Au moins, elle n’aura pas vu crever ses mômes. Il y a un détail qui n’est pas précisé dans le journal. Le thanatopracteur avait déjà commencé son boulot. Il les avait recousus et rendus à peu près présentables. Mais il manquait encore une main au petit garçon.

Sam fit la grimace. Wilcox reprit :

– On l’avait rangée dans un truc spécial, tu sais… les boîtes réfrigérées où ils gardent les organes. Or, elle n’y est plus. Ça veut dire que les mecs qui ont fait cette… blague savaient où la main était rangée. Pas très plausible, si ?

Samantha frissonna et resserra la serviette-éponge autour de sa poitrine.

– Qu’est-ce qu’ils disent à Albuquerque ? lui demanda-t-elle d’une voix blanche.

– Qu’est-ce que tu veux qu’ils disent ? Ils pensent que c’est sûrement un employé qui a fait le coup. Mais pour le moment, ça piétine.

– Tu en as parlé à Marvin ?

– Oui. Il prend le premier vol pour rencontrer Agnello.

– Agnello ?

– Ralph Agnello. C’est lui qui est chargé du dossier de Jem. Je le connais de réputation. Un allumé d’extrême droite, mais un flic solide, du style qui plante les dents dans le gibier et ne lâche que quand la proie ne bouge plus. Pas vraiment un tendre, mais efficace.

– Je vois le genre… Herbie, la morgue… Tu crois que c’est *eux* ? Tu crois que ça recommence ?

Il s’approcha de la fenêtre et contempla l’horizon couvert.

– Je crois que ça a déjà recommencé.

Le lieutenant Agnello alluma un cigarillo et considéra l’immense Noir assis en face de lui. Ce salopard de fed portait un costard à chevrons et des godasses en cuir qui coûtaient au moins trois mois de paye. Agnello exhala un nuage de fumée et lâcha d'une voix nasillarde :

– Un mandat d'arrêt a été lancé contre ce garçon et vous me demandez de laisser tomber ?

– Je ne vous demande pas de laisser tomber, lui expliqua Marvin d'un ton las. Je vous demande de bien vouloir vous décharger momentanément de ce dossier et de me laisser m'en occuper.

Agnello, un petit bonhomme maigre aux traits tirés, se mit à ricaner :

– Atteinte à la sûreté de l'État ? Programme VICAP ?

– Lieutenant, ce garçon est important pour nous. Je ne compte pas le soustraire à la justice. Je veux simplement régler ça à ma manière.

– Vous vous croyez au-dessus des lois, hein, vous autres les agents fédéraux ?

– Je suis au-dessus de la plupart des lois de ce pays, lieutenant. Et j'ai un ordre de mission signé par le directeur lui-même, mentit Marvin avec assurance.

En fait, personne ne lui avait demandé de retrouver Jem. Le dossier « Jacksonville » était officiellement classé, en grande partie grâce à leurs mensonges à tous les six. Marvin ne tenait pas à le rouvrir, parce qu'il voulait garder son poste et non se retrouver dans un centre d'aide psychiatrique. Il s'était donc mis en disponibilité et chargé de mission lui-même, à l'insu de James Baldwin, son distingué supérieur.

– Vos histoires de secret militaire, hein ? glapissait Agnello. J'ai mené ma petite enquête, moi aussi. Ce gamin est un des rescapés de Jacksonville. Trois mille personnes ont péri dans l'incendie de la ville. Un jour d'orage ! Curieux, non ? Personne n'a pris sa bagnole pour se tirer. Non, ils se sont tous laissés crever bien sagement. Sauf six personnes. Dont vous. Et le gamin a raconté à qui voulait l'entendre que la ville était un repaire de zombis affamés, qui avaient essayé de prendre le contrôle sur les vivants… Tout ça à cause d'une brèche dans l'univers permettant aux démons de s'infiltrer dans notre espace-temps… Et c'est ce gosse qui vient d'essayer de tuer un de ses camarades. Il est cinglé, Hayes. Je ne sais pas ce qui s'est passé là-bas, mais maintenant, il est cinglé.

– Je le retrouverai, je le ramènerai. Mais dites à vos hommes de se retirer de l'affaire.

Agnello soupira.

– Remarquez bien que je discute pour le plaisir. Je ne suis qu'un flic aux ordres, monsieur le grand manitou de Washington.

Hayes se leva.

– Merci, lieutenant, pour votre coopération.

En refermant la porte, il eut vaguement l'impression d'avoir entendu murmurer quelque chose comme « sale con de nègre », mais ce devait être une impression.

Vers minuit, Jem se glissa sans bruit hors du squat. Des types dormaient dans le couloir, enveloppés de vieux journaux moisis. Il les enjamba et gagna la rue, déserte à cette heure, à part deux poivrots qui se chauffaient à un brasero de fortune. Tenaillé par la faim, il s'avança rapidement à travers les immeubles en ruine. Tout le quartier étant promis à la démolition, seuls les camés et les clodos y traînaient encore. Et les ados en cavale. Il décida de pousser une pointe jusqu'au supermarché ouvert la nuit qu'il avait repéré à deux rues de là. Il essaierait de piquer quelque chose. La veille, il avait réussi à faucher du fric à un des envapés écroulés dans le squat. De quoi acheter des barres de céréales et du jus d'orange.

Il progressait précautionneusement, lançant sans arrêt des coups d'œil furtifs autour de lui. Pas question de se faire prendre bêtement. Il allait traverser l'avenue défoncée quand il s'immobilisa brusquement.

Qu'est-ce que foutaient des petits gosses comme ça dehors à cette heure-là, dans ce quartier pourri ? Ils étaient deux, un garçon et une fille, et ils avançaient de l'autre côté de la route en se tenant par la main, d'une démarche hésitante. La fillette n'avait pas dix ans et le mouflet trois ou quatre. Est-ce que leurs parents les avaient abandonnés ? Est-ce qu'ils s'étaient enfuis ? Il eut une brève vision d'enfants torturés par des parents indignes et se sauvant dans la nuit. Il fit un pas vers eux et ils se figèrent, tournant lentement la tête dans sa direction. Ils étaient blonds tous les deux, comme Jem lui-même. Très pâles. Et bizarrement habillés, se dit-il. Le petit garçon portait un costume de velours noir et la petite fille une robe rose comme en mettent les demoiselles d'honneur. Jem n'arrivait pas bien à distinguer leurs traits, ils étaient trop loin, mais ils semblaient… souriants. Oui, souriants. Étrange. Ils n'avaient pas l'air effrayé ou malheureux. Le petit garçon tenait quelque chose à la main, un sachet en plastique qu'il balançait machinalement.

Jem fit encore un pas et le sourire des enfants s'accentua. La petite fille cacha sa bouche d'un air espiègle. Ils se rapprochèrent du grand tas d'immondices qui ornait le trottoir, loin du réverbère. La puanteur qui s'en élevait était si forte que Jem s'obligea à respirer par la bouche. Il ne supportait plus l'odeur des poubelles, ça lui rappelait trop les lourds remugles de putréfaction qui avaient pesé sur Jacksonville. Le petit garçon agita joyeusement son sachet et cria quelque chose.

– Qu'est-ce que tu dis ? lui demanda Jem en commençant à traverser.

– … faim !

Ils avaient faim. Mais… des gosses abandonnés en tenue de soirée ? Un bruit de pas retentit, l'empêchant de poursuivre ses réflexions. Une vieille clocharde arrivait, poussant un Caddie à trois roues dans un bruit de ferraille et de bouteilles vides. Elle s'arrêta à deux mètres des gosses.

– Qu'es'qu'foutez-là ? éructa-t-elle.

Jem recula dans l'ombre. Il ne tenait pas à ce qu'on le voie. Interrogée par des flics, même une vieille cloche pouvait se révéler dangereuse.

– … faim… répéta le petit garçon.

Et la petite fille pouffa à nouveau.

Jem se sentit gagné par une sorte de faiblesse. L'odeur de charogne des poubelles peut-être ? *Les enfants étaient si…* Ou le manque de nourriture ?… *bizarres.* Ou la fatigue, tout simplement ? *Habillés comme des poupées. Et pas du tout, pas du tout effrayés.* Jem s'essuya le front, soudain inondé de sueur. Le petit garçon fit un pas dans la lumière, en direction de la vieille femme et la lueur jaune du réverbère éclaira en transparence le contenu de son sachet en plastique. Pourquoi est-ce qu'il se balade avec *une main* dans un sac ? se demanda Jem. Et puis il prit conscience de ce qu'il venait de penser et sentit ses jambes mollir. Mais non, il était bête, c'était encore une de ses crises d'angoisse. Il avait mal vu. Ce n'était pas parce que deux gosses – *livides* – surgis de nulle part et vêtus de leurs plus beaux costumes comme ces gens *embaumés* qu'il avait vus l'autre fois à la télé avant que la surveillante change précipitamment de chaîne… ce n'était pas parce que… Jem hésita : il avait perdu le fil de ses pensées. Mais ces enfants… Le petit garçon avançait vers la vieille clocharde en chantonnant, la petite fille sautait d'un pied sur l'autre dans sa robe en mousseline rose… *comme celle d'Hélène Martin quand elle est sortie de sa tombe* et…

– Foutez le camp, hurla Jem, foutez le camp ! Ne les approchez pas !

– De quoi ?

La vieille femme tourna lentement son regard vers lui, toujours cramponnée à son chariot, vacillante.

– Partez ! Ils sont mauvais ! Partez ! cria encore Jem et la petite fille le regarda en souriant, découvrant sa bouche rouge garnie de *dents effilées.*

La vieille femme fit un pas en avant puis un pas en arrière, répétant « quoi ? » d'un air stupide.

Et le petit garçon se tourna à son tour vers Jem et lui adressa un grand bras d'honneur, et Jem vit qu'il n'avait pas de main, juste un moignon d'où s'échappait un os blanc.

Et l'odeur. L'infecte et épaisse odeur. Comment avait-il pu être assez bête pour penser qu'elle venait des poubelles et cette femme qui ne partait pas et…

Le petit garçon tira la vieille par sa robe et la vieille se pencha vers lui, cachée aux yeux de Jem par le Caddie. Il n'y eut pas de bruit, pas de cris. Juste un jet de sang qui monta à la verticale. La petite fille se mit à hurler de rire et se précipita vers Jem. Elle courait à quatre pattes à la manière d'un animal, d'un loup, d'un loup affublé d'une robe rose, la gueule ouverte, ses longs cheveux blonds flottant au vent, dans une épaisse odeur de viande avariée.

« Bouge, bouge ou t'es mort ! » Jem s'entendit-il hurler. Il recula, faillit tomber et se mit à courir vers le brasero, là-bas, à cent mètres. Cent petits mètres. Le brasero. Le feu. La sécurité. Les halètements de la petite fille derrière lui, tout près. L'impression que sa langue lui léchait les talons. Et son rire, incessant, stupide. Il trébucha sur un tuyau et tomba lourdement. Une petite main lui saisit la cheville, une petite main glacée aux ongles coupants, et la puanteur se répandit sur lui. Il hurla, battant désespérément des jambes, ramassa un gros moellon et frappa la petite fille à la tête, sentit la pierre s'enfoncer dans un crâne mou, vit la cervelle gicler. Il hurla encore en se relevant tandis que la petite fille au crâne défoncé époussetait sa robe.

– T'es vilain, lui lança-t-elle d'une voix aiguë, ses

yeux fixes et froids comme ceux d'un requin braqués sur le bas-ventre de Jem. T'en as une grosse ? Tu me la montres ?

Le cœur au bord des lèvres, Jem regarda la pierre tachée de cervelle et la projeta de toutes ses forces dans le visage de la gamine.

Elle vacilla comme un petit automate endommagé et Jem prit son élan, droit vers le brasero où les deux ivrognes chantaient en chœur.

Jem les bouscula sans même s'en rendre compte, plongea la main dans le bidon en fer, saisit un des charbons chauffés au rouge à pleine main et, sans tenir compte des exclamations stupéfaites des poivrots, le lança sur la gamine qui revenait à la charge. Le tison ardent atterrit à ses pieds, roussissant sa robe et la fillette fit un bond en poussant un tel hurlement que sa peau marbrée se craquela, laissant apparaître des paquets d'asticots luisants tandis que ses petites lèvres souriantes vomissaient d'énormes blattes noires que Jem écrasa sous ses boots en criant lui aussi. Les deux poivrots se mirent à hurler à leur tour tandis que la petite fille tapotait sa robe noircie de ses petites mains potelées. Et puis le garçon arriva, comme porté par le vent, à quatre pattes, d'une longue foulée souple. Les poivrots cessèrent de hurler et s'enfuirent à toutes jambes. Jem avança la main vers le brasero. Le petit garçon s'immobilisa, haletant, le regard plein de haine, de la bave dégouttant de sa bouche charnue. Il s'approcha de sa sœur, qui lui prit la main.

– Te tuera, dit le gamin calmement.

– Te tuera et te mangera, ajouta la petite fille. Il a abîmé ma belle robe, pleurnicha-t-elle en montrant les dégâts.

– Il est vilain, acquiesça son frère. Et bête. Très bête.

– Si vous approchez, je vous fais cramer ! hurla Jem, terrifié.

– Cause toujours, tu nous passionnes… rétorqua le gamin d'une voix soudain plus grave.

– A bientôt, Jem de mon cœur, lança la petite fille en s'éloignant.

– Fais de beaux rêves ! Rêve de nous ! surenchérit son frère.

Jem les regarda partir, la main suspendue au-dessus du brasero, tellement crispé qu'il sentait ses dents grincer les unes contre les autres.

Ils tournèrent le coin de la rue, gambadant et riant, main dans la main.

« Mal. J'ai mal. Pourquoi est-ce que j'ai si mal ? » Jem baissa les yeux et vit sa main, la paume boursouflée et à vif, la peau des doigts arrachée. Incrédule, il considéra le brasero sifflant. Il avait plongé sa main dans les braises ? Comme un de ces martyrs dont lui parlait Grand-Pa Léonard ? Il reporta son attention sur la rue maintenant déserte. Pourquoi avaient-ils abandonné ? D'habitude ils n'abandonnaient jamais. Il fallait prévenir les autres d'urgence. Prévenir Laurie. Mais comment ? Ils devaient surveiller la baraque de sa tante. Hayes marchait avec les flics, comme Samantha et Wilcox. Ruth. Ruth Mirales ! Elle ne le livrerait pas. Elle ne savait peut-être même pas qu'il s'était enfui. Samantha lui avait écrit que Ruth vivait à Las Vegas. On pouvait facilement passer inaperçu à Vegas.

Mais d'abord prendre le risque de téléphoner à Laurie. Lui dire que ça recommençait.

2

Marvin était en train de se raser, debout près de la fenêtre de sa chambre d'hôtel. Le fax de Jonathan, son assistant, l'informant que Laurie avait fugué à son tour était posé sur la télé qui diffusait le journal de sept heures. Il s'immobilisa soudain. « Une sans domicile fixe retrouvée égorgée près de Nob Hill, disait la speakerine apprêtée comme un caniche royal. La victime, Lucinda Gonzales, dite "Drunk Lulu", âgée de quarante-huit ans, a été retrouvée au pied d'un immeuble en ruine, vidée de son sang. Le seul témoignage dont disposent pour l'instant les enquêteurs est le récit d'un témoin oculaire, Jerry Muholland, cinquante-quatre ans, sans domicile fixe également, vétéran du Vietnam. »

Le menton couvert de mousse à raser, Marvin se tourna vers l'écran de télévision, comme y apparaissait un homme à qui on aurait donné soixante-dix ans. Longs cheveux emmêlés, barbe graisseuse, enveloppé dans un manteau de l'armée rapiécé, grosse écharpe autour du cou. « Je me chauffais avec un pote près d'un brasero, balbutia Muholland, quand on a vu arriver ce jeune, comme un fou il courait ! Et les deux autres, ils le coursaient de près, des tout petits mômes, même qu'on a cru qu'ils étaient tous de la même famille, et puis le jeune, il a plongé la main dans le feu, comme ça, et il a bombardé les gosses avec des gros bouts de charbon, et puis la petite… ouais ils étaient deux, les gosses, une fille et un garçon, et la petite, elle s'est mise à gueuler à cause des cafards, des bestiaux vachement balèzes, fallait voir, et nous, on a préféré s'éloigner, parce que le jeune, là, il avait pas l'air net, sûrement que c'est lui qui lui a fait son affaire à Lulu… » « Le lieutenant Agnello et son équipe n'ont pas été en mesure de nous donner d'autres précisions sur ce meurtre sordide », reprit un jeune présentateur à la mise en plis impeccable, « ni de confirmer ou d'infirmer ce témoignage… Notre prochain bulletin à neuf heures… ».

Marvin zappa précipitamment, mais ne réussit qu'à capter des feuilletons ou de la pub. Il s'essuya le menton avec une serviette de toilette et se précipita sur son téléphone. Deux gosses. Un ado. Une femme égorgée. Ses doigts tremblaient lorsqu'il composa le numéro du portable d'Agnello.

– Ouais ?

– Marvin Hayes. Je viens d'entendre les infos.

– Il est sept heures, Hayes. Vous savez où je suis à sept heures du mat' ? A la morgue. En train de regarder le cadavre d'une vieille cloche dont la gorge a été tailladée jusqu'aux cervicales. Le légiste est en train de scier la boîte crânienne, vous entendez ? Zzzz... Zzzz. Super avant le petit déjeuner.

– Le témoin a-t-il décrit le jeune garçon ?

– Tiens, tiens, on réfléchit ! Vous êtes vraiment des as, vous autres, les fédés. Ouais, il l'a décrit. Un jeune blond d'une quinzaine d'années, dans les 1,80 mètre, mince, avec un sweat gris et un jean. Ça vous dit quelque chose ? Moi, j'ai un signalement comme ça, dans mes fichiers. Celui d'un jeune qui s'est fait la malle du Foyer d'accueil de San Felice avant-hier.

Marvin pouvait presque entendre le sourire d'Agnello. Celui-ci reprit :

– Maintenant, ils sont en train d'extraire le foie, c'est marrant comme tout. Bon, qu'est-ce qu'on fait ?

– Il faut que je vous voie.
– Où êtes-vous ?
– A mon hôtel, dans Central Avenue.
– OK, dans une heure au coffee shop en face de la fontaine de Civic Center Plaza. C'est vous qui payez.

Laurie n'était pas là. Jem s'éloigna du téléphone public, songeur. La femme qu'il avait eue au bout du fil était certainement tante Janet. Elle avait prétendu que Laurie était parti au collège. Est-ce qu'il voulait laisser un message ? Elle avait la voix tendue, soucieuse. « Non, je rappellerai », lui avait-il répondu avant de raccrocher. Il avait vu assez de films pour savoir que l'appel avait été trop court pour qu'on puisse en localiser la provenance. Il consulta sa montre. Sept heures. Laurie était déjà parti à sept heures ? Peut-être qu'il habitait loin et qu'il lui fallait une heure pour gagner le collège. Il frissonna. Il était glacé, affamé et ankylosé. Il avait passé la nuit sous des cartons d'emballage, près d'Old Town Plaza, un des quartiers les plus animés de la ville. C'était imprudent, vu que les flics y faisaient de fréquentes patrouilles, mais Jem avait besoin d'entendre du bruit, des gens, de voir de la lumière. Il avait ouvert les yeux à six heures, en entendant les bennes à ordures, et, assis sur les marches d'une pizzeria, recroquevillé sur lui-même, avait attendu sept heures pour appeler Laurie. Début octobre, le thermomètre affichait volontiers 22° dans la journée, mais au petit matin ça plafonnait dans les 9, 10° et Jem ne portait qu'un tee-shirt et un sweat. Sa main le faisait terriblement souffrir. Il avait déchiré une manche de son tee-shirt pour l'envelopper tant bien que mal, mais ressentait des élancements jusqu'au coude. Il repéra une épicerie en train d'ouvrir et décida de tenter sa chance. Il devait manger. Et après, se tirer pour Las Vegas.

Marvin se brossait les dents sans conviction. Jem... Jem impliqué dans un meurtre... impossible. Et ces gosses, qu'est-ce que des gosses venaient faire là-dedans... Une femme égorgée, des enfants, et Jem. L'appréhension lui serra l'estomac. Il fallait contacter Wilcox et Samantha, ils pouvaient être là en deux heures. Il fallait qu'ils se réunissent à nouveau. Et vite. Le téléphone sonna, le faisant presque sursauter.

– Un appel de Denver, monsieur.

– Passez-le-moi. Oui ?

– C'est Jonathan, Marvin.

La voix de son jeune collaborateur tremblait d'excitation.

– Il y a du nouveau. Quelqu'un a cherché à joindre Laurie Robson chez sa tante, ce matin à sept heures précises. Un adolescent, d'après la voix. On n'a pas pu localiser l'appel.

– Bon. Pas de problème au bureau ?

– M. Baldwin souhaitait savoir si vous aviez avancé sur le dossier Socorro.

Socorro. Un étudiant en droit suspecté d'avoir commis plus de trente crimes dans vingt États différents.

– Je lui ai dit que vous aviez dû vous absenter quarante-huit heures pour des vérifications de procès-verbaux.

– Parfait. Merci.

Marvin se massa les tempes de ses longs pouces effilés. La journée commençait mal. Comme deux ans plus tôt, quand il avait débarqué par un beau matin d'été à Jacksonville avec Samantha afin d'enquêter sur quatre meurtres qui venaient de se produire en moins de soixante-douze heures. Il tendit la main vers le flacon posé sur la table de nuit et avala deux pilules. Il avait souvent mal à l'estomac ces derniers temps. « Trop d'acidité, trop de stress » avait dit le docteur. « Ménagez-vous. » C'était ce qu'il faisait. Il n'allait plus sur le terrain. Il avait demandé, et obtenu, sa nomination à un poste d'analyste. Jem, c'était une exception.

Wilcox répondit d'une voix ensommeillée, mais cessa de bâiller dès que Marvin lui eut fait un bref résumé de la situation. Ils décidèrent de se retrouver à dix heures trente devant le Convention Center.

Marvin s'habilla rapidement ; costume anthracite impeccablement coupé, chemise bleu pétrole, cravate gris souris. Même dans les situations difficiles, il portait toujours le plus grand soin à son habillement. Il avait besoin que son miroir lui renvoie une bonne image de lui-même pour se sentir prêt à affronter le monde extérieur. Il se donna un dernier coup de peigne et sortit de l'hôtel à l'instant précis où, cent mètres en aval, Jem se faufilait hors de l'épicerie, du lait concentré et des barres chocolatées coincées dans la ceinture de son jean.

– Hé, toi ! lança soudain le vendeur en jaillissant de derrière sa caisse.

Jem ne se retourna pas, marchant rapidement vers Central Avenue et son animation.

– Hé ! Toi, là-bas ! Viens un peu voir !

La voix se perdit dans le bruit de la circulation et Jem se remit à respirer. Il s'engouffra dans l'entrée d'une galerie de jeux vidéo et commençait à déchirer l'emballage d'une barre quand il aperçut Hayes sur le trottoir d'en face. Il cligna des yeux. Pas de doute, c'était bien Marvin Hayes, dans un super costume gris, les traits tirés, qui avançait de sa longue foulée rapide. Jem hésita un instant à l'appeler. Le mettre au courant pour les deux mômes. Mais Hayes était un flic. Un flic fédéral, mais un flic. Il le remettrait dans une institution quelconque et il ne voulait pas être enfermé. Pas avec ce qui se préparait. Il se renfonça dans l'ombre jusqu'à ce que Hayes se soit éloigné. Puis il sortit et reprit l'avenue dans le sens contraire.

Agnello était assis sur une banquette en moleskine rouge, près de la vitre, et contemplait son gobelet de café d'un air morose. La plupart des consommateurs étaient seuls et mangeaient rapidement, en parcourant des dossiers. Les employés du Civic Center et de l'université toute proche, se dit Hayes en s'asseyant en face d'Agnello.

La serveuse se matérialisa instantanément.

– Café ? lança-t-elle d'une voix éraillée, tout en desservant la table voisine.

– Non, thé.

– Thé ?

Agnello le regardait avec un sourire condescendant.

– Chaque fois que je me rends dans un petit bled bien ringard, je rencontre un petit flic bien ringard qui s'imagine être très malin, lui rétorqua Marvin tandis que la fille s'éloignait avec son plateau surchargé. Ce doit être une des lois de la nature dans notre beau pays.

Agnello lui lança un regard torve, puis se mit à touiller son café en faisant crisser sa petite cuillère.

– Seigneur, soupira Marvin, vous n'avez vraiment rien de mieux à faire dans la vie que d'essayer d'établir un rapport de force avec moi ?

– Le baratin psy. Dès qu'on croise un fed, on peut ouvrir son parapluie : il va pleuvoir du psy. Et pendant ce temps, les tueurs s'en donnent à cœur joie. Écoutez, monsieur Hayes, je vais être franc avec vous : j'aime pas les feds, j'aime pas les métèques et j'aime pas qu'on vienne chier dans mes bottes.

La serveuse déposa le thé devant Marvin, tout ouïe.

– C'est le langage de ce gentleman qui vous fascine ? lui lança Marvin en remplissant sa tasse. Il s'entraîne pour le rôle du demeuré dans un feuilleton policier.

La serveuse s'éloigna en pouffant tandis qu'Agnello écrasait rageusement son cigarillo dans son gobelet de café.

– Bien, reprit Marvin en se tamponnant les lèvres, et si on en venait à l'objet de notre rencontre ? Il y a du nouveau ?

– Je ne vous aime pas, Hayes. Ni votre gueule de singe, ni vos beaux costumes à trois cents sacs.

Hayes s'intima de rester calme. Ce n'était pas la première fois qu'il était confronté à ce genre de situations. Le flic obtus et raciste, cramponné à son costume en Tergal froissé et à ses cigarillos puants. Il se mit à fredonner *KMA Blues* d'un air détaché. Un principe qu'il avait acquis en jouant aux Dirty Dozens quand il était gosse : se payer la tête de quelqu'un sans qu'il s'en rende compte. On appelait ça le *capping*. Et il était quasiment sûr qu'un pignouf comme Agnello était incapable de comprendre l'allusion. *« Kiss My Ass »*… Un tube black des années quarante.

Agnello resta un moment silencieux, puis sembla décider que le jeu n'en valait pas la chandelle et haussa les épaules.

– D'après le légiste, dit-il, ça s'est passé hier soir, entre vingt-trois heures et deux heures du mat'. Il n'a pas pu déterminer l'arme du crime. La gorge était déchiquetée sur toute sa largeur, et il y a des traces de morsures sur les joues et les seins. Il manque de gros morceaux de chair. Vous savez ce qu'il m'a dit ? Il m'a dit qu'il avait l'impression qu'on lui avait ouvert la gorge à coups de dents… Marrant, non ?

Marvin se resservit une tasse de thé, le cœur battant. *Morsures*. C'était ça, c'étaient « eux ». Ils étaient revenus. Et Jem s'était trouvé mêlé à l'affaire, comme la première fois. Mais pourquoi ? Tout cela faisait-il partie d'un plan ? Avaient-ils un rôle à jouer dans cette bataille ? Il se rendit compte qu'Agnello continuait de parler, penché vers lui :

– Écoutez, monsieur Hayes, j'ai étudié le dossier Jacksonville.

Hayes haussa un sourcil. Agnello eut un sourire rusé :

– Oh, je connais du monde à Los Alamos. Ça fait trente ans que je suis flic ici. J'ai lu la description des blessures constatées sur les cadavres. La théorie officielle est que, suite à des expériences militaires antérieures classées top secret – notez comme c'est pratique –, une poche de gaz toxique se serait accumulée autour de Jacksonville et déversée sur la ville en raison d'une conjoncture météo défavorable. Un Tchernobyl chimique. Comme à Seveso. Bref, il en ressort que la plupart des habitants rendus fous par le gaz hallucinogène se seraient entretués en s'entredévorant !

Il tapa du poing sur la table.

– Vous le savez, vous y étiez, reprit-il. Et Jérémie Hawkins aussi. Et cette nuit, une vieille femme se fait à moitié dévorer et Jérémie Hawkins est là. Qu'est-ce que je dois conclure ? Que l'empoisonnement a peut-être des effets retard ?

– Dans ce cas, je pourrais moi-même me révéler dangereux, lieutenant, lâcha Marvin d'une voix douce.

– Ouais. Renouer avec vos ancêtres cannibales.

– Encore une seule remarque comme celle-là, lieutenant, et je vous casse tous les doigts de la main droite, celle qui vous sert à tenir votre flingue et à vous gratter les couilles, vos deux activités favorites, je crois ?

Agnello examina Marvin à travers ses paupières mi-closes. Le mal blanchi ne plaisantait pas. Il avait le sourire doucereux d'un type prêt à vous larder de coups de couteau.

– OK. C'est vous le grand Bwana sur cette affaire. Mais moi, je sais ce que je pense !

– Vous en êtes sûr ? Je veux dire, de *penser* ? lui demanda poliment Marvin.

– Je crois que vous nous avez menti, chuchota Agnello en négligeant la remarque.

Marvin sentit la sueur dégouliner dans son dos.

– Je crois que ce n'était pas un gaz empoisonné. C'était pire. C'étaient les petits hommes gris.

Interloqué, Marvin considéra son interlocuteur. Agnello avait l'air sérieux.

– Roswell… ajouta-t-il d'un air de conspirateur. Personne n'a fait la relation entre l'homme de Roswell et les essais atomiques de Los Alamos. Mais regardez bien la date : 1947. Roswell n'est pas un E.T., monsieur Hayes, c'est un putain de mutant. Et il n'était pas le seul. Ils étaient plusieurs, ils se sont reproduits, ils se sont cachés à Jacksonville, mélangés à la population. J'ai regardé une carte. C'est évident. Des mutants cannibales, Hayes, et votre Jérémie en est un !

Hayes le dévisageait, bouche bée. « L'homme de Roswell. » Le prétendu humanoïde découvert en 1947 après le crash d'un objet volant non identifié dans cette région désertique du Nouveau-Mexique et sur lequel on accusait les autorités militaires de l'époque d'avoir fait le black-out le plus complet. Une cassette vidéo de l'autopsie du prétendu extraterrestre circulait sur tous les continents.

– C'est pour ça que vous êtes sur le coup et qu'on me demande de laisser tomber… continuait Agnello de sa voix traînante. Secret d'État…

Marvin avala une gorgée de thé froid pour se donner contenance. Et si la théorie d'Agnello était moins absurde qu'il n'y paraissait ? A moins que les créatures sorties de leurs tombes ne soient issues d'un autre univers et n'aient eu que l'apparence d'êtres humains ? Croire à l'existence d'êtres venus d'une autre galaxie aurait permis de retomber dans un monde délicieusement rationnel où les morts ne poursuivaient pas les vivants pour les dévorer.

Il prit conscience du fait qu'Agnello se levait.

– Je dois y aller, j'ai du boulot. L'addition est pour vous, monsieur Hayes. Et j'espère que vous allez très vite mettre la main sur ce foutu mutant. Avant que les villes soient pleines de carcasses de braves citoyens rongées jusqu'à l'os.

Ce type est cinglé, songea Hayes en regardant Agnello s'éloigner dans l'air vif du matin, minuscule dans son gros blouson de cuir noir, son minable pantalon bleu ciel entortillé autour de ses maigres tibias.

Il paya et sortit à son tour, désireux de marcher un peu avant son rendez-vous avec Herbie Wilcox et Samantha.

Des E.T. cannibales. Rassemblés sous la houlette de Léonard, le grand-père de Jem. Imitant des corps décomposés pour rire. Ou n'étant pas soumis de manière irréversible au processus de la mort. Des corps identiques aux nôtres, mais immortels. « Ce cinglé m'a foutu ses idées de cinglé dans la tête », marmonna-t-il en boutonnant sa veste.

Laurie s'éveilla en sursaut. L'énorme camion venait de se garer devant une pompe à diesel.

– On est à Medalanes, annonça le routier en bâillant. Je vais manger un morceau. Si ça te dit…

Laurie hocha la tête et ouvrit la porte. L'air froid le surprit. Il se sentait fatigué, mal réveillé. Après avoir changé deux fois d'autobus, à Pueblo et à Trinidad, il avait fait du stop dans une station-service pendant près de deux heures avant que quelqu'un accepte de le prendre. Il avait dormi quelques heures dans le camion, tassé en boule contre la porte, la main serrée sur son fric. Il consulta sa carte toute froissée : Medalanes. On se rapprochait. Il serait à Albuquerque dans la matinée.

Jem passa lentement devant la gare routière, le visage à demi caché par le capuchon de son sweat. Deux gros costauds étaient plantés de part et d'autre des guichets, apparemment en transe devant le tableau des horaires. Des flics. Il avait tenté sa chance à la station centrale une demi-heure plus tôt et là aussi avait dû battre en retraite. Ils avaient bouclé la ville. Il ne s'agissait plus seulement de retrouver un gamin en fugue, mais de mettre la main sur le principal suspect d'un meurtre, se dit-il avec dégoût. Et pendant ce temps, les deux petits salopards devaient se terrer dans un trou à rats et attendre la prochaine nuit avec impatience.

Il continua à marcher en cherchant désespérément un moyen de se faufiler à travers les mailles du filet. Il avait l'impression que sa main avait doublé de volume et son bras était parcouru d'élancements violents qui le faisaient transpirer. Et si ça s'infectait ? Il se força à se concentrer sur le problème présent. Rejoindre Las Vegas et la présence rassurante et chaleureuse de Ruth Mirales. Il tâta sa poche arrière pour s'assurer que le crucifix qu'il avait volé dans l'église de San Felipe Neri était toujours là et le contact de l'objet lui fit du bien. Ruth avait rétamé plus d'un zombi avec, ça leur faisait exploser la tête comme une balle dum-dum. Une voiture ralentit et Jem sentit son cœur s'arrêter tandis qu'une voix lançait :

– Hé, fiston !

Il tourna lentement la tête et vit un type entre deux âges, la tête à la portière, une carte sur les genoux :

– Je cherche le Balloon Fiesta Park.

Perdu dans ses pensées, Jem soupira. Le Balloon Fiesta Park ? Ah, oui, c'était là qu'avait lieu tous les ans l'International Balloon Fiesta, le grand lâcher de montgolfières.

– Ce n'est pas par là, il faut faire demi-tour… c'est un peu compliqué à expliquer…

Le type avait l'air ennuyé.

– Je suis déjà en retard, on a une exhibition à neuf heures trente, mais j'ai crevé en venant…

Jem le détaillait machinalement. Il ressemblait à Errol Flynn dans ses derniers films, et il puait le whisky. Il avait enfilé une chemise blanche impeccable par-dessus un tricot de corps et s'était mouillé les cheveux pour se coiffer. Sa voiture, une vieille Corvette, était immatriculée à La Nouvelle-Orléans. Jem se décida soudain :

– Si vous voulez, je peux vous y conduire.

– C'est vrai ? T'as le temps ? Tu dois pas aller en classe ?

– J'ai pas cours ce matin. Notre prof est malade. Et puis ça me permettra de voir les ballons.

– OK, monte !

Un coup de sifflet impératif retentit comme Jem ouvrait la portière et il faillit se cogner la tête contre le toit.

– Dégagez, vous bloquez la circulation ! gueulait un grand flic en agitant sa matraque.

– Pas de problème !

Errol Flynn démarra en cahotant sous le regard furieux du flic.

– Mon nom est Richie Cole. Mes amis m'appellent Buddy. Je suis un alligator.

Jem ferma les yeux. Encore un malade.

– Un musicien blanc, si tu préfères. J'ai deux passions dans la vie : le jazz New Orleans et les montgolfières.

– Et vous gagnez votre vie avec ça ?

– Exactement. Je joue dans un orchestre. Et je vole avec l'Aerostatic Club de New Orleans… qui doit se tordre de désespoir en regardant l'heure.

– Tournez à gauche, lança Jem, je connais un raccourci. De quel instrument vous jouez ?

– Trompette.

Stephen Boyles aussi jouait de la trompette. Et vachement bien. C'était le seul cadavre que Jem ait connu qui ait jamais monté un orchestre. Faut dire qu'il savait pas qu'il était mort. C'était ça le problème : à Jacksonville, les morts croyaient qu'ils étaient vivants, alors quand ils s'étaient rendu compte que c'était inexact, ça avait forcément posé quelques problèmes.

– Tu t'es fait mal à la main ? demanda Richie Buddy Cole.

– Je suis tombé en faisant du cross, rien de grave.

Le type hocha la tête sans rien dire. Jem le trouvait bizarre, indéfinissablement bizarre. Sa voix, tantôt grave tantôt flûtée, peut-être. Ses manières délicates qui contrastaient avec son visage viril. Il tourna la tête. Le siège arrière était encombré de valises et de costumes. Enfin pas vraiment des costumes. Des robes. Des robes scintillantes à paillettes. Une perruque orange fluo reposait sur l'accoudoir central. Jem reporta son attention sur Richie Buddy Cole qui conduisait paisiblement, les deux mains sur le volant. Deux mains fines aux ongles longs soigneusement manucurés et recouverts de vernis transparent.

– Dans quel club vous jouez ? demanda-t-il d'une voix mal assurée.

– The Old Queens Band, lui répondit Buddy en se fendant d'un large sourire. Mon nom de scène, c'est Eliza.

– Très joli, approuva Jem, et il s'écarta de Buddy Cole de vingt bons centimètres.

Ils s'engagèrent dans Fiesta Balloon Park à neuf heures trente-sept. A cinquante mètres de là, Laurie était en train de remercier le chauffeur du camion. Si Jem avait regardé dans le rétro à ce moment-là, il aurait pu le voir, debout avec son sac sur l'épaule, attendant que le feu passe au vert pour traverser. Mais il ne regarda pas dans le rétro, tout occupé qu'il était à peaufiner le plan qui venait de germer dans sa tête.

3

Samantha étreignit nerveusement Hayes qui échangeait une poignée de main avec Wilcox.

– Marvin ! Tu n'as pas changé d'un pouce !

– Ce n'est pas l'avis de ma femme. Elle dit que j'ai encore grandi.

Marvin mesurait deux mètres cinq et c'était toujours un sujet de plaisanterie. Samantha hocha la tête.

– C'est parce que tu as maigri. Tu as vraiment maigri, Marvin.

Sa sollicitude le toucha. Ils avaient été coéquipiers pendant plusieurs années, jusqu'à ce que Marvin décide d'arrêter les enquêtes sur le terrain après le drame de Jacksonville. C'était drôle de penser qu'à cause de ce même drame, Samantha, l'inflexible célibataire, avait fait la connaissance du shérif Wilcox, le réfractaire à l'amour, et que ces deux-là avaient maintenant une liaison.

Ils se mirent à marcher, indifférents à la circulation, au bruit, aux autres. Marvin leur fit une relation détaillée des derniers événements et de sa conversation avec Agnello.

– Ralph Agnello fait partie de la John Birch Society, expliqua Wilcox, ce n'est pas vraiment un progressiste. Mais c'est un flic sérieux.

– Qui croit à l'existence de petits hommes gris nés à Roswell…

– Il a toujours eu un côté un peu mystique. Son père était prédicateur.

– Herbie, c'est un cinglé. Je suis persuadé que s'il met la main sur Jem avant nous, il lui collera une balle dans le crâne. Il faut qu'on le retrouve. Et qu'on retrouve Laurie.

– Sans oublier les petits Mc Mullen, murmura Samantha, pensive.

– Si les flics ont installé des barrages à toutes les sorties, Jem est bloqué ici, fit remarquer Wilcox. Voici ce que je propose : je connais la ville mieux que vous, je vais me mettre à la recherche des gosses. Samantha va se rendre à l'hôpital où se trouve leur père. Ils vont peut-être essayer de le joindre. Et vous, Marvin, vous allez essayer de repérer Laurie. Je suis persuadé qu'il s'est enfui pour venir au secours de Jem.

– Nous partons donc du postulat que les enfants Mc Mullen sont revenus à la vie et se baladent en ville ?

– On peut partir du postulat que quelqu'un a volé leurs corps pour en faire des saucisses pour chiens, mais ça ne nous avancera pas beaucoup. Marvin, ça ne sert à rien de se boucher les yeux. Ces petits monstres sont cachés quelque part, assura Wilcox.

Marvin baissa la tête vers Wilcox et soupira.

– OK. Allons-y. On perd du temps. On se retrouve à dix-huit heures ce soir à mon hôtel, l'El Centro. On se contacte toutes les heures.

Richie Eliza Buddy Cole laissa la Ford dans l'immense parking envahi de véhicules et se précipita vers une tente arborant la banderole « AGC New Orleans », Jem sur ses talons.

Un énorme Noir vêtu d'une parka rose fluo jaillit de la tente, visiblement furieux, suivi d'une femme au crâne rasé, la trentaine, en salopette de mécanicien.

– Putain, t'es trop con Buddy ! lança la femme. T'as

vu l'heure qu'il est ? Si tu décolles pas dans trois minutes, ils nous font sauter notre tour.

– J'ai crevé et je me suis perdu…

– T'étais complètement bourré, oui ! hurla le gros Noir à son tour. Tu te fous de nous ou quoi ?

– Va les prévenir qu'on y va au lieu de me les briser, Joe.

Jem observait la scène. Il repéra la boîte à outils posée par terre et s'en approcha lentement pendant que la femme et Buddy s'engueulaient dans un langage qu'il ne comprenait pas. Du cajun, se dit-il, ils parlaient cajun. Il ramassa discrètement un large cutter de tapissier, le glissa dans sa poche et les rejoignit en courant. Joe, le Noir en parka, discutait avec des types assis sur des chaises autour d'une grande table surmontée d'un micro. Et soudain Jem vit la montgolfière, rose comme la parka de Joe, avec de grandes bandes jaune vif dessinant des mots illisibles pour l'instant. La femme commença à s'affairer autour de la nacelle tandis que, sous les yeux incrédules de Jem, Buddy Richie Cole ôtait ses vêtements, enfilait une somptueuse robe en lamé orange et se coiffait d'une perruque assortie sous les lazzis des badauds.

La femme se tourna brusquement vers Jem, ses yeux gris étincelant :

– Et lui, c'est qui ? demanda-t-elle. Tu racoles des mômes maintenant ?

– Ne dis pas de conneries, Sandy. Bon, je suis prêt, décréta Buddy en trottinant sur ses hauts talons jusqu'à la nacelle.

– Tu crois que c'est agréable de te voir te ramener avec n'importe quel petit voyou levé dans un bar ?

– Sandy, tu la fermes ou je te colle ma main sur la gueule. Ce gosse m'a juste indiqué le chemin.

Ce type allait monter dans cette montgolfière habillé en femme ? Jem devait avoir l'air hébété car Sandy se mit à ricaner en l'imitant, yeux ronds, bouche grande ouverte.

Il s'approcha de Buddy. Folle tordue ou pas, c'était le moment de tenter le coup.

– Euh, mons… euh, est-ce que je peux y aller avec vous ? Je ne suis jamais monté dans une montgolfière. S'il vous plaît.

– Eh bien, c'est-à-dire que…

– Tu ne peux pas t'embarquer avec un travelo, mon chou, coupa Sandy avec un large sourire, Buddy est le président de l'Aerostatic Gay Club de La Nouvelle-Orléans. Regarde.

Elle lui indiqua le ballon que Joe était en train de gonfler au tiers d'air ambiant. Les lettres jaune fluo traçaient les mots « The Gay Balloon ».

– Ne l'écoute pas ! C'est un dinosaure de la préhistoire gay, jeta Buddy. Enfile ça, il fait froid là-haut.

– Pas question que ce gosse monte avec toi ! On n'est pas assurés pour ça.

Jem se dépêcha d'enfiler une combinaison pendant que Sandy lâchait une bordée de jurons digne d'un béret vert tout en vérifiant l'armature et les câbles et que le gros Joe chauffait l'air, la mine boudeuse.

– Allez, grimpe ! cria Buddy, en lui désignant la nacelle.

Jem se hissa à bord avec une légère appréhension. Il avait peur d'avoir le vertige. Buddy le rejoignit, très à l'aise dans sa robe étincelante et chargé de deux bouteilles de propane.

– Vingt kilos chacune, dit-il. On s'en sert comme lest en les brûlant, dans le brûleur, là, sous le cercle de charge. Chacune permet de voler entre vingt et cinquante minutes, ça dépend du vent.

Sandy lui passa encore deux bouteilles et Joe leva soudain la main, le pouce et l'index arrondis en cercle.

Jem sentit une vibration et posa la main sur la rambarde. Nouvelle et violente oscillation tandis que Joe leur gueulait quelque chose d'en bas. Et puis Sandy leur fit un signe – un bras d'honneur ? – et soudain, ils étaient dans les airs, ils grimpaient ! Jem vit la tribune rapetisser et Joe et Sandy qui agitaient les bras. Les gens riaient et brandissaient de petits fanions aux couleurs vives. Buddy manœuvrait en silence, Jem vit le Fiesta Balloon Park rétrécir, et s'éloigner tandis qu'ils obliquaient vers l'est, se préparant à survoler la ville. Il sortit précautionneusement le cutter de sa poche, l'assura dans sa main gauche, fit jaillir la lame et s'approcha de Buddy qui lui tournait le dos.

– Monsieur Cole…

– Appelle-moi Buddy.

– Buddy, j'ai un cutter avec une lame de cinq centimètres de long prête à vous trancher la gorge.

Buddy s'immobilisa.

– Bon sang, tu fais partie des ligues antigays ou quoi ?

– Je dois aller vers l'ouest. C'est impératif. Même si je dois vous tuer.

– T'es gaucher au moins ?

– Hein ?! Euh oui, parfaitement !

Buddy se redressa et s'essuya les mains sur sa belle robe en lamé.

– Tu t'es servi de moi, si je comprends bien ?

– C'est une question de vie ou de mort. Ne me demandez pas d'explications. Allez vers l'ouest, répéta Jem avec toute l'autorité empruntée aux innombrables films de guerre qu'il avait ingurgités dans son enfance.

– Ce n'est pas mon plan de vol. Ils ne vont pas comprendre, protesta Buddy, les mains sur les hanches.

– Je m'en fous.

– OK, OK. Tu as des emmerdes ? lui demanda Buddy en tirant sur des cordes.

– A peine.

Le ballon vira à l'ouest tandis que Jem affermissait sa

prise sur le manche du cutter. La sueur dégoulinait dans son dos malgré le froid. Buddy pouvait lui mentir, tricher, paralyser la montgolfière. Mais pour l'instant il souriait en débouchant une bouteille de rye et en ouvrant un long étui bleu marine d'où il sortit une trompette.

– Tu sais ce qui est le plus cool sur cette planète, graine d'assassin ? C'est de voler en jouant, vraiment voler, suspendu dans les airs, en soufflant dans cette bonne vieille trompette. Qu'est-ce que tu veux que je te joue ?

– Je ne sais pas, je ne connais rien au jazz.

– Bon, alors, écoute ça. Tu veux boire un coup ?

Jem refusa tandis que Buddy s'envoyait une généreuse lampée. Puis il se mit à jouer un air que Jem ne connaissait pas et qui caressait les nerfs au rasoir. Mais c'était bien, de flotter dans le vent comme une bulle de savon pendant que Buddy jouait, les yeux clos. Dommage qu'il n'ait pas un appareil photo pour prendre un cliché de Buddy moulé dans sa robe, la perruque en bataille, en train de souffler dans sa trompette sur fond de ciel pommelé. Brusquement Jem se sentit si seul qu'il eut envie de pleurer. Ou de sauter. De se laisser glisser par-dessus la rambarde et plonger vers le sol, tout en bas, comme un missile fuyant la guerre qui se préparait. Mais il resta là, immobile, les cheveux au vent.

Laurie posa son sac sur le ciment de Rio Grande Avenue avec un soupir. Comment trouver Jem dans une ville de 400 000 habitants, envahie de milliers de visiteurs venus pour le grand rassemblement aérostatique ? Il avait marché au hasard dans les rues pendant près de trois heures et il crevait de faim et de soif. Autant s'accorder une pause.

Le fast-food chinois était presque désert. Il commanda des nouilles sautées au poulet et un Coca et s'assit près de la porte afin de pouvoir surveiller la rue. Un chat tigré flairait des poubelles dans une traverse sombre et son manège attira l'attention de Laurie. L'animal renversait les couvercles d'un habile coup de patte avant de plonger la tête dans les containers. Il en était à sa quatrième poubelle et Laurie souriait, amusé, la bouche pleine de nouilles, quand le chat s'enfonça brusquement dans la poubelle d'une secousse et n'en ressortit plus. Il avait dû trouver un morceau de choix, se dit Laurie en mastiquant. Il finit son repas et décida de se remettre en route. Il avait encore plusieurs quartiers à visiter et il fallait trouver un plan pour la nuit.

Dehors, il faisait plus frais et il remonta la fermeture Éclair de son bomber noir. Qu'est-ce qu'il fabriquait, ce chat ? Il était tombé sur une carcasse de bœuf ou quoi ? Laurie avança jusqu'à la poubelle, doucement, se pencha par-dessus le rebord et fit un bond en arrière.

Les yeux verts du chat le fixaient.

Il se pencha de nouveau, lentement, pas question de prendre un coup de griffe, mais le chat ne bougea pas. Sa tête émergeait des ordures, rigide. Laurie se boucha le nez, ça puait fort. Curieux, ce chat immobile. Il ne clignait pas des yeux, ni rien. Il tendit très lentement la main vers le chat qui resta impassible. Est-ce qu'il avait la rage ? Son index se posa sur le crâne de l'animal. Pas de réaction. La peau était rêche et froide. Mort, ce chat était mort, Laurie en eut soudain la certitude. Il passa la main devant les yeux du chat qui ne cillèrent pas. Mort en quelques minutes. Mais de quoi ? Il saisit le chat sous le menton, le tira vers lui. Et il sentit son repas lui remonter dans la bouche.

La tête du chat reposait dans sa main, prolongée par sa colonne vertébrale à laquelle adhéraient encore quelques touffes de poils humides, de sang coagulé et des lambeaux de chair. L'animal avait été mis en pièces. Il n'en restait que la tête et le squelette. Laurie le lâcha, horrifié. Ce chat était bien vivant un quart d'heure auparavant. Qu'est-ce qui avait pu le mettre dans cet état ?

Un chien, caché dans la poubelle ? Il hésita à plonger la main dans les déchets et ramassa une tige de fer rouillée qui traînait par terre. Il se pencha de nouveau, s'obligeant à ne pas regarder le chat et enfonça la tige dans la poubelle, d'un geste vif. Elle traversa des matières molles sans provoquer aucune réaction. Laurie la retira et recommença cinq centimètres plus loin. Rien. Perplexe, il regarda la tige : pas de sang, juste un peu de liquide glaireux. Qu'est-ce que c'était que ça ? Le chat était pourtant mort ! Il recula et observa la poubelle. Elle n'avait rien de spécial. C'était un grand container gris avec un couvercle vert foncé. Il se baissa. Une grosse tache d'ombre s'élargissait sous la poubelle. Il lui sembla voir quelque chose remuer et il plissa les yeux. Oui, quelque chose bougeait, là. Il passa la tige entre les roulettes et piqua la chose qui se précipita vers lui. Laurie recula et vit un énorme cafard débouler entre ses jambes. Il leva le pied et l'écrasa violemment, sans réfléchir. Ça devait grouiller de bestioles, là-dedans. Mais elles n'avaient pas pu bouffer un chat. A moins que… à moins qu'il ne s'agisse de blattes d'un genre très spécial. D'un genre jacksonvillien, par exemple. Il hésita, puis haussa les épaules. Assez perdu de temps, il devait trouver Jem. Il s'occuperait de cette histoire de chat plus tard. Il hissa son sac sur son épaule et s'éloigna, mal à l'aise.

Tout au fond, bien à l'abri sous les ordures, deux petites bouches claquèrent de dépit, tandis qu'une longue blatte escaladait maladroitement le trottoir avant de se glisser dans l'ombre de Laurie.

La montgolfière filait à toute allure sous le soleil étincelant. Buddy posa sa trompette en souriant.

– Un temps super. Ils ne doivent rien comprendre en bas. Ils ignorent que je me suis fait kidnapper par un apprenti tueur. Allez, file-moi une bouteille de propane, la bête a soif !

Jem hésita un instant, puis lâcha son cutter pour soulever la bouteille de propane de sa main valide. Surpris par le poids, il manqua la lâcher. Buddy ne lui fit pas la moindre entourloupe. Il se contenta d'activer le brûleur, concentré sur ses instruments de navigation.

– Qu'est-ce que tu as fait ? Un casse ? lui demanda-t-il soudain sans tourner la tête.

Jem se mordit nerveusement les lèvres, cherchant une explication plausible.

– Je suis poursuivi par des tueurs. J'ai été le témoin d'un meurtre cette nuit.

Buddy releva la tête et le dévisagea :

– A la radio, j'ai entendu qu'on avait égorgé une vieille femme. C'est de ça que tu parles ?

– Oui. J'étais là quand ils l'ont fait et ils m'ont vu. Ils sont après moi.

– Pourquoi est-ce que tu n'es pas allé voir les flics ?

– Parce que je me suis sauvé de l'orphelinat il y a deux jours et que je ne veux pas y retourner.

Buddy allait répondre lorsqu'une violente trépidation l'en empêcha. Il jeta un coup d'œil au variomètre.

– Le vent a forci. On va déguster. Cramponne-toi, cette petite mignonne peut foncer jusqu'à deux cents kilomètres/heure.

Comme pour lui donner raison, la nacelle sembla soudain secouée par la main d'un géant tandis que la montgolfière faisait un bond en avant.

Jem s'agrippa au rebord, sans plus penser au cutter. Le paysage défilait à toute allure et Buddy s'affairait en silence. Puis, alors qu'il survolait une immense étendue rocheuse et désertique, il tapa sur l'épaule de Jem :

– Aide-moi, on va commencer à descendre. Il faut que je trouve un coin tranquille pour me poser.

– Déjà ?

– Qu'est-ce que tu crois ? Ça vaut bien une Porsche, ce joujou-là. On va grimper un peu vers le nord, au-delà du Grand Canyon.

Jem le regarda, interrogateur et Buddy désigna le sol. Jem faillit pousser un cri de joie. Le Grand Canyon étirait ses énormes failles en dessous d'eux, et, vue de là, la terre paraissait craquelée et fendue comme après un gigantesque tremblement de terre. Il aperçut des types en train de faire du rafting tout au fond d'une crevasse, qui leur adressaient de grands signes. Buddy les salua en agitant les bras avant de virer de bord.

– T'as pas choisi un mode de locomotion très discret, fit-il remarquer, narquois.

– Je devais quitter la ville. Vous n'aurez qu'à dire que vous avez eu des ennuis avec vos instruments et que le ballon a échappé à votre contrôle.

– Ben voyons. Et si je leur disais plutôt que je t'ai déposé près de Colorado City et qu'ils n'ont qu'à te cueillir sur la route de Vegas ? Un simple coup de fil et hop ! Franchement, tu devrais me supprimer, gamin, si tu veux être sûr de mon silence.

– A quoi jouez-vous ? Vous voulez que je vous tue ?

Affreuse, l'idée vrilla soudain l'esprit de Jem. Et si Buddy en était un ? Mais non, il ne dégageait aucune odeur, il avait l'air parfaitement normal.

– Tu vois ce câble ? reprit Buddy. Ça contrôle le panneau parachute. C'est lui qui va nous freiner.

– Répondez-moi.

– Tu m'as demandé si je voulais mourir ? Franchement, je m'en fous. J'en avais envie ce matin. Je voulais partir avec ce ballon et le laisser s'écraser quelque part, quand tout le propane aurait été consommé.

– Mais pourquoi ? demanda Jem, interloqué.

– Peut-être parce que j'ai été viré de l'orchestre avant-hier : ils veulent plus de mecs bourrés qui tiennent pas debout sur scène. Ou bien parce que Slim, le type avec qui je vivais, vient de mourir du sida. Ou encore parce que ma proprio m'a foutu à la porte pour cause de loyer non payé. Plus d'appart, plus d'argent, plus d'amis. Je vis dans ma bagnole et j'en ai un peu marre de tout ça. Envie d'aller voir de l'autre côté, ça peut pas être pire.

– Les choses peuvent changer.

– Tu crois ? Regarde-toi. T'as même pas dix-huit ans et t'es poursuivi par des tueurs.

– C'est un hasard.

– Moi, je suis poursuivi par moi-même. Toute ma vie est un mensonge. Attrape ça !

Jem saisit le câble au vol tandis que l'énorme masse de la montgolfière fléchissait vers le sol, perdant graduellement de sa vitesse.

Jem vit le sol monter vers eux à une allure vertigineuse, ils allaient s'écraser, ils… le ballon ralentit et se posa avec grâce au milieu d'un plateau granitique aux ondulations jurassiennes.

– Et voilà le travail.

Jem se secoua. Tout ça, c'était pas ses oignons. Richard Buddy Cole avait ses problèmes et Jérémie Hawkins les siens.

– Merci pour la balade, dit-il. C'était super. Vous devriez vraiment réfléchir avant de vous foutre en l'air, reprit-il après une courte hésitation. Peut-être que vous avez quelque chose à faire dans le monde et que vous ne le savez pas encore.

– T'es gentil de te préoccuper de mon karma, mais tu ferais mieux de faire gaffe à tes fesses si ces mecs sont après toi, riposta Buddy Cole en farfouillant dans la nacelle.

Jem éprouva soudain le désir de tout lui raconter. Il ouvrit la bouche et la referma : une sirène hurlait au loin. Un motard qui venait voir ce que fichait la montgolfière en plein parc national, se dit-il, affolé.

– Barre-toi ! lança Buddy en lui tendant un billet de cinquante dollars plié en quatre.

Jem le saisit et s'éloigna précipitamment vers les replis rocheux. La sirène se rapprochait. Buddy s'affairait, imperturbable.

Jem se tassa derrière un éboulis, le billet serré dans son poing. Buddy ne lui avait même pas demandé son nom.

Samantha aperçut Marvin avec soulagement. Elle attendait devant l'hôtel depuis vingt minutes après avoir passé la journée à l'hôpital, sans résultat. Le père des petits Mc Mullen était toujours dans le coma et le pronostic des plus réservés. Il n'avait reçu aucune visite. Marvin secoua la tête en la rejoignant. Chou blanc, donc. Il restait encore Herbie.

Laurie frissonna. Le soleil s'était couché, il était près de dix-huit heures et il commençait à faire froid. Il avait repéré un cinéma porno ouvert vingt-quatre heures sur vingt-quatre : il pourrait toujours y passer la nuit. Mais pas de traces de Jem. Ni là ni ailleurs. De toute façon, c'était un plan stupide. Comment avait-il pu espérer deviner où Jem se cacherait dans une ville que lui, Laurie, ne connaissait pas ? Et maintenant, il était planté là, dans Central Avenue, après avoir tourné en rond toute la journée, tante Janet devait être folle d'inquiétude et peut-être même que les flics avaient lancé un avis de recherche le concernant lui aussi. Le merdier, quoi.

Il regarda autour de lui : des magasins de fringues, deux steak-houses, un loueur de voitures, l'hôtel El Centro… rien d'intéressant. Il avait mal à l'épaule à force de trimballer son sac et il se massa un moment avec la sale sensation d'être observé. Mais par qui ? Les passants filaient à toute allure sans le regarder, chargés de paquets et de bannières « International Balloon Fiesta ». Des centaines de ballons et de montgolfières, en démonstration. Ce devait être super. Il soupira, puis se mit à gratter pensivement la cicatrice qui lui barrait la joue, souvenir des ongles acérés de Miss Annabella Wilkes. Quel meilleur endroit pour se cacher que la foule ? Le Fiesta Balloon Park devait être envahi de badauds. Il devait y avoir des cabanes à hot dogs et des toilettes et des gens devaient dormir à la belle étoile pour suivre les vols nocturnes. Des gens. Une cohue bon enfant. Où un ado passerait totalement inaperçu. Oui, si Jem était malin, c'est là qu'il était allé se planquer. Pendant que Laurie perdait son temps à arpenter la ville. Il pivota, décidé à se rendre au Fiesta Balloon Park sur-le-champ, manquant écraser la blatte blottie à ses pieds dans le caniveau, et se cogna contre un torse musculeux.

– Excusez-moi, lança-t-il machinalement, songeant qu'il lui fallait consulter un plan de la ville.

– C'est rien, riposta Herbie en se demandant si Sam et Hayes avaient trouvé quelque chose.

Puis tous les deux s'immobilisèrent, bouche bée.

Wilcox ! Wilcox à Albuquerque, certainement aux trousses de Jem. Sa gueule burinée d'Indien, sa carrure d'haltérophile, merde !

Laurie ! Ce petit salopard de Laurie, juste là, entre ses bras ! Avec sa bouille brune et ronde, ses cheveux ras, ses grands yeux étonnés.

Laurie fut le plus rapide. Il courait déjà au milieu des voitures, coudes au corps, quand Wilcox s'écria « Putain de merde ! » et s'élança derrière lui, dans un concert d'avertisseurs.

Laurie l'entendit qui l'appelait par-dessus le vacarme de la circulation et accéléra en direction du tramway qui s'éloignait. Pas de danger que Wilcox le rattrape, il était trop vieux.

Herbie évita de justesse une Toyota qui klaxonna à mort et sauta sur le trottoir d'en face. Où était passé ce petit emmerdeur ? Il balaya l'avenue du regard. Le tramway ! Il avait dû sauter dans le tramway. Wilcox nota mentalement le numéro de la ligne et regagna l'hôtel en courant. Samantha et Hayes discutaient devant l'entrée.

– Laurie est ici ! lança-t-il, haletant.

Ils se tournèrent vers lui avec un ensemble parfait.

– Quoi ?

– Laurie Robson.

Il désigna l'avenue.

– Il était là il y a deux minutes. On s'est rentrés dedans par hasard. Il a réussi à filer.

– Tu l'as laissé filer ? répéta Sam avec une intonation douloureuse.

– Ouais, j'ai pensé que ce serait plus marrant, grogna Herbie.

– Est-ce qu'il a dit quelque chose ? demanda Hayes.

– Rien. Il a ouvert des yeux ronds et il s'est mis à courir assez vite pour pulvériser le record du monde. J'ai essayé de le rattraper, mais nada… il a dû sauter dans le tramway. J'ai relevé le numéro de la ligne.

– En tout cas, on sait qu'il est ici et en bonne santé. Je vais faire prévenir sa tante, décida Hayes.

– Demandez au réceptionniste où va ce tram.

Samantha soupira. Elle avait les pieds en compote et une soif du diable. Mais, apparemment, ils n'allaient pas se reposer avant un moment.

4

Jem se redressa légèrement. L'autocar arrivait. Il avait marché près de deux heures en lisière du parc national avant de se risquer sur la route et de chercher un arrêt d'autobus. Si Buddy ne l'avait pas vendu, personne ne pouvait savoir qu'il était en route pour Vegas. Et quand Sandy et Joe parleraient de lui, il serait déjà arrivé. Il fit signe au Greyhound et grimpa dans l'autocar climatisé avec un large sourire. Il avait réussi.

Laurie descendit du tramway et se dirigea vers l'entrée du parc brillamment éclairée. S'il ne l'avait pas vu grimper dans le tram, Wilcox devait être en train de fouiller Old Town rue par rue. Il devait profiter de son avance pour retrouver Jem. Il se mêla à la cohue, encore secoué par sa rencontre avec le shérif, se laissant guider par la sono et le flux de la foule, inconscient du minuscule passager aux antennes frétillantes agrippé à son sac.

Ruth se jucha sur le tabouret en cuir avec un profond sentiment de bien-être. Elle aimait entendre la foule, la musique tonitruante, le cliquetis des pièces de monnaie, les rires, le brouhaha des conversations, elle aimait être là, avec son joli sac en daim noir, et ses nouvelles chaussures « vraiment très confortables » lui avait assuré le vendeur, un chicano aux dents en or. Si Herbert avait pu la voir ! Elle réprima un léger frisson. Penser à Herbert, c'était penser à Jacksonville. Un serveur en veste rouge à boutons dorés vint lui demander si elle désirait boire quelque chose et elle se sentit tout de suite mieux. Oui, elle allait boire, ce soir. Au moins un martini dry. Et peut-être deux, si Kether Brown la rejoignait. Tu n'es qu'une vieille folle de quatre-vingts balais, se dit-elle avec indulgence, mais tu as raison, amuse-toi.

– Bonsoir, Ruth. Vous avez l'air en grande forme, ce soir.

La voix mélodieuse de Kether était si agréable à entendre. Il prit place sur le tabouret voisin et lui effleura délicatement la main de ses lèvres minces. Ruth se rengorgea. Voilà un homme qui avait de la classe. Pas tout jeune, sans doute, mais tellement de charme. Grand, mince, distingué, avec un visage de vieil officier prussien. Il ne lui manquait que le monocle et le sabre. Et le teint pâle. Car, à vrai dire, les officiers prussiens étaient rarement d'un noir intense. « Je suis un vrai melting pot », lui avait-il précisé un jour en souriant. Kether darda sur elle ses yeux bleus qui contrastaient avec sa peau brune.

– A quoi songez-vous, gente dame ?

– A mon martini dry, répondit Ruth avec une moue digne de Scarlett O'Hara.

Kether découvrit son bridge impeccable, et haussa un sourcil :

– Ça va être une soirée fantastique, Ruth, je le sens.

– Comment voulez-vous qu'on le retrouve dans ce bordel ? grommela Wilcox en s'effaçant devant un couple d'obèses, chargé d'une fournée de hot dogs, suivi de cinq énormes gamins en larmes, des saucisses plein la bouche.

– On ne sait même pas s'il est là, reprit-il. Il a pu descendre n'importe où.

Depuis qu'ils avaient mis les pieds dans le parc envahi

de touristes, Wilcox avait senti son humeur s'assombrir jusqu'à ressembler à un vrai ciel d'orage.

– Herbie, arrête un peu ! protesta Samantha. On dirait un vieux clébard qu'on a chassé de son fauteuil favori ! Tu as dit toi-même qu'il y avait quatre-vingts pour cent de chances que Laurie soit venu se planquer ici.

Wilcox lança un coup d'œil furieux à Samantha.

– C'était avant de me faire marcher sur les pieds pour la centième fois.

Elle sourit et l'embrassa légèrement sur les lèvres.

– Vieil ours. Et moi, avec ma phobie de la foule, tu ne crois pas que je suis plus à plaindre que toi ?

– Toi, tu as suivi une thérapie, tu es censée être guérie. Moi, je m'accroche à mes névroses. Et je râle.

Hayes les rejoignit, les doigts dégoulinant de ketchup.

– Ces saletés de burgers sudistes ont coulé partout. Tenez. Alors ?

– Rien. A part trois ou quatre mille gamins noirs de quatorze ans, rétorqua Wilcox en mordant dans son hamburger caoutchouteux.

– Soyez donc un peu positif, Herbie. Profitez du spectacle ! lança Hayes en désignant une montgolfière en forme de cigare qui s'élevait gracieusement sous le feu des projecteurs.

Laurie leva la tête pour suivre l'ascension du ballon.

– Enveloppe en Nylon indémaillable traitée au vernis polyuréthanne, expliquait une voix derrière lui.

Il se retourna et vit une femme d'une trentaine d'années, le crâne rasé, en salopette, qui discutait avec un type portant un bébé dans un sac ventral. Ils échangèrent encore quelques mots, puis le type au bébé s'éloigna et la femme se rapprocha de la tente devant laquelle un gros Noir en parka rose faisait du café. Une grande femme sortit de la tente, et Laurie se dit qu'elle ressemblait tout à fait à Errol Flynn. Errol Flynn en robe du soir et perruque orange. Et mal rasé. Sûrement une drag queen embauchée pour faire l'animation.

– Je veux savoir la vérité, dit la femme qui ressemblait à un homme.

– Me casse pas les burnes, répondit l'homme qui ressemblait à une Errol Flynn.

Laurie recula dans l'ombre. Une bonne engueulade en perspective.

– Buddy ! insista la femme. Qu'est-ce que tu as fait du gamin ?

– Je l'ai violé, je l'ai coupé en morceaux et je les ai flanqués dans le brûleur.

– Écoute bien ! Un, t'embarques un gosse inconnu, tu reviens tout seul et tu nous dis de rien dire aux flics... Deux, tu te goures de direction et tu te retrouves à cinquante bornes de Las Vegas. « Problème de variomètre »... Mon cul, je l'avais vérifié moi-même, le variomètre... Alors je veux savoir ce qui s'est passé ! conclut-elle en lui martelant la poitrine du bout de l'index.

Errol Flynn soupira en fourrageant dans sa perruque.

– Sandy, t'es vraiment chiante. Tu peux pas imaginer ? Si je pars avec un gosse et que je reviens tout seul et si on veut bien admettre que je ne l'ai pas tué ni balancé par-dessus bord, alors on peut supposer qu'il a décidé de continuer sa route tout seul, non ?

– Mais pourquoi t'es allé par là-bas ?

– Le variomètre était en panne.

– Par moments je t'étranglerais, Buddy. T'es vraiment qu'un enfoiré de pédé de merde.

– Et toi une créature d'une féminité et d'une distinction rares...

La femme éclata de rire et rentra dans la tente. L'enfoiré de pédé de merde alluma une cigarette en regardant le ciel.

Le cœur de Laurie battait la chamade. Ce travesti avait

chargé un gosse dans son ballon, avait volé jusqu'aux environs de Las Vegas et était revenu à vide. Et n'en avait pas parlé aux flics. Il fit un pas en avant.

– M'sieur…

Le type se retourna en soufflant un nuage de fumée.

– Ouais ?

– J'ai entendu votre conversation sans faire exprès. Il était pas blond, le jeune que vous avez emmené ? Parce que je cherche un copain à moi qui a disparu et…

– Je dois être tombé dans un road movie… murmura le type comme pour lui-même. Vous jouez à quoi, ton pote et toi ?

– A rien, c'est juste que… je dois le retrouver.

– T'es poursuivi par des tueurs, toi aussi ? C'est quoi que tu trimballes dans ton sac ? Une bombe nucléaire ?

Laurie se raidit. Jem avait inventé un truc du tonnerre, apparemment.

– Où est-ce que vous l'avez déposé ?

– T'as entendu, à Barkerville, à cinquante bornes de Las Vegas. Tu veux pas que je t'y emmène, des fois ?

– Ce serait super sympa, avança Laurie, hésitant.

– Ben tiens !

Le type le dévisageait, moqueur.

– Comment tu t'appelles ?

– Lau… heu, Louis.

– Louis ? Moi, c'est Buddy, Richie Buddy Cole. T'as un cafard sur ton sac.

Le reste se passa si vite que Buddy se demanda s'il n'avait pas rêvé. Le gamin pivota comme un fou, jeta son sac à terre et se mit à sauter dessus comme un forcené, puis il regarda au loin, sembla voir quelque chose de terrifiant et fonça tête la première sous la Corvette.

Buddy ôta sa cigarette de sa bouche et inspira à fond. Albuquerque était remplie d'ados cinglés. Trois personnes qui émergeaient d'une des allées le dépassèrent, en discutant avec animation.

– Je commence à en avoir ma claque. On a assez d'emmerdes comme ça sans devoir passer des heures à rechercher ces deux petits connards ! disait un type à l'air indien, petit et épais comme un tronc d'arbre.

– On doit les retrouver avant les flics, protesta une mince jeune femme rousse en tailleur moutarde. Ils sont en danger, Herbie.

– Nous aussi, on est en danger, le monde entier est en danger, Sam. On doit retrouver ces… ces créatures et les détruire.

Détruire les deux jeunes garçons ? Buddy se glissa silencieusement derrière le groupe.

– Le problème, c'est que Jem et Laurie croient qu'on est à leurs trousses. Ils ne savent pas que nous savons que ça a recommencé, commenta l'immense Noir en costume anthracite.

Recommencé quoi ?

– Le problème, c'est qu'on tourne en rond comme des cons depuis des heures et que j'ai envie de pisser, de boire une bière et d'aller me pieuter, articula soigneusement le type qu'ils appelaient Herbie.

– Des morts-vivants, murmura le géant noir en étouffant un petit rire. Non, mais si j'avais pu penser qu'un jour je devrais affronter des zombis !

Des zombis ? Est-ce que c'était un nouveau nom pour désigner les camés ? Ou les tueurs ?

– Imaginez la tête de ces gens si on leur disait qu'il y a peut-être des morts qui circulent parmi eux.

Ils tournèrent dans une allée latérale très éclairée et Buddy revint sur ses pas.

« Des morts qui circulent parmi eux »… De quoi ces gens pouvaient-ils bien parler ? Il se rapprocha de sa voiture et se pencha : le jeune Noir avait disparu.

Puis, pour la deuxième fois de la journée, il sentit

quelque chose contre ses côtes, un truc pointu, tout à fait du genre lame de couteau.

– Est-ce qu'ils sont partis ? chuchota une jeune voix anxieuse.

– Oui. Ça t'ennuierait beaucoup de m'expliquer ce qui se passe ? demanda Buddy en essayant de rester calme.

– Je dois emprunter votre voiture. J'essaierai de ne pas l'abîmer.

– C'est très gentil à toi… Et si je refuse, tu m'enfonces ce couteau dans le dos ?

– Exactement. Je suis désolé, mais j'ai besoin de cette voiture.

– Ah ouais ? Ce n'est pas trop indiscret de te demander ton âge ?

– Quatorze ans, mais je sais conduire, mentit Laurie avec aplomb.

– Adieu, fidèle véhicule ! Et si tu te tues sur la route, reprit Buddy, qui préviendra ton copain ?

– Prévenir de quoi ? demanda Laurie, interloqué.

– Des zombis qui circulent parmi nous.

– Vous êtes au courant ?

Le garçon était si stupéfait que la pression de la lame s'accentua dangereusement.

– Cool, Laurie, cool !

– Comment savez-vous mon nom ?

Il y avait maintenant de la panique dans sa voix et Buddy s'empressa de préciser :

– Ils parlaient de toi et de ton pote, Jem et Laurie, et t'as dit que tu t'appelais Louis, alors j'ai pensé que Louis… Laurie… Écoute, je m'en fous de ton nom. Prends la bagnole et tire-toi, OK ?

– Qu'est-ce qu'ils ont dit d'autre ?

– Ils parlaient que de ça, de vous retrouver toi et Jem, et de morts-vivants. T'es un dealer, c'est ça ?

– Vous allez me répéter toute leur conversation mot pour mot, d'accord ?

Buddy s'exécuta en soupirant. Le gamin avait vraiment l'air allumé.

– Qu'est-ce que tu veux, mon petit ? Tu es perdu ?

Hilary se pencha vers le petit garçon en costume noir qui titubait dans l'allée sombre. Il leva le visage vers elle et elle eut un léger recul. Il était si pâle, avec d'immenses cernes sous ses yeux sombres et ses lèvres étaient toutes mouillées et rouges… Il lui sourit, découvrant de petites dents très pointues et très sales. D'ailleurs, il sentait mauvais, vraiment mauvais et son costume était constellé de taches de boue et d'autres choses. Et sa peau… Comme il avait une vilaine peau… livide, marbrée de plaques bleues… et cette grosse cicatrice autour de son cou, on avait l'impression de voir encore les fils dans la plaie… Le petit garçon la dévisageait en silence, en balançant un sac qui contenait un objet blanchâtre. Son goûter peut-être ?

Hilary était institutrice, célibataire et démocrate. Malgré sa répulsion initiale, *quel affreux petit garçon*, elle savait que son devoir était de l'emmener à un des responsables. La maman de ce pauvre *monstre* petit bambin devait bien être quelque part.

– Faim… dit une petite voix derrière elle.

Elle se retourna et vit une petite fille en robe rose qui la regardait avec… impertinence ? *Cruauté*. Une petite fille d'environ huit ans, blonde comme le gamin. Sa sœur, certainement.

– Faim… répéta la petite fille.

Elle était très sale elle aussi, sa robe sentait le vomi, l'urine et même… le rat crevé s'avoua Hilary, oui, indubitablement, ça sentait la charogne. Mais d'où sortaient ces malheureux ? *Répugnants*. Et dans quel état se trouvait la petite ! Livide elle aussi, avec la même vilaine peau marbrée et des cheveux tout ébouriffés et gluants d'on ne savait quoi… *Et des yeux de requin*. La petite fille tourna la tête vers le petit garçon et Hilary put voir nettement son crâne défoncé d'où la cervelle avait coulé. Bien sûr, c'était la cervelle qui avait collé ses cheveux comme ça ! *La cervelle…*

– Eh bien, on va aller chercher quelqu'un, lança Hilary de la voix qu'elle réservait aux mises au piquet.

Les enfants pivotèrent vers elle, leurs yeux sans expression dardés sur son visage. *Cruauté. Crâne défoncé.*

– N'ayez pas peur, tout va s'arranger !

Hilary se rendit compte que c'était elle qui venait de parler avec cette voix suraiguë et terrifiée.

– Pas peur… murmura le petit garçon avec un rire cristallin.

– Mais très faim… ajouta la petite fille en passant sa main entre ses dents et Hilary vit la peau se fendre comme sous la lame d'un rasoir, et du sang très noir goutter lentement sur sa robe rose.

Elle s'entendit glapir « Je dois partir », et les enfants lui sourirent d'un air entendu. Hilary porta la main à son front. Elle était malade. Oui, elle était sûrement malade. La grippe. Une vilaine grippe. Et ces enfants étaient…

Morts.

Hilary poussa un hurlement et se mit à courir. Mais elle ne courut pas longtemps. Brenda la rattrapa la première et planta ses crocs dans la cuisse de la jeune institutrice qui tomba. Puis ce fut Jason qui s'empara de son sein gauche, en grognant comme un bébé, et l'arracha d'un grand mouvement de tête. Hilary hurlait sans discontinuer tandis que son sang giclait. Elle hurla jusqu'à ce que Brenda lui sectionne les cordes vocales avec ses ongles coupants comme des tessons de verre. Et puis il y eut une cavalcade, des gens qui accouraient alarmés par les cris, interjections, vomissements. Mais Hilary ne les entendit pas. Jason venait de se sauver en emportant son cœur.

– Qu'est-ce qui se passe ? cria Sandy en jaillissant de la tente, suivie de Joe.

– Je ne sais pas, avoua Buddy, figé, pétrifié par le hurlement atroce qui couvrait la musique.

Le hurlement s'interrompit net. Sandy et Joe étaient déjà partis en courant vers l'endroit d'où ça venait.

Laurie baissa le bras. C'était une femme qui avait hurlé. Hurlé comme si on était en train de la tuer. Il échangea un coup d'œil avec Buddy, sans lâcher son couteau. Ils attendirent un long moment en silence tandis que les sirènes déchiraient la nuit, puis Sandy reparut, en courant, très pâle, et Laurie cacha son bras armé derrière son dos.

– Un putain de meurtre, Buddy, tu peux pas t'imaginer ! éructa Sandy, visiblement secouée et hors d'haleine. Une jeune femme… égorgée… du sang partout ! Un vrai massacre. Il paraît qu'on l'a éventrée, les flics ont l'air dingues…

– On sait qui c'est ? demanda Laurie, les yeux brillants.

– On sait rien. Le mec qu'a fait ça, il s'est tiré et pour le retrouver dans ce merdier… Ça peut être n'importe qui… un sale enculé de violeur de merde qui prend son pied en torturant des femmes. Merde, ça m'a cassé le moral, je vais au bar. Tu viens, Joe ?

– « Le cœur du sage est dans sa main droite et le cœur de l'insensé au fond de son verre », répondit Joe, paraphrasant l'Ecclésiaste, puis il rentra dans la tente.

– On lui dira, persifla Sandy. Et toi, Buddy ?

– Non, pas tout de suite.

Sandy s'éloigna en traînant les pieds. Buddy se retourna vers Laurie :

– Ce meurtre a quelque chose à voir avec vos histoires ?

– Je ne sais pas.

Buddy lui avait répété la conversation qu'il avait surprise et Laurie était dubitatif. Wilcox, Samantha et Hayes discutant de morts-vivants et cette femme assassinée... « Ça a recommencé », avait dit Marvin Hayes.

– C'est la deuxième. Y'en a eu une autre hier soir, déclara Buddy en le regardant. Une vieille clocharde, égorgée.

– Je dois partir. Donnez-moi les clés.

Buddy les sortit de sa poche et les lui tendit.

– T'es sûr de faire ce qu'il faut ?

– Certain.

Laurie mit le contact, embraya et la voiture cala.

– Tu sais conduire, hein ?

– J'ai un logiciel de simulation sur mon PC.

– Super ! J'en suis ravi pour ma bagnole parce que je m'inquiétais un peu, tu vois... Allez, pousse-toi, laisse-moi faire.

Cinq minutes plus tard, Buddy regardait la Corvette s'éloigner en hoquetant, franchir la barrière de l'entrée et disparaître au loin en zigzaguant. Le gamin allait se tuer, c'était sûr. Il soupira. Quant à lui, avec tout ça, il avait oublié ses idées de suicide, et maintenant, plus que de mourir, ce dont il avait envie c'était de prendre une cuite phénoménale. Il se dirigea vers l'immense terrasse Budweiser. Sandy devait avoir commencé à se pinter...

Herbie avala un bon tiers de sa bière avec satisfaction. Samantha sirotait son Perrier-citron en songeant à la femme assassinée un quart d'heure plus tôt. Quasiment sous leur nez ! Marvin rangea son téléphone cellulaire dans son mini-holster en cuir et vint s'asseoir :

– Je viens d'avoir Agnello, dit-il. Ils ont bouclé le parc, ils surveillent toutes les issues. Mais c'est complètement inutile, puisqu'ils ne savent pas ce qu'ils cherchent.

– Un type couvert de sang ? proposa Samantha en grignotant sa tranche de citron.

– Il y a trop de monde, ils ne trouveront rien, répondit Marvin en tambourinant nerveusement sur la table. Agnello pense que c'est Jem qui a fait le coup. Deux femmes égorgées en deux jours, c'est plus qu'une coïncidence à ses yeux.

– Et il a raison, approuva Herbie. Seulement, il se trompe de cible. En résumé, on est dans la panade. On a paumé Jem et Laurie, on sait pas à quoi ressemblent nos adversaires…

Des éclats de voix l'interrompirent. Hayes haussa les sourcils. A deux tables de là, une femme très masculine houspillait un travesti qui ressemblait à Errol Flynn. Ils avaient l'air complètement pétés tous les deux. Le type vacillait sur ses hauts talons et la femme se tenait à la table, les yeux vagues.

– Et l'petit black ? Disparu, lui aussi ? Putain ! Buddy, t'es devenu pédophile ou quoi ?

– Arrête de me pomper avec ça, j't'ai dit qu'il s'était cassé.

– Oh et puis j'm'en fous. J'veux aller écouter d'la musique.

– T'es trop soûle. Et j'ai p'us de bagnole, protesta le travesti en ôtant sa perruque, découvrant de maigres cheveux châtains coupés ras.

– Ils sont complètement paf, déclara Herbie en vidant sa bière.

– P'us de bagnole ? C'que tu racontes ? s'exclama la femme.

– Il l'a prise. Le gamin, il a pris la ba-bagnole.

Dégrisée, la femme saisit brusquement le type par les bretelles de sa robe.

– Tu l'as laissé PAR-TIR avec TA voiture !? Un petit black que t'as JA-MAIS vu avant ce soir ?

– Les blacks y t'emmeeerdent, Sandy. Son nooom c'est Laurie, c'est pas-pas « blaaack ».

Trois têtes pivotèrent vers Buddy, le regardant fixement. Puis Hayes se leva, déployant ses deux mètres cinq, et écarta doucement Sandy en montrant son insigne au type éméché.

– FBI. J'aurais quelques questions à vous poser, monsieur…

– Cole, lança Richie en louchant. Riiichie Buddy Cole, ex-trooompette à New Orleans, et n'ayant striiictement riiien à te dire, *black-out*.

Hayes sourit et, saisissant Buddy par le bras, l'entraîna vers leur table. Personne ne s'occupait d'eux. Sandy se mit à brailler :

– Laissez-le ! Laissez-le tranquille, il a rien fait.

– Excusez-moi madame, répliqua aimablement Marvin en exhibant discrètement son automatique, mais je voudrais m'entretenir quelques instants avec votre ami. Je suis persuadé que vous n'y voyez pas d'inconvénients.

– Enfoirés, marmonna Sandy en reculant.

Elle trébucha et dégringola dans la sciure où elle resta affalée, une main crispée sur sa boîte de bière.

– Vous connaissez un garçon nommé Laurie ? demanda Samantha en se penchant vers Buddy qui s'était laissé tomber sur une chaise et louchait abominablement.

– Nooon.

Herbie fit craquer ses doigts :

– Écoutez, Cole, nous racontez pas de conneries, on n'est pas d'humeur. On a envie de casser quelque chose, du travelo ou n'importe quoi, vous voyez.

– Fff… bégaya Buddy en glissant sur sa chaise.

– Quoi ?

– Flic fasciste ! postillonna-t-il.

– Flic furieux, rectifia Herbie, s'essuyant avec sa serviette en papier. Bon, je répète la question : où est Laurie ?

– Ouh qu'elle a l'air vilaiiine, celle-là ! ricana Buddy, avant d'ajouter : il est papaparti…

– Parti où ?

– Sais pas. Il a volé mamama voiture et il est papap…

– Bon, on va reprendre tout ça calmement, décida Hayes en le saisissant par les épaules. Sam, passe-moi le seau à glaçons.

Laurie s'engagea sur la route, les mains crispées sur le volant. Il était tellement concentré qu'il en avait mal à la tête. Cette saloperie de bagnole n'arrêtait pas de faire des écarts. Pire qu'un cheval sauvage. Et les vitesses grinçaient. Et le moteur faisait un tel boucan qu'on se serait cru dans un jet. Il lança un coup d'œil au compte-tours dont l'aiguille frôlait le rouge. Merde, il fallait passer en quatrième. Il tâtonna un peu, réussit à passer la vitesse. Il était en sueur. Les phares des véhicules qui le croisaient l'aveuglaient et son cœur ratait un battement à chaque intersection. Mais normalement, d'ici quatre ou cinq heures, il serait à Las Vegas.

Allongés dans le coffre, Jason et Brenda se tenaient par la main, immobiles et silencieux. Des lambeaux de chair pendaient des lèvres de Jason qui les mâchouillait machinalement tandis que Brenda lissait sa robe. Où était Papa ? Il faisait froid dans la voiture. Pourquoi est-ce que personne ne s'occupait d'eux ? Où était Hulk, leur chien ? Hulk était gentil. Hulk les aimait. Il ne fallait pas mordre Hulk. Le sale petit nègre, oui. Mais pas le gentil chien.

5

Wilcox frotta ses yeux rougis par le manque de sommeil.

– Plus que cent cinquante bornes, lança Marvin en scrutant la carte étalée sur ses genoux.

Le Voyager fonçait dans la nuit. Samantha soupira, essayant de décrisper ses épaules. Buddy bâilla et elle détourna la tête : il puait l'alcool. Buddy se dit qu'il devait avoir une sale gueule, vu le regard que lui avait lancé la jolie rouquine.

Quand les trois flics avaient décidé de se lancer sur les traces de Laurie, après qu'il eut réussi à s'expliquer, Buddy, dégrisé, avait insisté pour les accompagner. Les garçons le connaissaient, ils avaient confiance en lui, il pourrait plus facilement établir le contact avec eux. L'immense agent du FBI avait finalement accepté et ils s'étaient tous engouffrés dans un énorme break bleu marine sans même lui laisser le temps de se changer. Buddy se massa les tempes. Il savait qu'on lui cachait une bonne partie de l'histoire. Et il comptait bien découvrir de quoi il s'agissait.

Jérémie finit son repas au All You Can Eat, deux dollars cinquante tout compris et à volonté, et, traversant Las Vegas Boulevard, se dirigea vers le casino le plus proche. Sa main, nettoyée et pansée, lui faisait moins mal. Il avait trouvé à se loger dans un des bungalows du

KOA Campground, un camping de Boulder Highway, en prétendant avoir dix-huit ans et s'être fait voler ses bagages. Le patron avait accepté ses explications avec une indifférence totale, attentif seulement au billet que Jem lui avait tendu pour trois nuits d'avance.

Il observa l'immense enseigne du Circus Circus qui flamboyait dans la nuit. C'était là que Frankie avait travaillé avant de se faire trouer la peau, de crever et de ressusciter à Jacksonville. Frankie… une fille superbe. Duck Rogers en était tombé amoureux fou. Mais aimer un cadavre qui se décompose, c'est dur, même si le cadavre en question est le sosie de Marilyn… Plutôt que d'abandonner Frankie à son triste sort, Duck avait préféré la suivre dans les flammes. Jem frissonna en revoyant la scène. Il aspira une grande bouffée de l'air sec du désert et décida de tenter sa chance au Circus Circus. Avec sa haute taille, ses cheveux blonds bien coupés et la chemise en laine bleu marine qu'il avait achetée l'après-midi même dans un surplus de l'armée, il avait l'air de n'importe quel jeune étudiant en goguette.

Rayonnante, Ruth se tourna vers Kether Brown pour lui montrer la combinaison de trois citrouilles qui venait de s'afficher, libérant une vingtaine de pièces, mais elle cessa de sourire en voyant son air préoccupé. Il s'était figé sur son siège et observait la salle, les traits tendus, frémissant comme un chien de chasse à l'affût.

– Tout va bien ? lui demanda-t-elle en lui effleurant l'épaule.

Il tressaillit et tourna lentement la tête vers elle, ses yeux bleus aussi froids que des glaçons à peine sortis du congélateur.

– Parfaitement bien, chère amie. Oh, les trois citrouilles, remarquable !

– N'est-ce pas ? Je sens que la chance est avec moi ce soir ! minauda Ruth.

Mais elle se sentait vaguement mal à l'aise. Kether avait l'air si distant…

Jem traversa lentement la grande salle remplie de joueurs, observant avidement tous les détails. Des milliers de pièces de monnaie cliquetaient, les machines émettaient leurs drôles de petites musiques et, de temps en temps, quelqu'un poussait un cri de joie. Il n'avait jamais été dans un endroit qui ressemblât de près ou de loin à celui-ci. Et en même temps tout lui semblait terriblement familier, scènes mille fois vues à la télé. Il y avait foule devant le bureau de change, foule au bar circulaire, foule devant les vitrines des boutiques. Jem cherchait Ruth, dévisageant toutes les vieilles dames qu'il croisait. Pour avoir l'air comme tout le monde, il fouilla dans ses poches à la recherche d'un peu de monnaie et fit mine de jouer, changeant de rangée à chaque fois. Et soudain il la vit.

Ruth Mirales était assise près d'un vieil homme en smoking et dont la peau d'ébène et les cheveux roux formaient un contraste saisissant. Ruth, toute pimpante dans une robe en satin rayé, ses cheveux gris relevés en chignon, semblait plaisanter avec le vieil homme qui tourna soudain la tête vers Jem. Celui-ci remarqua avec surprise qu'il avait des traits européens et des yeux bleus, d'un bleu translucide. Jem eut l'impression idiote que l'homme ébauchait un sourire en le voyant. Il s'éloigna, empruntant une autre rangée. Était-il possible que ce vieillard soit un flic ? Il avait au moins quatre-vingts ans !

Il fit une nouvelle tentative d'approche, espérant que Ruth serait seule, mais non, le vieux Noir aux yeux bleus était toujours là, un verre à la main, apparemment cramponné à Ruth pour la soirée. Et, de nouveau, il tourna la tête droit vers Jem, avec ce curieux sourire. Ce vieux débris était médium ! se dit Jem en reculant prudemment.

– A quoi pensez-vous donc, Kether, ce soir ? s'enquit

Ruth en posant une main sur le bras de son cavalier qui frissonna.

– Mais à vous, très chère, à votre charme incomparable…

– Si vous me draguez pour mon argent, vous en serez pour vos frais : je suis ruinée ! sourit Ruth, aux anges.

Elle glissa un quarter dans la machine et regarda tourner les rouleaux avec espoir et appréhension. Ils s'immobilisèrent lentement, l'un après l'autre, alignant trois symboles ronds et noirs que Ruth ne connaissait pas. Le thème musical indiquant qu'elle avait gagné gros se mit à résonner et Ruth se pencha, battant des mains :

– J'ai gagné ! j'ai gagné !

Que représentaient donc ces petits ronds avec des traits ? Des sortes de soleils noirs ? De forme ovoïde ? Peu importe, l'essentiel était d'avoir gagné ! Le cliquetis familier se fit entendre et les pièces commencèrent à dégringoler dans une joyeuse cataracte. Ruth leva les yeux vers Kether, mais il n'était plus là. Il avait dû se rendre aux toilettes, songea-t-elle, un peu contrariée.

Les pièces tombaient, tombaient dans un bruissement soyeux, et Ruth se rendit compte que certaines roulaient à terre. Elle se baissa, mais les pièces se mirent à *courir* dans tous les sens et elles étaient noires et *leurs pattes remuaient* et le bac à pièces en était plein et ça débordait sur ses genoux, *ça grimpait sur ses genoux*, toutes ces pièces qui n'étaient pas des pièces, mais des blattes, *de grosses blattes noires, pleines de pattes, sur ses genoux, par centaines* et Ruth se mit à hurler tandis que la machine continuait à cracher des blattes au son de sa joyeuse musiquette.

Ses voisins se levèrent en criant, renversant leurs tabourets, tout le monde se mit à hurler et à s'agiter, et les blattes couraient, couraient, se glissant par tous les interstices, disparaissant dans les fentes et les recoins, escaladant les escarpins et les mocassins vernis avec leur grotesque dandinement et leur redoutable rapidité.

Jem entendit les cris et se précipita en avant : des gens refluaient avec des moues écœurées, des femmes criaient, des exclamations fusaient : « Là, il y en a une ! Ici, vite ! » Il recula prudemment, cherchant Ruth du regard. Elle était toujours assise à la même machine, hurlant sans discontinuer, une masse noire et grouillante sur les genoux et Jem sut immédiatement ce que c'était et fonça vers elle, jouant des coudes à travers la cohue. Il la saisit aux épaules et la força à se lever, faisant tomber à terre la masse de blattes dont une bonne partie resta accrochée à sa robe, à ses bas, jouant frénétiquement des pattes et des antennes, dans l'odeur pestilentielle qu'il ne connaissait que trop. Il se mit à secouer la robe de Ruth qui s'était tue, la bouche ouverte, les yeux dans le vague. Il tapait furieusement des pieds, écrasant les insectes sous ses semelles, chassant d'un geste rageur ceux qui tentaient de grimper sur ses avant-bras, essayant de toutes ses forces de ne pas respirer leur sale odeur de mort. Des employés accouraient, munis de balais, de tapettes à mouches et de bombes insecticides. Jem arracha une bombe à l'un d'entre eux qui sautillait d'un pied sur l'autre et vaporisa abondamment la robe de Ruth et ses jambes, plein d'une joie haineuse à la vue des insectes qui tombaient et se tordaient sur le sol. Ces saloperies n'avaient que ce qu'elles méritaient. Lorsque la dernière antenne cessa de frémir, il jeta la bombe, vide, et saisit la main de Ruth qui regardait au loin.

– C'est fini, Ruth, dit-il, ça va aller, maintenant…

– Je ne comprends pas comment cela a pu se produire, je suis désolée pour votre grand-mère, disait un gros type en costume rose pâle en s'épongeant le front.

Un homme avec une cravate ornée de Mickeys le rejoignit :

– La vieille dame est en état de choc, je suis médecin, il faut appeler une ambulance…

– Non, inutile, je m'en occupe, coupa Jem.

– Où est Kether ? J'ai rendez-vous avec Kether Brown.

– Je vais la reconduire à sa chambre, ça ira, reprit-il.

– Un accident incompréhensible ! disait le gros homme. Nous sommes absolument désolés… Bien entendu, vous êtes nos invités pour la nuit… John, suite vingt-six pour ce jeune homme et sa grand-mère… Monsieur…

– Mirales. Jérémie Mirales. Ma grand-mère s'appelle Ruth. Laissez-nous passer, elle doit se reposer. Je vous verrai demain dans votre bureau, lança Jem sous le coup d'une inspiration subite.

– Elle devrait prendre un sédatif, insista le type aux Mickeys.

– Elle a ce qu'il faut, ça ira.

Écartant le médecin trop zélé, Jem fendit la foule des curieux, salua le directeur en sueur, reçut sa clé de la main d'un groom bouche bée et se retrouva enfin dans le couloir tapissé de moquette de la suite vingt-six. Il conduisit Ruth jusqu'à un fauteuil Louis XVI vert et jaune et la fit asseoir. La vieille dame ne disait rien, elle semblait complètement indifférente. Il lui proposa un verre d'eau, mais elle ne répondit pas. Jem se rappela un film qu'il avait vu. Catatonique. Ruth ressemblait à une catatonique, immobile sur son fauteuil, les yeux ouverts mais aveugles, les bras ballants. Il souleva ses vieilles mains noueuses et les posa sur ses genoux sans que Ruth esquisse le moindre geste.

Jem se rendit compte qu'il suait à grosses gouttes et s'essuya le visage avec une des moelleuses serviettes de bain. Pas mal, la suite… Salon style Trois Mousquetaires, salle de bains digne du *Titanic*, deux chambres un peu plus petites que des terrains de basket, avec lits à baldaquin et cheminées. Des cheminées ? Il s'approcha de l'une d'elles et se rendit compte que ce n'était qu'un panneau en bois peint, muni d'une poignée. Il tira sur la poignée et se retrouva devant un frigo abondamment garni. Il y prit un Coca en soupirant et retourna dans le salon où Ruth n'avait pas bougé d'un millimètre.

Qu'est-ce qu'il allait faire ? Il n'avait pas les moyens de garder cette chambre. Et si Ruth restait dans cet état, ils allaient la transférer dans un hôpital, un asile pour vieux... Il frissonna en repensant aux blattes grouillant sur les genoux de la vieille dame. Ce n'était pas un rêve, pas même un cauchemar, c'était la réalité, et c'était pire parce qu'on ne pouvait pas ouvrir les yeux en se félicitant de revenir au monde réel.

Il bâilla malgré lui. Il se sentait fatigué, énervé, tendu. Il n'avait que quatorze ans, merde, il n'avait rien à faire dans cette histoire. Laurie ne pourrait jamais le retrouver, personne ne pourrait jamais le retrouver, il allait devoir se débrouiller tout seul face aux « puissances des ténèbres », comme aurait dit Grand-Pa. Grand-Pa était mort, la tête écrabouillée par un autobus que conduisait le cadavre de Paul Martin, l'ancien condisciple de Jem et Laurie. Jem n'avait plus aucune famille sur terre. Ses parents avaient péri dans un accident d'avion quand il était tout petit et Grand-Pa Léonard l'avait élevé. Et c'était à cause de Grand-Pa Léonard que Jacksonville était devenu un repaire de morts-vivants. Il avait réussi à trouver le passage reliant le monde des vivants à celui des morts, à créer, selon ses propres termes, un « refuge », où certaines personnes décédées avant leur temps pouvaient continuer un simulacre de vie. A une condition : qu'elles ne se souviennent jamais qu'elles étaient mortes. Mais quand la famille Martin s'était tuée en voiture et avait ressuscité pleine d'appétit, tout avait commencé à aller de travers.

Il vida la boîte de Coca et l'écrasa machinalement entre ses grandes mains. De vraies mains de bouseux, disait toujours ce débile de Bum Bum Bubble. Le sang sur le tee-shirt de Bum Bum, le stylo-bille ensanglanté… Il jeta un coup d'œil à Ruth, immobile, les narines frémissantes, les yeux fixes. État de choc. Et si elle restait cinglée ? Incapable de rester en place, il se leva, gagna la baie vitrée qui surplombait Las Vegas Boulevard. Forêt de néons clignotant en dessous et au-dessus de lui. Pourquoi Ruth avait-elle été attaquée ? Cela signifiait-il qu'il y avait des zombis ici, à Vegas ? Que Jacksonville n'était pas un cas isolé ? Ou alors l'entité qui les contrôlait avait décidé de se venger d'eux, des six imbéciles qui avaient contrarié ses plans ? « J'ai Satan au cul, j'suis vraiment foutu », se mit à chantonner Jem retournant au frigo. Satan… « Un concept plutôt démodé », aurait dit Laurie. Et ce type, ce vieux en smoking qui parlait avec Ruth, où diable était-il passé ?

Laurie pila net pour regarder le panneau au coin de la rue : Las Vegas Boulevard. Le conducteur de la voiture qui le suivait le dépassa en clamant des insultes qu'il n'entendit pas. Il mit son clignotant et bifurqua dans une rue sombre où il pourrait se garer. Il était tellement fatigué et énervé qu'il en aurait pleuré.

Il se rangea tant bien que mal le long du trottoir défoncé et s'examina dans le rétro extérieur avant de s'éloigner. Quel dommage qu'il soit si petit ! Un mètre soixante tout juste, et pas un poil de moustache. Difficile de ne pas se faire repérer dans ces conditions. Et comment retrouver Jem s'il ne pouvait pas entrer dans les salles de jeux ? Se faire adopter dans l'heure par un couple de riches Japonais en voyage de noces ? Il décida de ne pas prendre son sac, autant le ranger dans le coffre, et se dirigea vers l'arrière de la voiture. Les deux corps tapis dans l'ombre frémirent, lèvres entrouvertes : de la nourriture approchait.

Et si on lui volait la voiture ? Laurie se ravisa. Il valait mieux garder le sac avec lui. Il n'avait qu'à le laisser à la consigne de la gare routière. Il s'éloigna d'un pas rapide.

Deux petits soupirs de dépit s'échappèrent de deux petites bouches putréfiées.

– Qu'est-ce qu'on fait maintenant ? demanda Wilcox en s'étirant.

Il avait des fourmis dans les jambes et les yeux brûlants d'avoir conduit si longtemps.

– On fait les motels et les campings, répondit Samantha.

– Il est cinq heures du mat' ! objecta Wilcox.

– Justement, les réceptionnistes auront le temps de tailler une bavette.

– Je m'enverrais bien un steak, murmura Buddy, rêveur. Un gros, avec des oignons et du poivre vert.

– Plus tard, décréta Marvin Hayes en tirant sur ses manchettes de chemise. Nous sommes tous d'accord : si Jem est venu à Vegas, c'est parce que Ruth Mirales s'y trouve. Si Ruth se trouve à Vegas, c'est pour jouer. Donc, pour retrouver Ruth, il a dû se rendre dans les casinos. Correct ?

– Il n'a que quatorze ans, fit remarquer Samantha.

– Il mesure un mètre quatre-vingts, Sam, et il a la carrure d'un joueur de foot. Voici ce que je propose : on se sépare en deux équipes et on fait la tournée des hôtels et des casinos.

– Je vais avec vous, dit Herbie, qui n'avait aucune intention de se retrouver en compagnie de Buddy Cole.

– Dans cette tenue ? disait justement celui-ci en désignant sa robe sale et froissée.

– Vous pourriez vous balader en Minnie Mouse que tout le monde s'en foutrait, dit aimablement Marvin. Remettez votre perruque et on vous prendra pour une des girls des casinos.

– Oh qu'il est gentil ! Une girl, à mon âge !

– Vous croyez vraiment que Ruth Mirales est encore en train de jouer à cinq heures du mat' ? les coupa Wilcox en grattant la barbe naissante sur sa joue.

– Si elle ne joue pas, elle sera dans sa chambre. Dans un de ces bâtiments. Bien, assez tergiversé.

– Tergiversé ! C'est drôle de penser qu'y a des mecs qui attendent toute leur vie pour pouvoir placer un mot comme ça, ricana Buddy.

Marvin haussa les épaules.

– Vous devriez vous laver les dents, Buddy. Chaque fois que vous ouvrez la bouche, on sent toute la Louisiane : fiente d'alligator et marais croupis.

Buddy se mit à rire, puis il s'immobilisa, les yeux exorbités, le doigt tendu :

– Ma bagnole !

– Où ? s'exclamèrent trois voix à l'unisson.

– Là, dans la ruelle ! C'est ma bagnole ! Avec l'autocollant rose et jaune.

Wilcox dégaina son .45. La voiture semblait vide, mais une longue expérience lui avait appris qu'il valait mieux ne jamais se fier aux apparences.

Ils s'approchèrent lentement et s'arrêtèrent à un mètre de la Corvette.

– C'est bien la vôtre ?

– Je suis pas encore aveugle. Regardez : « La vie est triste, soyez gay » et là, « Old Queens Band », c'est mon groupe. Il l'a pas du tout abîmée !

– On est content pour vous. Maintenant si vous vouliez bien la fermer… trancha Herbie en avançant vers la portière côté conducteur.

Le véhicule était vide. Pas d'odeur suspecte. Pas de traces à l'intérieur. Il toucha les roues.

– Les pneus sont encore tièdes.

– Et si vous collez l'oreille par terre, vous entendez marcher le gamin ? s'enquit Buddy d'un air innocent.

– Vous, je vous ai dit de la mettre en veilleuse…

– Ouh qu'il me fait peur ce grand méchant loup ! Hé, ne brisez pas la vitre, King-Kong, j'ai un double des clés !

Wilcox les saisit sans un mot et ouvrit la portière. Rien. La voiture était vraiment vide. Il se dirigea vers le coffre, l'ouvrit. Vide également. Il allait le refermer quand il suspendit son geste et renifla. Le coffre puait. Une mélange de désodorisant à la menthe et de poubelle, avec un net avantage à la poubelle.

– Vous avez transporté des ordures là-dedans ?

– Un ou deux copains à moi, c'est tout.

– Ha ha ha, Buddy Cole, le mec le plus marrant des cinquante-deux États.

Samantha s'approcha, devançant Marvin. Elle se pencha, huma l'air fétide.

– C'est mouillé, là.

Elle approcha son index d'une trace sombre qu'elle toucha précautionneusement et le ramena à la lumière. Écarlate.

– Du sang. C'est plein de sang, constata Marvin en resserrant son nœud de cravate.

– C'est peut-être à cause de ça, non ? demanda Buddy en saisissant entre deux doigts un morceau de viande rouge et mou.

– Qu'est-ce que c'est ? demanda Wilcox.

– J'sais pas, des rognons, p't'être, ou du foie… En tout cas, ça a salopé tout mon coffre…

– Le cœur… murmura Samantha en blêmissant.

– Quel cœur ? De quoi tu parles ?! lança Wilcox à cran.

– Le cœur de la femme assassinée au parc, expliqua Sam sans pouvoir détacher ses yeux du morceau de chair sanguinolent où se voyaient nettement des empreintes de dents.

– Agnello a dit à Hayes qu'on lui avait arraché le cœur, acheva-t-elle.

– Le *cœur* ?! balbutia Buddy, le sien au bord des lèvres.

Il lâcha le cœur qui retomba sur le ciment avec un floc écœurant.

– Le petit Laurie ? C'est lui qui a fait ça ? reprit-il, déboussolé.

– Vous nous avez dit que Laurie était avec vous lorsque le meurtre a été commis ! s'emporta Sam.

– Il y a une hypothèse que nous n'avons jamais envisagée, murmura Marvin les yeux dans le vide. C'est de savoir si nous étions tous les six vraiment ce que nous paraissions être. Après tout, quel meilleur plan pour se répandre dans tout le pays que de faire semblant de lutter contre l'envahisseur ?

– Un instant ! dit Herbie. Si je vous suis bien, vous supposez que certains d'entre nous pourraient jouer double jeu. Sam et vous-même êtes hors de cause, n'ayant jamais mis les pieds à Jacksonville avant le début des événements. Reste Jem, Laurie, Ruth et moi, c'est ça ?

– Oh ! arrêtez un peu ! s'écria Samantha. Ce que je pense est bien pire. Je pense que Laurie les a transportés avec lui, dans le coffre.

– Transporté quoi ? demanda Buddy perplexe.

– Les petits Mc Mullen. Ceux qui se sont échappés de la morgue.

– Échappés de la morgue ? répéta Buddy en se demandant s'il avait vraiment dessoûlé.

– Je pense qu'ils sont ici, en liberté. Et à la recherche d'une nouvelle proie, poursuivit Samantha en se mordant nerveusement les lèvres.

– Il faut retrouver Jem, Laurie et Ruth, dit Marvin qui s'était ressaisi, c'est ça la priorité. Une fois réunis, on verra ce qu'on doit faire.

– A vos ordres ! lança Buddy en émettant un rot sonore.

Quelle cuite, non mais quelle cuite ! Pire qu'un trip à l'acide !

Après avoir déposé son sac à la consigne, Laurie commença à faire les hôtels du Strip, demandant après Ruth Mirales. Bien sûr, ce n'était pas très discret, mais il était pressé. Il fallait qu'il retrouve Jem au plus vite. Le problème, c'était que les portiers avaient tendance à l'envoyer balader, l'empêchant d'accéder à la réception.

Jem appuya son front contre la vitre fraîche, perdu dans ses pensées. Il ferait mieux d'aller dormir, il avait besoin de se reposer. *Si seulement Laurie était là... Mais non, ce con préférait faire les cent pas sur le boulevard...* Jem se raidit : pourquoi venait-il de penser ça ? Il écarquilla les yeux, les doigts crispés autour de son deuxième Coca, essayant de scruter la nuit. Une petite silhouette brune était plantée sur le trottoir d'en face et semblait hésiter. Jem retint son souffle. La petite silhouette leva la tête, découvrant son visage brun. Jem était beaucoup trop loin pour pouvoir en distinguer les traits, mais il sut instantanément que c'était Laurie.

Il tambourina bêtement contre la vitre, puis essaya de l'ouvrir, mais impossible, elle était hermétiquement close : le casino ne tenait pas à ce qu'on se suicide en se jetant dans le vide. En bas, Laurie se remit en marche, lentement. Jem décida de descendre et il faisait volte-face quand quelque chose accrocha son regard. Deux petites ombres malhabiles émergeant de l'ombre. Et se dirigeant lentement vers Laurie. C'étaient *eux*, les enfants de la nuit !

Jem bondit hors de la chambre, appuya frénétiquement sur le bouton de l'ascenseur qui mit un siècle à monter. Ils étaient sur les traces de Laurie ! Il s'engouffra dans la cabine, tambourinant sur la paroi pendant toute la descente, bouscula un couple qui attendait dans le hall, et fonça dehors, haletant.

Laurie était à vingt mètres de lui, il traînait les pieds en longeant le drugstore éteint. Et derrière lui… Ils couraient sans bruit, avec cette foulée souple d'animal, leurs mains se posant à peine sur le sol, ils n'étaient qu'à quelques mètres de Laurie, ils…

– Laurie ! hurla Jem, Laurie, attention !

Laurie sursauta. Jem ! Quoi ? Où ? Il se retourna et les vit. Non, c'était impossible. Des enfants ne pouvaient pas courir comme ça, comme des chiens. Pas ouvrir la bouche comme ça, montrant les dents, avec des yeux rouges et brillants comme des pointes de tisonnier, non… Il jeta son sac vers eux de toutes ses forces et le petit garçon roula cul par-dessus tête avec un grognement de colère. La petite fille se mit à rire, d'un rire idiot en chantonnant « Lau'ie ché'i, j'vais t'boulotter le kiki ! ».

Laurie bondit vers la chaussée, escalada une Nissan, retomba sur le goudron, à quelques centimètres des roues d'un pick-up dont le chauffeur lui adressa une bordée d'injures. La petite fille prit son élan et sauta, deux bons mètres au-dessus du toit de la Nissan, les narines palpitantes, en poussant un long feulement. Laurie la vit planer au-dessus de lui, vit sa bouche distendue plonger vers son visage.

Jem courait. Il courait, coudes au corps, la gamine était en train de bondir sur Laurie, elle allait refermer ses crocs puants sur sa gorge.

– Non ! hurla Jem, non, espèce de saloperie, non !

Le crucifix ! Il l'extirpa de sa ceinture et le projeta maladroitement sur la gamine à l'instant où celle-ci reprenait pied sur le sol. Le bois d'olivier effleura sa peau molle et elle parut traversée par une décharge électrique qui l'envoya bouler à plusieurs mètres. Laurie le regarda bouche bée, puis tendit le doigt :

– Là, là…

Jem suivit son regard : le petit garçon avançait vers eux, lentement, en sautant d'un pied sur l'autre.

– « Un deux trois je mangerais bien
deux merdeux comme coupe-faim.
Quatre cinq six
c'est mieux qu'les saucisses… »

La petite fille se releva en époussetant soigneusement sa robe. Un peu de fumée s'élevait de ses cheveux tire-bouchonnés. Le crucifix avait roulé derrière elle, hors de portée. Elle l'évita soigneusement, darda sur eux ses yeux rougeoyants et se lécha les lèvres.

– Pourquoi vous voulez pas jouer avec nous ? demanda-t-elle d'une voix plaintive.

– On est perdus, renchérit son frère en hoquetant.

– Vous voulez pas nous donner la main ? continua la petite fille en s'essuyant les yeux.

– Vous en faites pas, on vous la rendra jamais ! acheva le petit garçon en hurlant de rire.

– Foutez le camp ! lança Jem d'une voix mal assurée.

– Très impressionnant, commenta Laurie à voix basse, t'as pas changé, mec.

Jem regarda autour d'eux. Personne. Pas une seule voiture. Ils étaient plantés au milieu du Strip, les seules minutes où personne ne passait. Il prit soudain conscience qu'ils allaient mourir là, comme des cons, égorgés par des moutards qui devaient encore pisser au lit.

Les deux enfants s'étaient rapprochés.

– Adieu, chers compagnons de jeux, lança la petite fille d'un ton mélodramatique.

– Planquez-vous ! hurla la voix grave de Wilcox et, sans même réfléchir, Jem et Laurie détalèrent vers le trottoir d'en face tandis que ça commençait à tirer dans tous les sens.

Le portier de l'hôtel jaillit, suivi de gens en tenues de soirée. Un géant noir et un mec basané tiraient au magnum .45 sur deux petits gosses plantés au milieu de la route ! Une femme s'évanouit et un jeune homme se précipita pour appeler la police. Une balle dum-dum arracha la tête du petit garçon, l'envoyant rouler à dix mètres. Quelqu'un se mit à vomir. « Arrêtez por favor ! hurlait le portier sans discontinuer, arrêtez ! » Le gamin s'effondra, puis, rampant sur le sol dans un jet de sang noir, il alla récupérer sa tête et s'éloigna, se glissant sous les voitures. Deux autres femmes s'évanouirent. Les sirènes de police déchiraient la nuit tiède. La petite fille montra les dents et suivit son frère, se faufilant comme un serpent le long du caniveau. Un vieil homme porta la main à son cœur. L'odeur de la poudre brûlée planait sur le boulevard. Marvin saisit Herbie par les épaules :

– Faut se tirer, vite !

Ils se mirent à courir, dans la direction qu'avaient prise Jem et Laurie, sans souci des cris affolés derrière eux.

– Où on est ? demanda Wilcox, essoufflé.

– Dans le parking de l'hôtel, je crois.

– Par ici, lança la voix de Jem dans l'ombre.

Les deux hommes se dirigèrent vers la voix.

– C'est la porte des fournisseurs, on n'a qu'à se faufiler. J'ai une chambre ici.

– Une chambre ici ? Merde ! dit Wilcox.

Marvin tripota la serrure qui céda rapidement.

Ils entrèrent sans bruit et se glissèrent rapidement le long d'un couloir obscur. Dehors, c'était la cohue, les projecteurs trouaient fiévreusement l'aube naissante, un sergent épuisé tentait de consigner par écrit des récits pour le moins chaotiques.

– Et voilà, dit Jem en ouvrant la porte.

– C'est pas trop tôt ! lança Samantha en se levant.

– Mais… qu'est-ce que… balbutia Jem, ahuri, Laurie sur ses talons.

Samantha dans cette chambre avec le type de la montgolfière dans sa robe du soir toute dégueulasse… est-ce qu'il avait raté un épisode ?

– Qu'est-ce que vous foutez là ? demanda Wilcox, tout aussi étonné que lui.

– On est simplement passés à la réception, chéri, et on nous a dit que Mme Mirales et son petit-fils occupaient la suite vingt-six. Et vous ? Vous avez l'air plutôt secoués… Mon Dieu, Jem, comme tu as grandi ! Et toi, Laurie, ça va ? Vous avez perdu votre langue ?

Jem eut l'impression de rougir et marmonna quelque chose comme « bonjour ». Laurie leva deux doigts en guise de salut. « Chéri »… C'était plutôt marrant d'entendre appeler le chef Wilcox « chéri ».

– Je crois que le moment est venu d'avoir une bonne explication, dit Marvin en remettant son arme brûlante dans son holster.

Jason leva soudain la tête, interrompant son repas. Brenda le regarda, l'air interrogatif, la bouche encore enfouie dans le ventre chaud du vagabond qu'ils avaient coincé près du centre commercial.

– Papa ? dit Jason. Papa me parle. Il va venir nous rejoindre. Il demande où nous sommes.

Jason regarda autour de lui. Il y avait bien des panneaux, mais il ne savait pas lire. Brenda suivit son regard.

– « Ca-si-no Center », épela-t-elle. Et dis à Papa d'apporter à manger.

Le soleil était levé depuis longtemps quand Jem émergea d'un sommeil agité. Il tourna la tête et vit le visage brun de Laurie, étalé sur l'oreiller à côté de lui. Il tendit doucement la main et saisit le nez de Laurie entre le pouce et l'index, lui pinçant fermement les narines. Presque aussitôt Laurie ouvrit toute grande la bouche et se dressa dans le lit, affolé. Jem éclata de rire.

– T'aurais vu ta gueule !

– T'es vraiment qu'un pauvre attardé !

– Vous êtes réveillés ? lança Samantha en passant la tête dans l'entrebâillement, revêtue d'un des peignoirs blancs de l'hôtel. J'ai commandé deux breakfasts. Tu seras gentil d'accueillir le serveur, Jem. Il vaut mieux qu'il ne nous voie pas.

Jem acquiesça et attendit que Samantha se soit éloignée pour se lever. Pas question de se montrer en caleçon douteux devant l'agent fédéral Wasterton. Il enfila ses habits de la veille pendant que Laurie s'étirait.

Marvin colla sa tête sous le pommeau de la douche avec satisfaction. Le jet glacé ôtait la sueur, la peur, l'anxiété, contractait ses muscles et lui donnait la sensation d'être parfaitement propre. Il avait passé la nuit recroquevillé sur le canapé, face à Ruth, toujours immobile. Herbie et Sam avaient pris la deuxième chambre et Buddy s'était allongé sur la moquette après avoir liquidé le contenu du minibar.

Wilcox enfila sa chemise en se disant qu'elle puait. Il irait en acheter une neuve tout à l'heure. Il boucla son holster et donna un coup de brosse à ses bottes. On frappa à la porte de la chambre et il resta immobile le temps que Jem signe la note et referme la porte.

– Deux breakfasts pour sept, c'est bombance ! dit-il en rejoignant les autres dans le salon.

Buddy dormait toujours, la bouche ouverte, le nez écrasé contre le sol, sa robe toute tire-bouchonnée découvrant ses mollets musclés et soigneusement épilés.

– Ce mec est une vraie catastrophe, ajouta Wilcox en l'enjambant.

– Moi, je le trouve sympa, dit Jem.

– C'est grâce à lui qu'on est tous réunis, acquiesça Laurie.

– J'ai l'impression qu'on est réunis parce qu'on devait l'être, soupira Marvin.

Personne ne fit de commentaires. Ils partagèrent soigneusement les petits déjeuners en portions égales et mangèrent en silence. Ruth consentit à avaler un peu d'eau et de café.

– Je veux voir Kether Brown, articula-t-elle soudain avec netteté.

– Elle a pas arrêté de répéter ça toute la soirée, expliqua Jem.

– Qui est Kether Brown ? demanda Samantha en se versant un verre de lait.

– Je pense que c'est le vieux black aux yeux bleus que j'ai vu avec elle, juste avant que la machine à sous se mette à dégobiller des cafards.

– Kether… murmura Laurie, pensif. C'est un drôle de nom pour un homme.

– Passionnant, Laurie, ce commentaire, fit remarquer Jem.

– Kether est un des états de conscience décrits par la Kabbale, poursuivit Laurie.

– Je viens d'avoir Agnello au téléphone, l'interrompit Marvin. L'enquête sur les meurtres de femmes piétine. Il a mis la main sur la coéquipière de Buddy qui raconte que trois flics des mœurs ont enlevé son copain. Il a tout de suite compris que c'était nous et veut savoir pourquoi on s'intéresse à, je cite, « cette pédale volante ». D'autre part, il a lu un rapport sur l'incident avec la montgolfière. Ce salaud n'est pas stupide. Je ne pourrai pas le tenir à l'écart encore longtemps. Ah, j'oubliais… le père des petits Mc Mullen est mort cette nuit. Qu'est-ce que vous disiez à propos de Kether Brown ?

Laurie avala une bouchée de pancake avant de répondre :

– Dans la tradition kabbalistique, Kether est le nom d'un des états de conscience les plus proches de Dieu…

– Vous vous souvenez d'Annabella Wilkes ? le coupa Samantha.

– La postière de Jacksonville ? demanda Marvin.

– On risque pas de l'avoir oubliée ! lança Jem. Laurie et moi, on l'avait trouvée morte chez elle. Et puis elle s'est jetée sur nous ! Tu te rappelles, Laurie, comme elle a essayé de nous bouffer ! ajouta-t-il, revoyant avec écœurement la gentille vieille dame tournoyer comme une toupie aveugle et vorace en répétant « Bella a faim ».

– Dans son journal intime, dit Sam, Annabella Wilkes raconte qu'après sa mort elle s'est retrouvée dans un immense casino où un homme sans visage jouait à une gigantesque machine à sous. C'est lui qui lui a permis de revenir sur terre pour poursuivre son existence.

Étendu sur la moquette les yeux clos, Buddy s'appliquait à ronfler tout en écoutant attentivement. Mais de quoi parlaient-ils donc tous ? « Après sa mort », « essayé de nous bouffer », « poursuivre son existence »... est-ce qu'ils faisaient partie d'une secte d'illuminés ?

– Ce mystérieux Kether Brown serait donc une matérialisation divine ? C'est ça que tu veux dire, Sam ? Que Ruth Mirales buvait un martini dry avec Dieu ? demanda Marvin en se massant les tempes.

– Il n'y a pas que Dieu, il y a les anges, les archanges... précisa Laurie.

– Laurie, merci, on le sait. Il y a aussi plusieurs milliers de catégories de démons. Le ciel est très encombré, persifla Marvin.

– Si ce Kether machin était du côté de Dieu, pourquoi est-ce que Ruth s'est retrouvée avec un tas de cafards sur les genoux ? demanda Jem.

– Bordel, arrêtez un peu avec Dieu, les anges, le diable et tout le tremblement ! Rien ne prouve l'existence de forces occultes là-dessous !

Toutes les têtes se tournèrent vers Herbie.

– Parfaitement. Dès qu'on ne comprend pas quelque chose, on y voit la preuve de l'existence de Dieu. Moi, ce que je vois, c'est qu'on se trouve face à une puissance inconnue qui peut aussi bien être d'origine matérielle qu'immatérielle. Versus est peut-être l'émissaire d'une civilisation différente.

– La Guerre des étoiles, quoi, suggéra Laurie.

– Excusez-moi, mais sans vouloir vous déranger, vous pourriez m'affranchir un peu plus ? demanda Buddy en se hissant sur le canapé.

6

Hulk eut un petit gémissement et ses pattes tressautèrent. Le vétérinaire le regarda tristement en jetant la seringue. Un superbe animal, quel dommage qu'il ait fallu le piquer. Mais il avait eu la colonne vertébrale brisée dans l'accident et les examens venaient de confirmer qu'il resterait paralysé. Le pouls du dalmatien ralentit rapidement avant de s'arrêter. Jack consulta sa montre. Déjà vingt heures. Il l'incinérerait demain. Il laissa le chien sur le bloc et ôta sa blouse. Sa femme devait trépigner d'impatience. Il lui avait promis d'aller essayer le nouveau resto dont tout le monde parlait et où on bouffait des algues en salade. Il éteignit la lumière et sortit en se promettant de prendre du bicarbonate de soude.

Quelque chose venait. Quelque chose de puissant. Quelque chose qui appelait. Qui ordonnait. Qui disait « viens ». Toute sa vie, Hulk avait obéi. Il ouvrit les yeux et regarda son maître, debout dans l'ombre.

– On va retrouver les enfants, dit l'homme en lui caressant l'échine d'une main froide. Viens !

Hulk sauta maladroitement de la table étroite et faillit s'étaler sur le carrelage. Ses griffes cliquetaient tandis qu'il suivait son maître. Les enfants. Jason et Brenda. Oui, tous ensemble. Comme avant.

Là-haut, dans la chambre, Jack s'assit, la main sur

l'estomac. Ces foutues algues ne passaient pas, et le gâteau au yaourt et au gingembre… rien que d'y repenser… Il se dirigea sans bruit vers la salle de bains et posait la main sur la poignée quand il s'immobilisa.

Il y avait un animal qui se promenait en bas. Il entendait le cliquetis de ses griffes sur le sol. Le bull de Mme Jones ? Il avait peut-être réussi à ouvrir la cage. Mais il aurait dû rester endormi jusqu'au matin. Jack commença à descendre lentement l'escalier. Une silhouette sombre se tenait devant la porte d'entrée et il éprouva soudain une peur irraisonnée, tout en tentant de se convaincre qu'il s'agissait de son imperméable accroché au portemanteau. Mais son imperméable n'aurait pas fait deux pas en sa direction. Jack ouvrit la bouche pour crier, puis se figea en entendant le grognement. Un chien. Tout près de lui. L'odeur caractéristique d'un gros chien en colère. Le grognement se répéta et Jack retira sa main de la rampe. La silhouette sombre murmura :

– Nous avons faim.

– Sortez de chez moi ! explosa Jack en se demandant pourquoi il n'avait pas pris son fusil. Sortez immédia…

Des crocs s'enfoncèrent dans la chair tendre de sa gorge et Jack songea « le chien, le chien m'a attaqué » avant de se rendre compte que le chien était assis près de la porte, l'air surpris, et que la gueule puante collée à sa gorge était celle de l'homme. Il sentit le sang jaillir de sa carotide, il vit les yeux glauques de son agresseur rivés sur lui, l'énorme trou dans sa tempe. *Cet homme m'égorge avec ses crocs… impossible… et… dalmatien… mort. Mort mais assis sur le carrelage et moi, c'est moi qui suis en train de…* Il mourut dans un hoquet, ses yeux bleus fixés sur les yeux vitreux d'Allan Mc Mullen. Hulk et son maître finirent leur repas avant de s'éloigner dans la nuit, repus.

Après une bonne douche et deux litres de Perrier, enveloppé dans un des moelleux peignoirs blancs de l'hôtel, Buddy se sentait mieux. Les pelleteuses qui se baladaient sous son crâne avaient ralenti leur trafic et il se dit qu'un petit bloody mary le remettrait peut-être complètement d'aplomb. Laurie lui avait raconté toute l'histoire avec force détails et le bloody mary paraissait de circonstance.

Marvin et Herbie étaient partis à la recherche du mystérieux Kether Brown, Ruth dodelinait de la tête dans le fauteuil près de la baie vitrée, Jem et Samantha avaient été chargés d'acheter des fringues de rechange et Laurie pianotait sur son ordinateur portable avec ferveur.

Buddy jeta un coup d'œil dehors. Le boulevard grouillait de monde et la rumeur de la circulation lui parvenait malgré le double vitrage. Il s'amusa un instant à repérer les poivrots anonymes, il était très fort à ce jeu, il les devinait au regard, à l'attitude... Le type là-bas, avec son dalmatien, il avait beau essayer d'avoir l'air normal... D'abord il était blanc comme un cadavre, ensuite on sentait qu'il avait du mal à coordonner ses mouvements. Et le chien aussi avait l'air bourré. Buddy réfléchit un moment au problème : avait-il jamais rencontré un chien alcoolique ? Non. Or celui-là avait une démarche hésitante et la queue basse. On aurait vraiment dit un chien de dessin animé.

Le mec livide s'arrêta soudain au coin d'une rue et tendit les bras. Le dalmatien se mit à remuer la queue et deux gosses surgirent en courant. Buddy observait la scène machinalement, en sirotant son bloody mary. Les gosses étaient dépenaillés et très sales, mais le type les serra contre lui et ils embrassèrent le chien. Puis ils s'éloignèrent tous les quatre, disparaissant à sa vue. Une jolie petite famille complètement schlass, se dit Buddy avec bonne humeur en vidant son verre. Échappée de chez Walt Disney et revue et corrigée par Tex Avery.

Laurie tapa le code d'accès lui permettant d'ouvrir son fichier « Numérologie » et contempla avec satisfaction les longues colonnes de chiffres et d'équations qui s'affichaient sur l'écran. Il avait numérisé la quasi-totalité des derniers événements en convertissant les lettres en chiffres d'après leur position dans l'alphabet latin. VERSUS ainsi transcrit donnait un total de 19, soit 9 + 1 = 10, soit 1. Le symbole du commencement. Le chiffre de l'unicité. Versus était-il l'antithèse de Dieu ? LAS VEGAS correspondait à 5 et JACKSONVILLE à 7. Que des nombres premiers. Il décida d'essayer KETHER. Le chiffre de Kether était 4. Les 4 éléments. Et si on additionnait KETHER + VERSUS ? On retombait sur 5. Soit LAS VEGAS. Laurie soupira. Toutes ces théories idiotes ne donnaient rien de concret. Il tapa sur la touche « quitter » en songeant qu'il grignoterait bien un petit double-cheese. On frappa à la porte de la suite. Laurie entendit Buddy se déplacer tout en manipulant la souris pour éteindre. Son doigt resta suspendu en l'air. Des chiffres clignotaient sur l'écran.

16-1-1915-21-22-19-9-18

On frappa de nouveau et Buddy cria : « J'arrive ! » en se donnant rapidement un coup de peigne.

16 = P, 1 = A, 19… Laurie compta rapidement sur ses doigts = S, PAS, continuons… 15 = O, 21 = donc U et 22 V. PAS OUV…

– Buddy ! N'ouvrez pas ! cria Laurie en jaillissant de la chambre.

Buddy le dévisagea, étonné, tout en tournant le bouton. La porte s'entrebâilla.

– Écartez-vous ! Buddy !

– Mais qu'est-ce que… commença Buddy.

Il n'acheva pas sa phrase : un dalmatien puant la charogne venait de lui sauter à la gorge. Il n'avait pas encore pris conscience du fait que le chien l'attaquait que Laurie avait déjà saisi une des chaises et la brisait sur l'échine de l'animal qui se retourna vers lui, les crocs entièrement découverts. Ses yeux rouges brillaient et un grognement guttural sourdait de sa gueule. Roulant sur lui-même, Buddy se releva d'un bond et attrapa une lampe de chevet dont l'abat-jour dégringola. Cet animal devait avoir la rage…

Le dalmatien leva une patte et se mit à uriner paisiblement sur la moquette tout en fixant d'un air narquois le peignoir entrouvert de Buddy.

– Tu devrais cacher tes bijoux de famille, ça pourrait attirer des cambrioleurs, dit-il en faisant claquer sa mâchoire d'une manière suggestive.

Affolé, Buddy serra prestement sa ceinture. Ce chien… C'était le dalmatien qu'il avait vu dans la rue. Il était venu jusque dans la chambre pour *l'insulter* et souiller le tapis. Puis la porte s'ouvrit en grand et ils se tenaient là, tous les trois, agitant joyeusement la main, l'homme livide et les deux enfants. Buddy avala sa salive. Les chiens ne parlaient pas. Même les dalmatiens. Le type devait être un ventriloque. Ou alors, il était plongé dans un coma éthylique et il rêvait.

– Par quoi on commence ? demanda le petit garçon.

– Les femmelettes et les enfants d'abord… répondit le chien avec un sourire en coin, l'air tout à fait satisfait de lui-même.

– *Vade retro Satanas !* lança soudain Laurie d'une voix forte, *In nomine patri et filii et…*

– Sexy !

La petite fille releva sa robe en hurlant de rire, découvrant son sexe nu, et Laurie baissa les yeux, gêné.

– Hulk ! dit l'homme d'une voix qui évoquait le son grave d'un basson, vas-y, rapporte. Rapporte la viande à Papa.

– Mais qu'est-ce qu'il se passe ? demanda Buddy, hébété, hésitant entre s'évanouir ou aller se tremper la tête dans une bassine de gin bien frais…

– Il se passe qu'ils veulent nous bouffer ! lui lança Laurie d'un ton suraigu.

Les yeux sans regard du chien se fixèrent sur Laurie et ses crocs s'allongèrent. Il se mit à rire, d'un étrange rire de chien.

– T'as le bonjour de Cruella, dit-il. Je crois qu'elle veut se faire une minijupe avec ta jolie peau noire…

Laurie recula et trébucha lourdement sur la table basse, s'affalant sur le canapé. Le dalmatien bondit. Laurie ferma les yeux, brandissant vaguement un coussin devant son visage. Il y eut une brève série de jappements, puis une masse lourde s'affala sur lui, secouée de soubresauts. Laurie se glissa sur le côté, terrorisé. Le corps de Hulk était parcouru de frémissements, le pelage hérissé. Sa gueule s'était refermée sur la douille dénudée de la lampe. Buddy le contemplait avec étonnement.

Le corps du chien sembla soudain se fissurer et des milliers de minuscules asticots se frayèrent un chemin à travers la peau, donnant l'illusion qu'il frissonnait.

Est-ce que je suis en train de regarder un film ? se demanda Buddy.

L'homme tendit l'index vers le chien, puis vers eux, et Buddy fut obligé de remarquer que la peau de ce doigt était bleue et craquelée. Le petit Jason fit un pas en avant.

– Ils ont fait du mal à Hulk.

– Il faut punir les Eight Balls [1], y faut leur bouffer les *balls*… chantonna Brenda, mutine.

Buddy essaya de retirer la lampe de la gueule du chien, mais la douille s'était soudée au palais de l'animal.

– On est mal barrés, murmura Laurie en refermant sa main sur le briquet de Wilcox qui avait roulé par terre.

De son autre main, il ramassa un magazine vantant les mérites de l'hôtel et le roula en torche. Avec la sensation

1. Boule de billard n° 8, de couleur noire, par extension surnom donné aux Noirs.

de se balader dans un rêve stupide, Buddy saisit un *Washington Post* de l'avant-veille qui traînait sur un fauteuil, et sortit son briquet.

– Ces saloperies ne résistent pas au feu, expliqua Laurie à voix haute. Ça va leur faire vraiment très mal.

Est-ce que Laurie avait réellement l'intention de faire flamber des petits enfants ?

Laurie enflamma son magazine et les Mc Mullen tressaillirent.

– Allez, venez, venez goûter aux flammes de l'enfer, persifla Laurie.

Buddy brandit à son tour un *Washington Post* rougeoyant.

– Sortez d'ici ! s'entendit-il lancer d'un ton ferme, en se disant que ce rêve était vraiment grotesque.

Le petit Jason émit un rot tonitruant et sa sœur éclata de rire. L'homme s'avança, laissant à Buddy tout loisir de détailler sa peau marbrée, sa tempe droite enfoncée et les trucs blancs qui rampaient entre ses dents. Buddy se pinça fortement le bras de sa main libre. La douleur le fit tressaillir. Il ne rêvait pas et ce type était mort. Comme les deux gamins. Morts et en train de faire la conversation dans la suite vingt-six du Circus Circus.

– Je suis plombier, dit l'homme, je m'appelle Allan Mc Mullen. J'ai trop bu et j'ai perdu le contrôle de la voiture. Est-ce que vous croyez que je vais retrouver ma femme ? Elle est morte il y a deux ans, j'ai son urne à la maison.

– Foutez le camp, chevrota Buddy, liquéfié de terreur.

– Quand vous serez mort, vous ne direz plus ça. Où voulez-vous que j'aille ? Il faut bien que les gosses et moi on se nourrisse. La terre est peuplée d'égoïstes dans votre genre. Mais vous allez le payer. Vous allez payer pour tout le mal que vous avez fait, espèce d'anormal. Vous allez payer pour votre musique de chiottes et pour

Slim dont vous avez souhaité la mort parce que vous n'en pouviez plus de vous occuper de lui !

Comment était-il au courant pour Slim ? Comment pouvait-il connaître les atroces pensées qui l'avaient traversé tandis qu'il tenait la main décharnée de Slim à l'hôpital durant son interminable agonie ?

– Vous laissez pas déstabiliser, ils font ça tout le temps. Ils savent tout de nous et ils essaient de nous manipuler… lança Laurie en agitant sa torche.

– Il faut les asperger d'eau bénite, lâcha une petite voix sèche.

Buddy se retourna instinctivement. Ruth Mirales les regardait d'un air sévère, les mains croisées sur les genoux.

– On n'en a pas, Ruth, chuchota Laurie.

– Évidemment, sans eau bénite… Il fallait en acheter, décréta Ruth en haussant les épaules.

– Ben oui, fallait en acheter, Laurie chéri… la parodia Jason.

– Ta gueule, le poisson avarié ! cria Laurie, retourne en enfer !

Il projeta sa torche sur Jason qui l'esquiva de justesse avec un feulement de rage. Brenda bondit dans le couloir en couinant. Puis la torche s'éteignit.

Allan Mc Mullen sourit largement, découvrant ses gencives et sa langue chargée de vers blancs et les deux gosses s'approchèrent de nouveau. Buddy, d'un geste vif, saisit quelque chose dans sa poche arrière. Une flasque plate et argentée.

– Réserve spéciale Buddy Cole. Du gin, du bon.

Il en versa quelques gouttes sur la torche, provoquant une flambée crépitante. Puis il aspergea rapidement la moquette.

– Qu'est-ce que… rugit Mc Mullen…

– Trop tard mon pote ! exulta Buddy en jetant son *Washington Post* sur la moquette imbibée de gin.

De hautes flammes s'élevèrent aussitôt, rejetant les Mc Mullen dans le couloir.

– La porte, vite ! hurla Laurie, et Buddy bondit par-dessus le feu jusqu'à la porte, s'y appuyant de tout son poids tandis que trois corps décharnés pesaient de l'autre côté.

La clé. Tourner la clé. Il vit les petits doigts rongés jusqu'à l'os de Brenda tâtonner contre le montant et ferma les yeux tout en continuant de pousser de toutes ses forces. Il y eut un cri de colère, puis la porte se ferma brusquement avec un déclic et il tourna la clé. Trois petits doigts sans ongles gisaient par terre.

– Buddy ! Attention ! cria Laurie.

Buddy releva la tête et sentit une onde de chaleur l'envelopper. Il ne comprit pas tout de suite que le peignoir avait pris feu, le temps que la douleur atteigne son cerveau, le temps que ses cheveux s'enflamment.

Laurie courut jusqu'à la chambre, arracha la couverture de son lit et revint taper sur Buddy qui tournoyait à travers la pièce en hurlant. Ruth fronça les sourcils et souffla bruyamment, comme exaspérée.

– Allez chercher de l'eau ! hurla Laurie, Ruth, allez chercher de l'eau !

Buddy s'effondra sur le divan, roulant sur lui-même tandis que Laurie essayait d'étouffer les flammes. Une sonnerie tonitruante se mit en route. Le signal d'alarme d'incendie de l'hôtel. Cavalcade dans le couloir. Buddy geignait doucement, enveloppé dans la couverture noircie, la moitié des cheveux calcinés, de larges plaques rouges sur le crâne et le visage.

– Attention devant ! lança Ruth, et le contenu d'un vase plein d'eau froide et de roses fanées se déversa sur le crâne pelé de Buddy.

Quelqu'un frappait à la porte à coups redoublés tandis que la plus grande confusion semblait régner dans les couloirs.

– On vient, dit Laurie, en tremblant comme un cheval fourbu. Ruth, allez donc vous asseoir.

– Si je comprends bien, Jimmy, ton ordinateur, t'a averti qu'il y avait un danger… susurra Marvin en faisant craquer ses doigts.

– Exactement.

– Et puis la famille Mc Mullen a débarqué avec son chien et a essayé de vous tuer.

– C'était un dalmatien. Le directeur l'a fait transporter à la clinique vétérinaire. J'ai bien recommandé qu'on l'incinère.

– Entre-temps, les pompiers sont arrivés, puis les journalistes de la télé locale et les flics…

– Et le médecin, continua Laurie. Il a soigné Buddy qui a refusé d'aller à l'hôpital et, bon, le directeur a demandé le numéro de sa compagnie d'assurances et…

Le téléphone sonna et Marvin décrocha.

– Hayes en ligne.

– Alors, môssieur Hayes, on a des ennuis ? grinça Agnello à l'autre bout du fil. Le directeur de l'hôtel vient de me raconter une histoire à mourir de rire. Comme quoi y a plein de barjots dans la suite vingt-six. Y compris un chien, un adolescent blond d'un mètre quatre-vingts et un mec cuit à point du nom de Richie Buddy Cole. Vous savez, le mec que des flics ont embarqué au Fiesta Balloon Park, hier soir. Le même mec qui s'était égaré avec son ballon du côté de Las Vegas.

– Qu'est-ce que vous voulez ? Je suis pressé.

– Vous avez retrouvé le gamin, n'est-ce pas ? Et ça a recommencé.

– Quoi ? Qu'est-ce qui a recommencé ?

– Ce matin, mes collègues de Vegas ont retrouvé le cadavre d'un clochard à demi dévoré près du dépôt de l'Amstrack, dans Main Street. Jérémie Hawkins est à Albuquerque : deux meurtres. Il se rend à Vegas : un meurtre. Vous pouvez pas couvrir ça, tout fed que vous êtes, môssieur Hayes.

– Comment est-ce que vous nous avez retrouvés ?

– Putain ! Hayes, vous avez mis le feu à une chambre d'hôtel ! C'est passé sur le câble à dix-huit heures ! On voyait un petit négro essayer de refermer la porte et des mecs qui emportaient un chien. Et Mlle Buddy Cole enroulée dans une couverture… Comment je vous ai retrouvés ? Putain ! Vous me ferez crever de rire !

– Agnello, cette affaire est classée « Secret Défense », je me fais bien comprendre ? Vous laissez tomber et vous déchirez l'avis de recherche concernant Jérémie Hawkins. Jérémie Hawkins n'existe plus.

– Tu parles ! Qui me prouve que vous ne mentez pas ? Que vous faites pas partie d'un réseau de pédophiles s'adonnant à des meurtres rituels ?

– Des pédophiles mutants, Ralph, et qui couchent avec plein de petits bonshommes gris.

– Je veux votre ordre de mission et la confirmation de vos supérieurs, monsieur Hayes, ou je lâche mes chiens.

– OK, soupira Marvin, je vous rappelle dans deux heures.

– Trente minutes.

– Insubordination caractérisée et obstruction à agent fédéral dans l'exercice de ses fonctions, vous risquez votre poste, lieutenant.

– Je suis responsable de mon cul, agent Hayes. Occupez-vous du vôtre.

Marvin raccrocha sans répondre.

– Qu'est-ce qu'il y a encore ? demanda Sam en sortant de la chambre où Buddy dormait, sous sédatif.

– Agnello nous a repérés. Les infos locales ont répercuté l'incendie de la chambre, l'histoire du chien, etc. Il ne croit pas que je sois réellement chargé de l'affaire Jérémie Hawkins.

– Et… ?

– Je ne le suis pas. J'ai agi de mon propre chef. J'ai simplement informé Jonathan que j'avais une affaire à régler, je lui ai demandé de me couvrir auprès de Baldwin et je suis venu à Albuquerque. Si Agnello décide de boucler Jem, je ne peux pas l'en empêcher.

– Sauf si Baldwin te couvre. Appelle-le. Dis-lui que tu es sur une priorité.

– D'accord.

Marvin composa rapidement le numéro sur son téléphone cellulaire et le signal « batterie faible » retentit avant que l'écran ne s'éteigne.

– Saleté de truc ! grommela-t-il en empoignant le poste de l'hôtel.

La sonnerie résonna interminablement dans le vide, puis la voix enregistrée d'une opératrice l'informa aimablement qu'en raison de l'encombrement du réseau son appel ne pouvait aboutir.

– Mais enfin, c'est ridicule ! marmonna Marvin en réessayant.

Il obtint de nouveau le disque.

– Je ne comprends pas. La ligne est peut-être en dérangement…

– Cassons-nous d'abord, on discutera après, le coupa Wilcox.

– Et Buddy ?

– On le laisse. Allez, faut y aller, ça va grouiller de flics d'ici dix minutes. Vous pourrez appeler votre Jonathan d'un autre endroit. On est en guerre, Marvin. Faut se remuer.

– Le shérif a raison. Si on se fait coincer par les flics, « ils » vont en profiter pour se répandre partout, approuva Jem.

Marvin le considéra longuement avant de claquer des doigts.

– OK, on y va. Jem et Laurie, vous prenez l'escalier de service. Sam et Wilcox, vous sortez avec Ruth par l'entrée principale. Je m'occupe du directeur et des emmerdes.

– On abandonne Buddy ? protesta Laurie.

– Désolé, mais il n'est pas dans le coup. Inutile de risquer sa vie. Et comme il n'a rien à se reprocher, Agnello ne pourra rien contre lui.

– Y'a un problème, mec.

– Quoi ? chuchota Jem en se penchant.

– Y'a un problème, là, en imper gris.

Il scruta la nuit par-dessus l'épaule de Laurie. Un homme en imper faisait les cent pas dans le parking, les bras ballants sous la pluie qui s'était mise à tomber serré.

– Un flic ?

– Sûrement.

– Qu'est-ce qu'on fait ?

– Faudrait te transformer… Attends un peu…

Laurie se mit à fouiller dans son sac à dos avec frénésie et en extirpa une trousse de toilette dont il déversa le contenu sur le sol.

– Voilà !

– Quoi voilà ?

Il brandit un rasoir :

– On va te raser la tête.

– Pourquoi tu te trimballes avec un rasoir ? T'as même pas de duvet, lui fit remarquer Jem.

– On sait jamais… vaut mieux être paré.

– Mon pauvre Laurie, t'es comme une gamine de dix ans qui aurait un soutien-gorge dans son sac au cas où ça se mettrait à pousser ! gloussa Jem.

– Je meurs de rire ! Baisse plutôt ton froc.

– Hé, c'est pas le moment de commencer un concours, protesta Jem, gêné.

– Il ne s'agit pas de concours débile, il s'agit de cosmétologie.

– De quoi ?

– Un rasoir, un spray fixateur et tes poils.

– Laurie, de quoi est-ce que tu parles ?

– Écoute bien mec, ils recherchent un ado blond aux cheveux raides et imberbe, OK ? Alors primo, on te rase la tête et où je pense. Secundo, on te colle tes poils du cul sur la gueule comme si t'étais barbu et frisé. Et voilà, le tour est joué.

– Ça va pas, non ! Une barbe en poils de cul, jamais !

Encore dix minutes avant que la Crim aille investir la chambre. Agnello avait balancé le tuyau sur le petit Hawkins en précisant qu'il fallait attendre dix-neuf heures pile. L'inspecteur Björn fit basculer son poids sur sa jambe gauche, celle qui n'avait pas eu la rotule fracassée par une balle de calibre .38. Il pleuvait à verse maintenant. Il remonta le col de son imper en maugréant. Les collègues devaient se la couler douce, bien au chaud dans le hall. Toujours pour lui, le sale boulot. Dans six mois, la retraite. Fini de poireauter des heures sous la pluie pour obéir à des ordres à la con. La porte de l'entrée de service s'ouvrit et deux jeunes types se pointèrent, un petit black et un grand costaud, la boule à zéro, avec une barbe frisottée. Björn soupira, plissant les yeux sous la pluie.

– Hé, vous deux !

– Quoi ? lança le petit Noir, les mains enfoncées dans les poches.

– Qu'est-ce que vous foutez là ?

– Si on te le demande, tu diras que t'en sais rien.

– Police, lança Björn en sortant sa plaque.

– On a fini notre service, expliqua le petit Noir, on se tire. Qu'est-ce qui se passe ?

Björn les examina un instant. Aucun des deux ne ressemblait vraiment au signalement de Jérémie Hawkins. Le grand barbu trépignait sous la pluie, le col de son blouson remonté sous les oreilles. Une vraie gueule de skinhead, avec son crâne rasé et ses oreilles décollées.

– On fait quoi ? grogna le petit Noir.

Le grand enfonça la main dans sa poche arrière et Björn imagina un rasoir en sortir et venir lui caresser la gorge. Avec tous ces petits dealers, il fallait se méfier. Après tout, il n'en avait rien à cirer que ces mecs bossent là ou soient venus trafiquer Dieu sait quoi. Dans six mois, la quille.

– Dégagez, lâcha-t-il.

– C'est pas trop tôt, commenta le petit Noir en s'éloignant, suivi du grand qui haussa les épaules.

Ils tournèrent le coin de la rue de leur démarche dansante de petits voyous.

– Ça a marché, mec, ça a marché !

– Y a le gel qui fond à cause de la pluie et j'ai la barbe qui glisse.

Un coup de Klaxon les fit sursauter, puis ils reconnurent Samantha au volant du Voyager bleu marine de Wilcox et celui-ci assis à côté d'elle. Ruth était à l'arrière. Ils se glissèrent près d'elle.

– Génial, le déguisement, j'ai failli ne pas vous reconnaître. Comment vous avez fait ça ? demanda Sam.

– Euh… j'avais du matos dans mon sac, improvisa Laurie avec un sourire en coin.

Sam démarra et commença à rouler lentement.

– On doit récupérer Marvin au Fashion Show Mall, le centre commercial. Dans ce dédale, il n'aura aucun problème pour semer une éventuelle filature.

Allan Mc Mullen appuya l'os de son index contre le démarreur.

– Taisez-vous maintenant, leur intima-t-il d'un ton rauque.

Jason et Brenda s'immobilisèrent sur la banquette arrière de la vieille Corvette de Buddy.

Allan fit pivoter son doigt et la voiture vibra.

– Papa, on a encore faim, geignit Jason en faisant la moue.

Allan ajusta le rétroviseur, surprenant son reflet dans la glace. Comme il était blanc… et ce trou dans sa tempe, mal recousu, et ces protubérances sous sa peau tendue à craquer…

Il savait ce que c'était. Les blattes. Les blattes qui grouillaient à l'intérieur de lui. Elles avaient dû s'introduire dans sa bouche pendant qu'il dormait, à l'hôpital. Et maintenant elles se baladaient partout, il sentait le frémissement de leurs pattes sur ses organes desséchés.

– Pourquoi tu démarres pas ? demanda Brenda en soupirant.

– Écoute, Brenda, et toi aussi Jason, ça fait que deux jours que je suis mort. Alors, vous me laissez un peu de temps pour reprendre le contrôle, vu ? C'est pas facile de conduire avec des doigts qui partent en lambeaux.

– Papa, c'est parce qu'on est morts qu'on a toujours faim ? Pourquoi on va pas au paradis rejoindre Maman ? Pourquoi Hulk il est mort deux fois ? Qu'est-ce qu'on va faire, Papa ? demanda Jason en pleurnichant.

– J'en sais rien ! explosa Allan. J'en sais foutre rien. On va suivre les autres connards, là. Et vous, vous allez la fermer ! Ou je vous jette dans une décharge !

Allan démarra précautionneusement. Il conduisait comme un automate, les yeux rivés sur les feux arrière du Voyager. Il savait qu'il le devait. Les cafards le lui avaient ordonné. C'est eux qui pilotent, se dit-il en battant des paupières, ils sont aux commandes. Ils obéissent à leur maître. Un frisson le parcourut tandis qu'une onde se propageait à travers ses neurones détruits, froide caresse chuchotante. Versus. Versus était le maître. Versus voulait la peau des six survivants de Jacksonville. Et lui, Allan Mc Mullen, il devait les détruire. Les dévorer jusqu'à ce qu'il ne reste que leurs os aussi blancs et propres que des baguettes de tambour.

Mais pourquoi ? se demanda-t-il vaguement en appuyant sur l'accélérateur.

A l'arrière, Brenda et Jason jouaient à se pincer, détachant des morceaux de chair morte avec de petits gloussements.

Marvin grimpa dans le break en poussant un soupir.

– J'ai réussi à les semer dans la galerie marchande. A croire que tous les flics du coin sont après nous.

– Agnello est plutôt du genre tenace, fit observer Herbie en se grattant la barbe.

– Qu'est-ce qu'on va faire maintenant ? demanda Jem.

Marvin soupira.

– On va se chercher une piaule tranquille et réfléchir. Je dois appeler le Bureau, il faut que je leur fournisse une explication.

– Oui, mais après ? Qu'est-ce qu'on va faire ? Pour « eux », je veux dire.

– On ne sait même pas par où commencer, marmonna Wilcox. Il y en a peut-être tout un nid quelque part, en train de se préparer à nous envahir.

– Le nid, c'était Jacksonville, lança Sam d'une voix froide, tout en bifurquant dans Rodeo Drive. Maintenant ils sont prêts, ça y est. Ils ont commencé à se répandre.

– Mais tout le bled a brûlé de fond en comble ! Et on sait que le feu les détruit définitivement, protesta Herbie.

– Quelqu'un d'autre que Grand-Pa Léonard a peut-être ouvert une brèche ailleurs ? proposa Laurie. Il y a des gens qui pensent que les cratères géants et les trucs comme ça ne sont pas dus à des météorites, mais à l'impact des anges déchus entrant en collision avec la Terre.

– Des anges déchus ? répéta Marvin en scrutant la nuit

où se découpait un panonceau blanc indiquant l'US 95. Tu peux préciser ?

– Oui, quand Lucifer et sa bande se sont fait virer du Paradis... y en a qui disent qu'ils sont venus s'écraser sur Terre et que ça a fait tous ces trous, ces failles... de pures forces cosmiques en fusion percutant la planète à la vitesse de la lumière.

– Laurie, les anges déchus, c'est une parabole, lança Sam d'un ton professoral.

– Ah ouais ? Et nos morts-vivants, c'est une allégorie ? rétorqua Laurie, ironique.

Jem le dévisagea, interloqué. Si Laurie se mettait à parler comme un dictionnaire... Brusquement, malgré son mètre quatre-vingts et sa moustache naissante, il se sentit un gamin, un bouseux en salopette graisseuse essuyant son nez plein de morve. Il eut confusément l'intuition que Laurie était fait pour arpenter les couloirs d'une grande université, dix kilos de livres sous le bras, mais pas lui. Lui, il avait besoin de palper les choses, de vivre auprès d'elles. Il comprenait le vent en le respirant, les moteurs en les touchant, le soleil en fuyant sa brûlure.

Il s'aperçut que Sam changeait de direction, les phares épinglant fugitivement l'inscription « NV 159 ».

– Où va-t-on ?

Samantha indiqua l'horizon d'un noir d'encre.

– Spring Mountains... Entre Red Rock Canyon et le mont Charleston. C'est bourré de randonneurs. Impossible de contrôler tous les campeurs, surtout ceux qui sont à plusieurs heures de marche des limites du parc.

– Ce qui veut dire qu'on a intérêt à s'acheter des chaussures à crampons ? demanda Wilcox en souriant.

– Vieux râleur ! Je vais enfin savoir ce que tu vaux avec un paquetage de trente-cinq kilos sur le dos.

– Regardez un peu ça, lança Marvin qui avait déplié la carte et la consultait à l'aide de son sylo-lampe : du mont Charleston, on peut gagner la station de ski de

Paradise Mountain, puis le Desert National Wildlife Refuge.

– Idéal pour se faire bouffer les couilles par un ours, approuva Herbie.

– Et le Nellis Air Force Range and Nuclear Testing Site, poursuivit Marvin, imperturbable.

– Quoi ? demandèrent en chœur Jem et Laurie.

– Un site d'expérimentation des engins nucléaires, expliqua Samantha, les sourcils froncés. Comme à Jacksonville…

– J'ai une idée ! cria Laurie. Il y a un lien entre les points de collision célestes et l'expérimentation nucléaire. C'est ça qui crée les portes, les passages entre l'au-delà et la Terre.

– Laurie, arrête de nous bassiner avec ces conneries d'anges déchus s'écrasant sur Terre comme des fientes de pigeon ! gronda Wilcox.

– Agnello pense que les bases militaires ont quelque chose à voir avec ce qui est arrivé à Jacksonville. Et avec l'homme de Roswell, confirma Marvin en se cramponnant à la poignée pendant que Sam négociait un virage particulièrement serré.

– Les voies de Dieu sont impénétrables, énonça soudain Ruth Mirales d'une voix sépulcrale.

Toutes les têtes se tournèrent vers elle, mais elle avait refermé les yeux et dodelinait du chef, apparemment endormie.

– Euh… quelqu'un veut bien m'indiquer la route ? demanda Samantha en rétrogradant.

Marvin se précipita sur la carte avec empressement.

– Où est-ce qu'ils sont ? grondait Agnello en secouant Buddy comme un prunier.

– Mais j'en sais rien ! Je dormais !

– Putain ! Je vais faire un nœud avec tes tripes et te pendre au plafond…

– Je dois aller à l'hôpital. Je réclame l'assistance d'un médecin. Au secours, au meurtre ! se mit à hurler Buddy d'une voix suraiguë.

– Ta gueule, espèce de désaxé ! gronda Agnello en le secouant de plus belle.

– Hem… Vous ne croyez pas que cet homme a besoin de soins médicaux ? demanda le sergent Goldsmith du Las Vegas Police Department.

Agnello lâcha sa proie avec un grognement de dépit. Buddy retomba sur son lit en soufflant bruyamment.

– Nous n'avons rien contre lui, chuchota Goldsmith dans la petite oreille poilue d'Agnello.

– Complicité de meurtre. C'est lui qui a aidé le petit Hawkins à venir jusqu'ici, lui rétorqua celui-ci en montrant les dents.

– Sous la menace d'une arme, lieutenant. Et ensuite, les fédéraux l'ont obligé à les suivre. Tout citoyen aurait fait de même.

– Il sait où ils sont, j'en suis sûr.

– Je ne partage pas votre opinion. Ils ne l'auraient pas laissé derrière eux. De plus, je ne suis pas persuadé non plus qu'un agent fédéral, même de couleur, couvrirait la fuite d'un jeune meurtrier, susurra Goldsmith en s'épongeant le front.

Cet Agnello était complètement barje. Un coup à se faire rétrograder en beauté. Autant retirer ses billes tout de suite. Agnello n'avait aucun droit à intervenir au Nevada.

– Il faut diffuser un avis de recherche, décréta Agnello, les yeux plissés.

– Si vous pensez que des actions délictueuses ont été commises dans plusieurs États, cela devient du ressort du FBI, lui fit remarquer Goldsmith, les yeux fixés sur ses chaussures mal cirées. En fait donc, de l'agent Marvin Hayes…

– Dégonflé !

– Pardon ?

– Vous m'avez parfaitement entendu. Bon Dieu, Goldsmith, qu'est-ce que vous avez là-dedans ? jeta Agnello en pointant l'index sur la braguette du sergent, une merguez trop cuite ?

– Je ne vous permets pas…

– Gardez votre baratin, je me débrouillerai tout seul.

– Agnello, je vous préviens qu'il est hors de question…

– Que je continue à écouter vos conneries une seconde de plus, je suis d'accord.

Il se dirigea vers la porte en vérifiant que son chargeur était plein. Pauvre minable ! Il se le ferait tout seul, le Jérémie Hawkins, il n'allait pas laisser son pays passer aux mains des petits hommes gris cannibales sans le défendre.

La porte claqua sur les flics interdits. Buddy soupira. Et voilà, il n'avait plus qu'à rentrer à Albuquerque, affronter Sandy et ses vociférations. Fin de la parenthèse.

Marvin raccrocha, perplexe, et revint lentement jusqu'au break.

– Alors ? demanda Samantha en lui ouvrant la portière.

– Je n'ai pas réussi à joindre Baldwin.

– Tu as eu Jonathan ?

– Non plus. En fait, je n'ai eu personne.

– Tu peux être un peu plus clair ?

– Ça me serait difficile, ricana Marvin en tendant ses mains brunes.

Personne ne rit. Il toussa, reprit :

– Ça ne répond pas. Aucun des numéros du service ne répond. J'ai essayé par le manuel. L'opératrice m'a dit : « Je vous connecte », puis plus rien. J'ai recommencé et là, je suis tombé sur un disque qui répétait : « Désolé, mais nous ne sommes pas en mesure d'accéder à votre demande. »

– Comme l'autre fois, à Jacksonville, commenta Wilcox en lissant sa moustache.

Samantha redémarra sans un mot. Si ces salauds d'outre-tombe voulaient la guerre, ils l'auraient.

Ça y était, songea Jem, le cercle se resserrait. Et il sentit comme une haleine fétide sur sa nuque.

7

Le froid réveilla Laurie. Il cligna des yeux, bâilla, tenta de s'étirer et se cogna dans Jem qui grogna. Qu'est-ce que Jem foutait dans son lit ? Puis il se souvint qu'ils étaient quelque part dans le parc national, entassés dans le break de Wilcox. Il jeta un coup d'œil aux autres passagers. Ruth Mirales ronflait, la bouche ouverte, aussi pimpante qu'une vieille momie. Marvin Hayes avait piqué du nez contre la boîte à gants et le shérif Wilcox s'était affalé contre la portière, comme un vieux tas de chiffons poilus. Laurie manœuvra la portière sans faire de bruit et descendit dans le petit matin glacé. Il se soulageait sur le pneu arrière quand il sursauta en entendant les aiguilles de pin craquer derrière lui.

– Salut, chuchota Samantha, les cheveux en bataille.

– Euh, salut, murmura Laurie en se reboutonnant le plus vite possible, certain de s'être pissé sur les baskets.

– J'ai fait un petit tour de reconnaissance, continua Sam avec nervosité. Tout a l'air calme. Dis-moi, est-ce que ton ordinateur est équipé d'un modem fax ?

Laurie acquiesça, furieux de ne pas y avoir pensé lui-même.

– Prends-le. On va essayer de joindre le bureau.

Laurie récupéra Jimmy au fond de son sac et l'ouvrit. L'écran clignota et lui souhaita la bienvenue. Laurie s'orienta rapidement dans le menu tandis que Samantha lui dictait le numéro à joindre. Elle regardait les doigts bruns du garçon cliqueter sur les touches avec anxiété.

– Alors ?

– Ça ne passe pas.

Un message s'afficha sur l'écran : « correspondant non connecté ».

– Eh merde ! soupira Sam.

– Il y a un truc bizarre.

– Quoi ?

Elle se pencha par-dessus l'épaule de Laurie et sentit son estomac se recroqueviller. L'écran noircissait sous ses yeux, recouvert par une grosse tache ovale, et soudain une odeur de brûlé s'éleva du portable tandis qu'il se mettait à fumer.

– Il est en train de griller, balbutia Laurie, Jimmy est en train de griller ! Ils l'ont eu !

– Sans doute un court-circuit, on n'a vraiment pas de chance, grommela Samantha en rejetant une mèche rousse en arrière.

– C'est pas un court-circuit, Jimmy est pas un ordinateur comme les autres, il me parlait. Et maintenant, ils l'ont tué !

Samantha considéra Laurie avec désolation. L'ordinateur avait un court-circuit et le gamin était en train de disjoncter !

– Ils ont acquis de la puissance, reprit Laurie, ils sont tout près, je les sens. Il faut réveiller les autres. Vite !

Sam allait répondre, quand Jimmy émit brusquement une suite de flashes blancs d'une grande intensité.

– Attention ! cria Laurie en la poussant violemment en arrière.

Elle tomba à la renverse dans les feuilles humides et vit l'ordinateur tourner sur lui-même de plus en plus vite, comme une toupie, puis décoller et tournoyer dans l'air froid avant d'exploser dans un crépitement de plastique chauffé à blanc. Un éclat brûlant la heurta à la joue et elle roula sur elle-même pour se protéger. Le silence revint. Un oiseau émit une trille enjouée. Jimmy gisait sur le sol boueux, désarticulé. Sam se releva, porta la main à sa joue blessée et vit que Laurie la regardait, les yeux écarquillés. Il lui prit le poignet et la tira jusqu'au rétroviseur extérieur.

La brûlure faisait trois centimètres environ, entre son œil gauche et son menton, et on y distinguait parfaitement un V majuscule, imprimé en cramoisi sur sa peau pâle de rousse.

– Versus a inscrit sa marque sur vous, murmura Laurie. Il faut la désinfecter.

– C'est idiot, c'est juste une des touches de ton Jimmy qui a sauté…

– Ah oui ? dit Laurie en désignant l'ordinateur en miettes.

Sam suivit son regard et lui serra l'épaule.

Émergeant sereinement de l'ordinateur pulvérisé, une blatte apparaissait, puis une autre, puis une troisième, puis toute une cohorte grouillante, étirant leurs antennes vers le ciel et fouillant la terre avec avidité dans un crissement agaçant.

– Qu'est-ce qui s'est passé ?

La voix alarmée de Marvin les fit se retourner d'un bond. Jem et Herbie regardaient sans un mot.

Puis Herbie décocha un grand coup de pied dans les restes de l'ordinateur et les blattes s'enfuirent en tous sens tandis que Jem les écrasait méthodiquement sous ses Nike, faisant gicler leur intérieur glaireux.

Cent mètres en contrebas, Allan Mc Mullen contemplait la chose desséchée qui pendait entre ses cuisses. Il ne risquait plus de pisser avec ça. Allongés sur la banquette arrière, Brenda et Jason dormaient, raides et les yeux grands ouverts, comme de vrais petits cadavres. Allan se reboutonna difficilement, ses doigts refusant de plus en plus de lui obéir. Il était mort. Il fallait qu'il se rentre ça dans le crâne. Il était m.o.r.t. Et les gosses aussi. Il aurait tellement voulu rentrer à la maison. Mettre une pizza au micro-ondes. Partager une pizza avec la flic rouquine. Tout à fait à son goût, la petite rousse. Mettre la rouquine au micro-ondes. Voilà qui serait marrant. Il dirigea son regard vide vers le bois au-dessus de lui, comme s'il pouvait voir à travers les arbres.

Les blattes s'affairaient sous sa peau, lui chatouillant l'œsophage, le foie, la prostate. C'est ça qui lui avait donné l'illusion d'avoir besoin de se soulager. Brenda grogna dans son sommeil, découvrant ses dents jaunies. Il sourit, attendri. Elle était si mignonne. Mais sale. Il faudrait laver cette robe et coiffer cette toison hirsute et… il eut un hoquet. Il sentit une présence dans son dos et vit son fils qui fouillait le sol terreux avec son moignon pourrissant. Il l'en ressortit couvert de minuscules fourmis et entreprit de lécher son poignet mutilé avec la mine gourmande qu'il arborait naguère en dégustant des ice-creams.

– Il va neiger, dit Samantha en regardant le ciel plombé de gris, tout en tamponnant sa brûlure avec la teinture d'iode de la trousse de secours.

Elle en avait profité pour refaire le pansement de Jem qui avait mis un point d'honneur à ne pas geindre.

Marvin souffla sur ses doigts. Il n'avait pas dit un mot depuis près d'un quart d'heure, assis sur un rocher près du ruisseau, les yeux dans le vide. Wilcox avait sorti les deux Thermos qu'il gardait dans le coffre et les avait remplies d'eau fraîche, puis il avait ouvert un paquet de barres chocolatées et les avait fait circuler. Ruth Mirales avait refusé de boire et de manger. Les pans de son imper molletonné resserrés autour de son corps amaigri, elle se tenait debout près d'un immense séquoia, les bras croisés, le regard obstinément tourné vers la route en contrebas.

– Ils vont venir, énonça-t-elle de sa voix coassante.

Jem acheva de nouer ses lacets en songeant que Samantha avait raison. La neige n'allait pas tarder. Elle était toujours précoce sur les sommets. Et Laurie et lui étaient en jogging. Ruth répéta : « Ils vont venir » avec une pointe d'irritation et Wilcox la prit par les épaules :

– Vous devriez rester dans la voiture, Ruth, il commence à faire froid.

Lui-même se félicitait d'avoir gardé son vieux blouson de cuir râpé que Samantha voulait lui faire jeter. Ruth secoua la tête avec réprobation :

– Vous n'écoutez pas, shérif, vous n'écoutez jamais. Vous avez toujours été persuadé de tout savoir, mais vous ne savez rien.

Wilcox haussa les épaules en fourrageant dans sa barbe poivre et sel.

– Allez-y, déballez-moi votre paquet, si ça peut vous faire plaisir, mais venez vous asseoir.

– Bientôt nous serons tous ensevelis dans le sombre humus des ténèbres, lâcha Ruth en se laissant guider vers le break.

– A mon avis, il faut abandonner la voiture et nous enfoncer dans le parc pour rejoindre les stations de ski, proposa Samantha comme s'il s'agissait de choisir le programme télé.

– A pied, sans bagages, sans nourriture, dans la neige et avec la perspective de rencontrer des ours… Je crois qu'on ne peut pas se passer de la voiture, objecta soudain Marvin en dépliant sa longue silhouette.

Il crevait de froid dans son luxueux costume.

– Avec la voiture, nous serons très vite repérés par Agnello et ses flics. Jem sera inculpé de meurtre et nous, nous serons virés, répondit Samantha.

– Votons, proposa Marvin en frissonnant.

– Pour continuer à pied, levez la main, dit Samantha d'une voix claire, puis elle se rendit compte de ce qu'elle venait de dire et eut un bref sourire sans joie tandis que Laurel, Jem et Herbie levaient la main.

– OK, apparemment je suis le seul pantouflard. Bien, si nous devons jouer aux trappeurs, autant s'organiser. Au boulot ! lança Marvin en commençant à fouiller dans le break.

Ils avançaient tous les trois sans aucun bruit en se tenant par la main, de leur démarche vacillante d'automates, leurs yeux sans regard tournés vers les bois. D'épais nuages s'amoncelaient au-dessus de leurs têtes, se reflétant aussi nettement dans leurs iris décolorés qu'à la surface d'un étang limpide. Ils ne parlaient pas, et aucune buée ne s'échappait de leurs lèvres craquelées. Aucun souffle ne trahissait leur progression. Leurs mâchoires claquaient parfois dans le vide, comme celles d'un chat guettant un oiseau et anticipant le plaisir de croquer sa proie.

Une vraie promenade familiale, songea vaguement Allan, lui et les enfants dans la montagne. Une balade tranquille. Si seulement il n'avait pas eu aussi faim... Rousse. La femme rousse serait pour lui. Le Maître l'avait promis. Maître ? Quel Maître ? Et que faisait-il ici au lieu de pointer au boulot ? Ah oui, l'accident. Cindy serait furieuse de savoir que les enfants étaient morts. Mais Cindy était morte elle aussi. Où ? où était Cindy ? Aucune envie de la retrouver, avec ses trente-cinq kilos de cancer en phase terminale et ses yeux plus creux qu'un squelette de fête foraine. Aucune envie de la voir pleurer et pleurer interminablement en refusant de mourir. Que Cindy reste dans les limbes, ou près du Père éternel qu'elle avait certainement réussi à apitoyer avec ses pleurnicheries.

Il trébucha sur une souche et s'affala lourdement,

entraînant les enfants dans sa chute. Il sentit sa mâchoire inférieure heurter un caillou pointu et se briser. Il se releva et constata qu'elle pendait, décrochée et fendue en deux. Bah, ses canines suffiraient pour assouvir sa faim. Il l'arracha d'un coup sec pendant que Brenda et Jason gémissaient doucement comme des chiens de chasse avant l'hallali. Allan considéra le morceau d'os et de chair racornie garni de dents branlantes. C'était marrant de voir l'intérieur de sa propre bouche sous cet angle. Le dentiste avait raison, il avait sacrément besoin de se faire détartrer ! Il fourra sa mâchoire dans sa poche de chemise et se remit en route.

Ralph Agnello se pencha sur la carte étalée sur ses genoux.

– Ces enfants de salauds ont certainement bifurqué vers les montagnes, marmonna-t-il en avalant une gorgée du gobelet de l'ignoble café servi par le distributeur de la station-service. Il fit courir son doigt sur la carte froissée en sifflotant *My heart belongs to Daddy* et s'immobilisa, comme tétanisé.

– Nuclear Testing Site… C'est là qu'ils vont ! Rejoindre ceux de leur engeance !

Il jeta le reste de café par la fenêtre ouverte de sa Plymouth noire, replia la carte et frotta ses yeux rougis de fatigue. L'impression qu'on le regardait lui fit brusquement lever la tête et il vit un jeune type tout frisé, vingt ans maximum, sac à dos, qui lui souriait, une pancarte à la main.

Agnello le considéra avec la même bienveillance qu'il réservait aux crottes de chien et mit le contact.

– Vous pouvez me déposer ? demanda le jeune type en secouant sa tête ovine.

– Va te faire mettre ! lança Agnello en démarrant sur les chapeaux de roues.

Comme s'il avait la gueule à faire monter un enfoiré

d'auto-stoppeur shooté aux conneries New Age dans sa bagnole ! Il se gratta le menton, ses ongles crissant sur sa barbe naissante. Tous des enfoirés. 250 millions d'enfoirés. A se demander pourquoi il se crevait le cul pour les défendre. « T'es trop bon, Ralph, t'es trop bon », lança-t-il à son reflet dans le rétroviseur. Puis il appuya sur l'accélérateur et se concentra sur la route, en rêvant de beignets de maïs et de saucisses mayo-ketchup.

Herbie, les mains sur les hanches, contemplait son break. Ou plutôt ce qu'il en restait. Une belle caisse en ferraille bleu marine. La banquette arrière avait été enlevée et posée sur les quatre roues démontées. Les pare-chocs, pliés et tordus, servaient d'essieux, l'ensemble formant une couchette roulante qui permettrait de transporter Ruth. Ingénieux, songea-t-il en bouclant autour de sa taille la ceinture de sécurité qui servait à tirer le tout.

Les housses des sièges, arrachées, avaient été transformées en sacs improvisés dans lesquels on avait fourré tout ce qui avait pu être récupéré. Pelle à déneiger, boîte à outils, lampe halogène de secours, tapis de sol, cartes routières, gobelets en plastique, gourde à whisky, pastilles pour la toux, tout le bric-à-brac encombrant le coffre avait été transféré sur le dos de Jem et de Laurie qui frissonnaient et éternuaient en alternance.

– On dirait Simplet et Atchoum rentrant du boulot, ricana Herbie. Vous manque plus que les bonnets.

– Toi par contre, dans le rôle de Grincheux tu es parfait ! lui assura Sam en lui donnant une tape sur la tête.

– Fantastique, le matériel amassé dans votre bagnole ! lança Marvin en achevant de récupérer l'antigel et les bidons d'huile. De quoi ouvrir un supermarché.

– J'aime bien être prêt à toutes les éventualités, rétorqua Wilcox. Mais là, j'avoue que je suis un peu dépassé... Qu'est-ce que vous comptez faire avec la bourre des sièges ?

– On devra certainement dormir dans la neige et on aura besoin de tout ce qui peut tenir chaud. Vous n'êtes pas de mon avis ?

– Oh si, bien sûr… Mais tant qu'à transporter la bagnole sur notre dos, on aurait peut-être pu rester à l'intérieur.

– Herbie ! Arrête de râler ! Tu crois qu'on s'amuse ? le tança Sam en prenant Ruth par le bras. Venez, Ruth, allongez-vous là, on va faire une grande promenade.

– Les loups ne craignent pas la neige. Les loups aiment le froid de la glace et le ciel rempli d'ombres… marmonna la vieille dame en se laissant coucher sur la banquette.

– Les loups ont peur du feu, jeta Marvin, occupé à siphonner le réservoir pour en transférer le contenu dans un vieux bidon rouillé, et de toute façon il n'y pas de loups dans ces montagnes. Voilà, c'est bon, je crois qu'on peut y aller.

– Fouette cocher ! cria Herbie en se mettant en route, la banquette brinquebalant derrière lui.

Samantha, chargée comme un baudet, marchait à ses côtés, suivie de Jem et Laurie. Marvin fermait le cortège, un sac sur le dos, la main droite sur la crosse de son arme, la gauche serrant une torche improvisée prête à flamber.

La température avait nettement fraîchi, des flocons voltigeaient autour d'eux, de plus en plus denses. Une chance que Wilcox ait transporté tout ce bazar dans son coffre, se dit Laurie. Il était bien content d'avoir enfilé un coupe-vent par-dessus ses fringues. Et Jem ne se plaignait pas de ce que les moonboots soient un peu justes. L'autre paire était revenue à Samantha. Courageuse Samantha. Tout à fait le genre de femme très classe que Laurie se voyait épouser dans quelques années, quand il aurait fini Harvard. Si les monstres surgis de l'enfer lui en laissaient le loisir.

Agnello aborda le virage en douceur, un sourire satisfait étirant ses traits émaciés. Des traces de gomme sur la chaussée attestaient du passage récent d'un conducteur pressé. Empreintes larges de gros pneus. Il appuya sur l'accélérateur et la Plymouth bondit en avant en grognant, comme son maître. La carte étalée sur le siège du passager lui indiquait clairement le chemin. Ils se dirigeaient forcément vers leur base. Ils allaient couper par la montagne en croyant que personne ne les repérerait. Mais, lui, Agnello, qui avait oublié d'être con, il allait les suivre comme un chien de chasse, à l'odeur. Leur sale odeur de tueurs. Il posa la main sur la crosse de son automatique et l'étreignit amoureusement. Le meilleur ami de l'homme, comme aurait dit « Dirty Harry [1] ».

– Papa, il neige… dit Jason en essayant d'attraper les flocons entre ses petits doigts bleuis et purulents. On fait un bonhomme ?

– Pas le temps.

– S'il te plaît, Papa !

– On est pressés, bougre de cornichon au vinaigre ! On doit rattraper le manger, tu comprends ça ? dit Brenda en secouant son frère par le col, projetant des asticots aux quatre vents.

– J'en ai marre de marcher, je suis fatigué, je veux me coucher. Et puis, c'est lourd ! ajouta Jason en brandissant le sachet contenant sa main.

Il se mit à pleurnicher, de grosses gouttes de pus noirâtre dégoulinant de ses narines putréfiées.

– Donne, dit Allan en prenant le sachet.

Il considéra la main de son fils, blanche et rose dans le liquide transparent, fit coulisser la fermeture hermétique et saisit le membre amputé entre le pouce et l'index.

1. « L'inspecteur Harry », série de films américains avec Clint Eastwood dans le rôle titre.

– T'en auras plus besoin, maintenant, fiston.
– C'est ma main, elle est à moi !
– On t'en trouvera une autre, une plus belle.
– Avec une pince, comme les homards ! surenchérit Brenda, moqueuse.
– Comme les homards ? Et je pourrais couper avec ?
– Couper quoi ?
– Les têtes des gens, comme la Reine dans *Alice* ?
– Si tu veux, concéda son père.
– Ouais ! Super !
Allan sourit à Jason. Il était si mignon ! Puis il plongea ses canines pointues dans la main coupée de son fils et arracha un morceau de chair. Pas mauvais, les toubibs avaient bien fait leur boulot ! Encore une petite bouchée, pour la route…
– Moi aussi, j'en veux, P'pa, moi aussi ! se mit à glapir Brenda.
– Et moi ! gémit Jason. C'est pas juste ! C'est la mienne ! J'en veux mordre !
– Tenez, petits salopards ! Chacun son tour ! Hé ! Doucement, doucement, j'ai dit ! protesta Allan tandis que les enfants déchiquetaient la main à pleines dents, en grognant sauvagement sous l'œil interloqué d'un écureuil roux qui jugea plus prudent de regagner rapidement ses pénates.

Là ! Agnello gara sa voiture près de l'épave du break, un large sourire aux lèvres. Il les tenait ! Il descendit sans se soucier du froid ni de la neige tourbillonnante et alluma sa lampe-torche pour scruter les lieux. Ils avaient entièrement désossé la bagnole, on n'aurait pas fait mieux dans le Bronx. Et leurs traces de pas se détachaient nettement sur la fine couche de neige. Le problème, c'était que si la neige continuait à tomber, elle recouvrirait les empreintes. Il n'y avait pas de temps à perdre, il fallait se lancer à leur poursuite tout de suite. Heureusement qu'il gardait toujours son matos de chasse dans le coffre.

Il revint à la Plymouth et troqua rapidement son costume en polyester contre un pull en laine, un gilet militaire multipoches, un blouson fourré, de hautes cuissardes en caoutchouc et une casquette à oreillettes. Le matériel maintenant : jumelles à infrarouge, cartouchière, chargeurs, couteau de chasse et couteau de survie, boussole, carte, flasque de rye, barres de confiserie, sans oublier son badge de flic au cas où il tomberait sur un surveillant du parc. Mais, avec la neige, il y avait peu de risques qu'ils fassent des patrouilles. La bonne saison était finie, les visiteurs devaient être rares. Il décrocha son radiotéléphone, appela son unité pour signaler qu'il était sur la piste de suspects et raccrocha alors que le planton de service insistait pour lui passer son supérieur.

Et maintenant, le fin du fin. Il souleva la moquette qui tapissait le coffre et dévissa rapidement une plaque carrée dévoilant ses chers copains : Mr Fuzzylapomp, les jumeaux Otto et Matic et ses petites préférées : les Grenada Sisters. Elles reposaient dans une boîte en plomb capitonnée. Ses chères grenades ! Il ne s'en était plus servi depuis l'armée. Mais là, enfin, il aurait peut-être la chance de les utiliser. Il les disposa soigneusement dans le gilet multipoches prévu à cet effet, avec la délicieuse sensation d'être lui-même un redoutable prédateur.

Sous le couvert des sapins, Allan s'immobilisa, narines frémissantes. Viande. Tout près. Mélangée à l'odeur du caoutchouc et de l'essence. Il intima aux enfants de se taire et tous trois, tapis derrière les arbres, observèrent Agnello en souriant.

Agnello leva la tête avec la sensation désagréable d'être observé. Les flocons tourbillonnants limitaient son champ de vision. Il inspira profondément, retint une grimace de dégoût. L'air froid charriait des relents de charogne. Un cadavre de daim, peut-être ? Un daim mourant en train de l'observer ? Il saisit son fusil et balaya les environs l'œil collé à la lunette de visée. Là, derrière les arbres. Une forme. Non, plusieurs formes. Une grande et deux petites. Une rafale de vent lui apporta une bouffée plus intense de puanteur. Ça venait d'eux. Des chasseurs ?

– Sortez de là ! Là-bas, derrière les arbres, vous m'entendez ? Police, montrez-vous !

Un gazouillement hilare. Puis une des petites formes se détacha des arbres, titubant vers lui.

– Bonzour monsieur. Tu veux jouer avec moi ?

Agnello cligna des paupières. Il avait bien entendu ? Il voyait bien un marmot bleu de froid, sans gants ni bonnet, gambader dans la neige ?

– Qu'est-ce que tu fais là, toi ?! Où sont tes parents ?

– Mon papa, il fait le mort, et ma maman, elle est au ciel où elle se fait mettre par les anges, répondit le môme en souriant poliment.

Mon Dieu, ce gosse était en plein trip hallucinogène ! Victime d'une bande de dépravés, certainement. Il avait entendu parler d'une secte naturiste vivant dans des grottes…

– Approche, petit, je ne te ferai pas de mal, viens… lança Agnello de sa voix la plus douce en baissant son fusil.

– T'aimerais bien m'enculer, hein ? prononça le marmot en étirant ses lèvres bleues et gercées d'où une sorte d'insecte noir *un cafard ?* émergea d'entre ses dents pourries et se laissa glisser le long de son cou.

Dans quel état de saleté il devait être ! Et ce langage ordurier ! Mais où allait l'Amérique ? Où allait le monde ?!

– Hein ! Vieux dégueulasse ! Tu voudrais bien me niquer, comme la petite chinetoque dans le garage…

insista le bambin en remuant le bassin de façon suggestive.

Agnello se sentit inondé de sueur malgré la température glaciale. La vision floue et sombre d'une forme appuyée contre le mur du garage, d'une silhouette ricanante et ondoyante, cambrant les reins contre son pantalon bleu ciel, le traversa avec la violence d'une balle et il se crispa en deux. Comment le morveux pouvait-il le savoir ? Est-ce que la gamine en avait parlé ?! Une petite perverse qui dealait du crack et qui faisait le tapin, elle avait presque obligé Agnello à *le faire* en échange de sa liberté... La sueur lui coulait jusque dans les yeux. Nier. Il fallait nier.

Il ouvrit la bouche et la referma. L'enfant était tout près maintenant, il distinguait ses traits. Et, contrairement à Hilary, Agnello sut, à la seconde où il vit clairement son visage, que l'enfant n'en était pas un.

C'était un des leurs, un des petits hommes gris, un des mutants déguisés en bambin américain. Un répugnant alien, au crâne aplati, un cafard géant recouvert de silicone, de l'acide suintant de ses soudures... Il releva le canon et tira au jugé. La balle fit exploser le maigre thorax de Jason, libérant un jet de blattes et de sanies. Il avait raison, c'en était un, un vrai ! « Enfoiré d'alien qui pue, hurla-t-il, exultant, crève salope, crève ! » Il tira à nouveau, sectionnant net le simulacre de jambe du petit monstre. Jason tomba et se mit à pleurer, sa jambe à la main.

– Il t'a fait mal, le vilain pédophile, mon bébé ?

Agnello se retourna d'un bond. Il avait oublié de surveiller ses arrières. Un simili-homme le contemplait, visage à demi achevé, couvert d'humus et de sang. Une mauvaise imitation dont la peau plastifiée laissait voir de grandes déchirures que griffaient de petites pattes noires. Agnello commença à appuyer sur la détente, mais une douleur atroce l'empêcha d'achever son geste. Il baissa les yeux et vit une petite fille blonde, les dents plantées dans son index. Elle avait l'air si peu humain, avec cette peau marbrée, ce trou dans le crâne, ses yeux de reptile, qu'il ressentit une bouffée de fureur à l'idée qu'ils ne se donnaient même pas la peine de se déguiser correctement.

– Lâche-moi ! gronda-t-il.

Elle lui sourit, la bouche pleine, serra les mâchoires et tira en arrière. Étonné, Agnello vit son index se séparer de sa main avec un petit bruit de bouteille qu'on débouche. Le sang jaillit aussitôt, souillant la neige. Son sang. L'immonde alien camouflée en petite fille mâchait son doigt avec une satisfaction évidente. Il passa le fusil en un éclair dans sa main gauche tandis que sa droite mutilée saisissait une grenade, au mépris de la douleur.

– OK, les fientes de l'espace, vous voulez rigoler, on va rigoler !

– D'accord ! dit la petite fille en avalant le dernier morceau de phalange. Nous, on aime bien rigoler. Tu veux m'enfiler avec ça, pépé ?

Elle s'empara du canon du fusil, le dirigea droit vers son entrejambe en ricanant, l'enfonça dans sa chair purulente d'alien en se tortillant et en poussant de petits cris aigus tandis qu'Agnello tirait et tirait et ne tirait plus : le chargeur était vide, l'entrejambe de la fillette un trou béant à travers lequel on voyait les branches des arbres. Il avala sa salive. Est-ce qu'ils étaient indestructibles ?

– Je n'aime pas qu'on s'attaque à ma fille, dit l'homme en secouant la tête, éjectant des blattes grasses et sifflantes.

Agnello raffermit sa prise autour de la grenade. Dieu n'avait certainement pas permis que des aliens puants soient indestructibles. Dieu avait créé l'Amérique pour diriger le monde, et lui, Agnello, pour aider Dieu à ne pas se tromper. Alors les blattes géantes, il allait les pulvériser. Les renvoyer au néant pré-atomique.

Il leva le bras, le médium sur la valve, tira et lança, comme à l'exercice.

Allan regardait le ridicule petit bonhomme s'affairer en se demandant s'il ne faisait pas une erreur. On l'avait peut-être placé sur leur route pour les retarder. Il leva la main et la grenade rebondit sur sa paume avant d'atterrir sur la voiture d'Agnello. Pendant une fraction de seconde, ils regardèrent tous la grenade rouler et tomber sous le moteur, puis il y eut un grand « whoooof » et la voiture s'embrasa. Allan et les enfants reculèrent précipitamment et Agnello, comprenant instinctivement qu'ils avaient peur du feu, se précipita de l'autre côté du véhicule en flammes. Brenda trépignait de rage. Allan observait leur proie avec le sentiment de perdre un temps précieux. Une voix résonnait dans sa tête, courait le long de ses synapses déconnectées comme un cri dans un dédale de galeries vides : « Rattrape-les. Dévore-les. Obéis. Vite. » Il empoigna les gamins.

– On laisse tomber celui-là.

– Mais on l'a pas mangé ! On a faim !

– On le mangera plus tard. On y va ! Tout de suite !

– Mais Brenda, elle a eu un doigt, elle ! C'est pas juste !

– Ça suffit ! Ouste !

Sous le regard désarçonné d'Agnello, ils détalèrent brusquement tous les trois ventre à terre, trahissant leur nature bestiale.

Une lueur rouge embrasa soudain le ciel sombre et menaçant, loin en contrebas, sur leur gauche. Marvin s'immobilisa :

– Quelque chose brûle, on dirait...

– Des chasseurs qui ont allumé un feu ? proposa Jem.

Marvin secoua la tête et recommença à creuser :

– La chasse est interdite ici. Des campeurs, peut-être.

Mais je ne crois pas. On est passés par là tout à l'heure. « Ils » sont sur nos traces.

Herbie haussa les épaules.

– Ce n'est certainement pas « eux » qui ont allumé un feu.

Le silence revint. Et avec lui, la douleur explosa dans la main d'Agnello qui saignait abondamment. Il l'enfonça dans la neige pour stopper le saignement. Il sentait poindre une atroce migraine et avait envie de vomir. Il eut un spasme, rendit un peu de bile verdâtre. Ses cachets pour l'acidité gastrique… Se relevant péniblement, les jambes flageolantes, il extirpa son flacon de comprimés d'une des poches de son gilet de chasse, effleurant ses chères grenades au passage. Il allait les traquer, trouver leur nid grouillant et les exterminer. Il refermait le flacon d'un geste rageur quand la voix retentit dans son dos :

– Ouh ouh, mon chou, attendez-moi !

Un frisson de répulsion lui tordit les tripes. Cette intonation visqueuse….

Il se retourna.

– On a failli se rater, dit Buddy, c'est trop bête.

L'inverti ! L'inverti en tenue de ski jaune canari, juché sur des skis bleu turquoise, son crâne pelé dissimulé par un bonnet de laine rose fuchsia.

– Mais comment…

– Buddy Richie Cole a plus d'un tour dans son sac, lieutenant ! Pas question de me laisser de côté comme un vieux préservatif tout mou.

Agnello se signa de la main gauche, la droite serrée contre sa poitrine. Buddy le menaçait gentiment du doigt.

– Quand vous m'avez tous lâchement abandonné, je suis allé louer un ULM.

– Un quoi ?

– Un truc qui vole, avec des ailes et un moteur, bzzz, bzzz, comme une libellule, très sympa à conduire.

– Je m'en branle.

– Vous avez raison, ça soulage.

– La ferme !

– Quel caractère ! Et donc, j'ai suivi votre piste, de là-haut, dans le ciel, comme Dieu surveillant sa petite brebis égarée… Et puis il s'est mis à neiger, alors je me suis posé, en amont, sur la colline, j'ai chaussé les skis que j'avais eu l'extrême intelligence d'acheter et me voilà. Dites-moi, ils ne vous ont pas raté, on dirait ?

Buddy désignait la main mutilée avec une mimique de dégoût.

– La chose déguisée en gamine, c'est elle qui m'a arraché le doigt.

– Notre adorable petite Brenda ! Et encore, vous n'avez pas connu le cent deuxième dalmatien… Laissez-moi voir ça…

– Ne me touchez pas !

– C'est plutôt moche… A mon avis, ça risque de s'infecter. La solution d'urgence s'impose.

– Laquelle ?

– D'après le manuel de survie de l'armée de terre, l'urine est encore le meilleur antiseptique.

– Le manuel de survie de l'armée ? couina Agnello en reculant d'un pas. Vous voulez me faire croire que vous avez servi sous les drapeaux ?

– Je m'en suis même fait une robe. Je plaisante, s'empressa-t-il d'ajouter en voyant Agnello froncer les sourcils. Évacuation de Saigon avec les forces aéroportées, précisa-t-il encore.

– Ce n'est pas une raison pour que je vous laisse m'uriner sur la main !

– Je m'en voudrais de vous empêcher de pisser sur vous-même, lieutenant.

Samantha ralentit, épuisée. La brève formation militaire qu'elle avait reçue au début de sa carrière était bien loin. Elle avait plus l'habitude des stands de tir, des salles d'archives, des villes surpeuplées que de crapahuter dans la nature. Le vent hululait entre les branches. Ils se traînaient. Tout le monde en avait marre de patauger dans la couche de poudreuse qui s'épaississait d'heure en heure. Elle ne cessait de lancer des coups d'œil pardessus son épaule. A plusieurs reprises, il lui avait semblé entendre des loups, mais c'était impossible, il n'y avait pas de loups dans le massif. Juste quelques ours. « Ne laissez pas traîner de nourriture », recommandaient les pancartes disséminées un peu partout. « Mais c'est nous, la nourriture ! », ricana-t-elle intérieurement. Les hamburgers de Versus et ses potes. Servis chauds et saignants. Après tout, le monde des ténèbres n'était peut-être qu'un autre espace-temps peuplé de cannibales. Une évolution différente de l'humanité. Pourquoi pas ? Elle-même aurait volontiers bouffé tout cru cet imbécile d'Agnello, qui les avait obligés à entrer en clandestinité. Sans être couverts par le Bureau.

Marvin la rejoignit. Il avait l'air fatigué et se massait l'estomac machinalement.

– Ulcère ? questionna Samantha en faisant glisser son regard sur la lisière sombre des arbres.

– Pas encore, mais ça va venir. Où est-on ?

Elle déplia la carte, la posa contre un rocher gris. Elle avait du mal à se concentrer. L'impression d'être cernés, pistés, traqués… Jem et Laurie s'approchèrent à leur tour, puis Herbie, traînant Ruth. Visages las, découragés. Gelés. La moustache et la barbe naissante d'Herbie étaient couvertes de flocons blancs. Ruth respirait lentement, les traits cireux. Le doigt ganté de Samantha suivait le tracé sinueux en pointillé sur la carte froissée.

– Là… on doit être par là. Pas très loin du mont Charleston. Il faut qu'on rejoigne une station de ski. On se fondra dans la masse.

– S'ils nous laissent y arriver, grommela Herbie en

tapant des pieds. Ils sont sur nos traces, je les sens. Et nous, on fuit comme des daims affolés.

– Qu'est-ce que tu proposes de constructif, chéri ?

– Les attendre. Leur tendre un piège.

– Comme creuser un grand trou plein de pieux effilés ? proposa Jem avec un grand sourire.

– Par exemple. Ou allumer une barrière de feu.

– Le feu ne tiendra pas avec cette salop... cochonnerie de neige qui n'arrête pas de tomber, marmonna Marvin.

– Il faut se servir de la neige. Comme au judo : on utilise la force de l'adversaire.

Tout le monde regarda Laurie dont les yeux brillaient.

– On va creuser un grand trou et s'enterrer dans la neige ! Ils ne nous sentiront plus. Ils seront perdus. Plus de traces, plus rien.

– Qui te dit qu'ils ne nous repèrent pas grâce à une sorte de sonar interne ?

– Ils se comportent comme des animaux. Ils courent, ils reniflent, ils mangent... ce sont des animaux morts, mais des animaux. Et rien ne nous empêche de nous entourer de pieux au cas où... de pieux recouverts de tissu plein d'essence...

– Guérilla rurale, approuva Marvin.

Samantha se caressait le menton. Laurie avait peut-être raison. Mais est-ce qu'ils avaient le temps d'installer l'abri-piège ?

Herbie désigna un monticule de neige au pied d'un énorme mélèze.

– Là. Allez, on bouge.

Apparemment, la décision avait été prise, se dit Samantha en suivant le mouvement. Ils commencèrent à creuser, Herbie avec la pelle à neige, les autres avec leurs mains ou des morceaux de bois. Jem taillait des branches en pointe à l'aide de son couteau. Ruth les regardait en souriant, aussi proche et aussi lointaine que la Joconde.

Ils continuèrent à creuser en silence, haletants. Leurs souffles formaient de petits nuages de vapeur.

Laurie avait l'impression de jouer dans un western. Derniers préparatifs avant l'attaque des Indiens. A part que la neige était vraiment froide. Et que leurs assaillants allaient vraiment les scalper. A grands coups de dents. Il jeta un coup d'œil à Jem qui creusait à la vitesse d'une pelleteuse.

Jem se retourna et leva le pouce, mimant un sentiment de confiance qu'il n'éprouvait pas. C'était étrange, la neige. Il n'en avait pas vu souvent. Il avait la sensation de se mouvoir à travers un vol de papillons, très doux et glacés. Le dernier vol de l'éphémère, se dit-il.

– J'aurais vraiment dû arrêter de fumer, grommela Herbie en s'essuyant le front.

– Tu peux encore, glissa Sam en lui tapant sur l'épaule.

– Trop vieux pour changer de mauvaises habitudes, ça risquerait de me tuer ! riposta Herbie, enfoncé dans la neige jusqu'à la taille. Bon, je crois que ça va. Allez, les pieux maintenant.

Ils plantèrent une dizaine de morceaux de bois effilés et les recouvrirent de bourrage de banquette arrosé d'essence. Puis ils tapissèrent les bords du trou de branchages avant de déposer Ruth au fond, entre les pieux. Laurie et Samantha s'y accroupirent à leur tour. Jem entreprit de marcher jusqu'à un amas rocheux, puis revint à reculons au bord du trou et les rejoignit tandis que Marvin et Herbie balançaient de grosses pelletées de neige pour combler le creux.

– Vous avez entendu ?!

Herbie s'était figé.

– Quoi ?

– Les loups. Ils se rapprochent.

– Les loups ?

– Les loups ou toute créature capable de courir en

hurlant à la mort. De courir vers nous. Ils arrivent, Marvin ! Faut se magner !

Redoublant d'efforts, aveuglés par la sueur, les mains en feu, ils finirent de tasser la neige, puis Marvin se coula dans l'igloo improvisé tandis qu'Herbie balayait leurs traces de pas avec une branche. Il se laissa glisser à son tour contre un pieu et posa la branche au-dessus de lui. A l'intérieur, le silence était total. La neige étouffait les sons et le sifflement du vent était presque inaudible. Un cocon de ouate glacée.

Agnello reboutonna maladroitement sa braguette. Sa main l'élançait terriblement et la blessure noircissait et gonflait à vue d'œil. Les monstres l'avaient peut-être contaminé, le manuel de l'armée avait certainement raison, il valait mieux user d'un antidote. De la bonne pisse américaine, ça devait pouvoir annihiler tous les ADN extra-terrestres.

– Il est hors de question que j'emmène un civil, grommela-t-il en se retournant vers Buddy qui sifflotait.

– Ce n'est pas vous qui m'emmenez, c'est moi qui vous emmène.

– De quoi ?

– Vous voulez les rattraper, OK ? Et vous comptez y arriver comment ? Avec vos grandes bottes de sept lieues ? Voilà ce qu'on va faire, mon chou, continua Buddy très sûr de lui. Vous passez derrière moi – en tout bien tout honneur –, vous posez vos mignonnes petites péniches sur les spatules, vous passez votre joli bras gauche tout musclé autour de ma taille et on se laisse glisser…

– Jamais !

– Bon, alors, ciao, bien le bonjour à votre moignon et bonne chance !

– Un instant ! Je réquisitionne cette paire de skis ! s'écria Agnello en brandissant son insigne.

– C’est ça, et mes joyeuses, c’est des balles anti-stress… rétorqua Buddy en soufflant sur ses moufles d’un air exaspéré.

Ce valet de l’impérialisme normatif lui faisait perdre un temps fou. Il n’avait qu’à rester là et crever de froid…

Agnello se serait arraché l’autre index de contrariété. Il n’avait jamais utilisé de skis. Il était coincé. Il considéra Buddy sans aucune amabilité de ses petits yeux gris, puis se positionna prudemment derrière lui.

– C’est parti ! cria celui-ci en poussant vigoureusement sur ses bâtons.

Ils commencèrent à glisser, de plus en plus vite, fendant la neige fraîche, Agnello se cramponnant de sa main valide à l’anorak de Buddy qui se mouvait avec aisance.

– Je pourrai avoir le petit Noir, papa ?

– OK, ma chérie.

– Et moi, la dame rousse ?

– Non, la dame rousse, elle est pour Papa, répondit Allan émoustillé. Prends l’autre garçon, si tu veux.

Jason se mit à bouder tout en continuant à courir sur ses membres mutilés. Ils débouchèrent dans la clairière et Allan s’arrêta. Les traces de pas s’interrompaient net devant un grand éboulis de rocs gris.

– Ils ont grimpé dans la montagne ? demanda Brenda en époussetant les flocons qui raidissaient sa jolie robe rose.

– Je ne sais pas. Papa réfléchit. Fermez-la.

C’était toujours pareil. Il fallait toujours la fermer. Papa était toujours barbant, comme quand ils allaient en balade le dimanche sur l’autoroute et qu’en plus il fallait écouter de vieilles merdes à la radio, du temps où Papa-avait-des-cheveux-et-avait-fait-Woodstock.

Allan sentait ses muscles tressauter nerveusement. Les cafards, se dit-il, les cafards devaient marcher sur les nerfs comme sur des cordes à piano. Est-ce qu’il faisait froid ? Il aurait dû faire froid parce qu'il neigeait et qu'il ne portait qu'un imperméable sur son pyjama d'hôpital. Et les enfants, s'ils attrapaient une bronchite ? Cindy lui passerait un savon. Non, Cindy était morte. Mais voilà, lui aussi. Donc, elle pouvait parfaitement venir à nouveau l'emmerder. A moins que le fait d'avoir été incinérée... Au fait, pourquoi avait-il l'impression d'être mort ? Il était debout. Il pensait. Les morts ne pensent pas. OK, Allan, mais les vivants ne sont pas remplis de blattes. Une douleur violente lui traversa les tempes, interrompant ses réflexions, et il tomba à genoux en gémissant avec la sensation que deux mains géantes allaient lui broyer le crâne. Puis la sensation s'estompa et il se releva péniblement. Il avait compris le message. Quoi qu'il soit devenu, il n'était pas censé penser.

– Alors, qu'est-ce qu'on fait ? cria Brenda en courant en rond.

– On continue. Le premier qui les retrouve a gagné !

Les enfants gloussèrent et s'élancèrent à l'assaut du gigantesque entassement rocheux, rebondissant de roc en roc comme d'énormes araignées sauteuses. Allan les suivit, préoccupé. Quelque chose n'allait pas. Mais il avait tellement de mal à réfléchir. Il remarqua à peine qu'il progressait lui aussi par bonds, ses mains et ses pieds collant comme des ventouses aux parois quasi verticales. Tout était si facile quand on était mort. S'il n'y avait pas eu cette sensation de faim permanente... C'était plus que de la faim. C'était comme un trou sans fond dans votre ventre, prêt à se dévorer lui-même si on ne le comblait pas.

– On n'entend plus rien, fit observer Jem à voix basse.

– Attendons encore un peu, on ne sait jamais.

– Chuuut !

Des voix, lointaines, quasiment inaudibles.

– ... putain ! ... faites gaffe, merde !

– … ai raté le virage…

– … traces… grimpé ?

– … retrouvera de l'autre côté… allez !

Une vibration dans la neige au-dessus de leurs têtes, puis de nouveau le silence.

– Ils sont partis, souffla Laurie.

– Je vais voir.

Herbie glissa prudemment la tête hors du trou, à l'abri du feuillage. Personne. Cinq minutes plus tard, ils émergeaient à l'air libre et se remettaient en route, redescendant vers l'autre vallée.

8

Herman Honorius se réveilla en sursaut en entendant tinter la clochette. Il s'était juste assoupi quelques instants. Des clients se tenaient sur le seuil, à contre-jour. Un homme et ses deux gosses. Il voulait sûrement des tenues de ski pour les petits. Les gens commençaient à arriver, la saison allait être bonne, se dit Honorius en cherchant ses lunettes. Évidemment, elles n'étaient pas là ! Bon Dieu, où est-ce qu'il avait bien pu les mettre ? Son fils disait qu'il perdait la tête, qu'il devenait trop vieux pour tenir le magasin. Mais il avait passé sa vie dans ce magasin, à l'entrée de la station. L'idée même de ne plus venir s'asseoir près du vieux poêle et de la caisse enregistreuse lui donnait l'impression de tomber dans un grand trou noir et glacé.

– Vous désirez ? demanda Honorius qui ne voyait que des formes floues et pâles.

– Les enfants ont faim, dit l'homme.

– Désolé, je ne fais pas restaurant. Je vends des vêtements, mon bon monsieur. Vous avez un snack à vingt mètres. Ils font de délicieux steaks.

– Steaks ? Ça vous dit, les enfants ?

– Oh oui ! Gros steaks !

L'homme s'était accoudé au comptoir. Honorius essayait d'accommoder, mais il ne distinguait que le contour brumeux d'un visage maigre. Il sentit quelque chose frôler sa main. Oui, il y avait quelque chose, sur le comptoir en bois, plusieurs petites choses sombres qui couraient… des mouches ? De très grosses mouches ? Il secoua la main et les petites choses tombèrent. Honorius respira un grand coup, contrarié. Des mouches ! Qu'allaient penser les clients ? Et puis ça puait maintenant ! Ces saloperies de W.-C. devaient être encore bouchés et son fils dirait que c'était sa faute, à cause du papier journal, mais il trouvait stupide d'acheter du papier hygiénique alors que le papier journal devait de toute façon être jeté. Il revint à ses clients :

– Vous ne voulez pas de bonnets ?

– Non merci. Nous voulons manger.

– Je vous ai dit d'aller chez Aldo. Juste au coin.

– Nous suivons un régime très strict, expliqua l'homme de sa curieuse voix syncopée.

– Ah ? Vous êtes végétariens ?

– Pas vraiment, gloussa l'homme. En fait, je dirais que nous sommes exclusivement carnivores. Et nous ne mangeons jamais rien de mort.

Jamais rien de mort ? Ce type bouffait les bœufs tout crus ? Il avait dû mal entendre. Il était fatigué. Ils l'avaient dérangé au milieu de sa sieste. Il eut un geste vague pour leur dire de partir. L'homme saisit son bras.

– Au plaisir, dit Honorius en secouant la main.

– Tout le plaisir sera pour nous, répondit l'homme en tirant d'un coup sec sur le poignet d'Honorius et, sans qu'Honorius comprenne comment, son bras se détacha de son épaule.

Oui, c'était bien son bras, dans la main du visiteur, avec plein de sang chaud qui jaillissait. L'homme jeta le bras aux enfants qui se mirent à faire de drôles de bruits. Honorius porta sa main gauche à son épaule droite et ne rencontra que du vide humide. Il devait rêver. Et puis la douleur arriva, comme un tisonnier incandescent s'enfonçant dans la chair. Honorius se plia en deux, son repas remonta et il se mit à vomir.

– Sale, dit l'homme.

Il saisit les deux oreilles d'Honorius et fit pivoter la tête de droite à gauche. A droite : Honorius vit les anoraks qu'on venait de livrer. A gauche : les nouvelles combinaisons encore dans les cartons. Anoraks, combinaisons... L'homme accentua le mouvement, et d'une brusque torsion, retourna la tête d'Honorius à cent quatre-vingts degrés. Le cou d'Honorius fit crac, comme quand on marche sur de la glace, et sa dernière pensée fut pour son fils qui allait être furieux.

Allan arracha la tête du vieillard comme s'il s'agissait de la capsule d'une canette de bière et la posa sur la caisse enregistreuse. Puis il se pencha vers le cou ruisselant et commença à se nourrir.

La clochette tinta, et les Mc Mullen s'immobilisèrent, babines dégoulinantes. Qui venait interrompre leur repas ? Deux silhouettes s'encadrèrent dans la porte.

– Y a quelqu'un ? lança une voix peu amène.

Allan fit signe aux enfants de le suivre discrètement dans l'arrière-boutique. Il ne fallait pas qu'on les voie. La discrétion devenait nécessaire, sinon « ils » allaient rameuter les flics, l'armée, le président lui-même peut-être, comme dans *Independence Day*, ouais, ils en étaient capables... Ils se glissèrent le long des murs, ombres silencieuses, et sortirent sans bruit par la petite porte qui donnait sur l'arrière-cour. Allan avait raflé au passage un carton de vêtements. S'habiller normalement. Ne pas se faire remarquer. La mission avait priorité.

– Oh oh ! Y'a personne ?

Agnello fit un pas à l'intérieur en tapant ses mains gantées l'une contre l'autre et s'en mordit aussitôt les lèvres : il avait oublié sa blessure. Il descendit une marche. Il lui avait semblé voir du mouvement, dans le fond. Il cligna des yeux pour s'accoutumer à la pénombre. Distingua la forme d'un visage près du comptoir. Pouvait pas répondre, le plouc ? Beurk, ça schlinguait vachement, s'était pas lavé depuis la dernière guerre, le péquenot.

Il s'approcha encore, buta dans un gros sac, baissa les yeux et vit qu'il venait de poser le pied *à l'intérieur* d'un ventre humain. A peu près à la hauteur du foie. Deux moignons de jambes traînaient à côté, avec leurs grosses chaussures de montagne. On avait baissé les chaussettes en laine pour s'attaquer aux mollets poilus. Agnello releva le pied, très lentement, et le posa de l'autre côté du corps.

– Qu'est-ce que vous foutez ? cria Buddy depuis le seuil, toujours planté sur ses skis.

Agnello ne répondit pas. Il fit encore un pas vers le comptoir et se retrouva face à face avec le regard étonné d'Honorius. Il saisit la tête par les cheveux, de fins cheveux blancs et retourna à l'entrée, très lentement.

– Alors, vous avez trouvé quelque chose ?

– Ouais. Ça.

Agnello leva la tête et la balança sous le nez de Buddy qui roula des yeux effarés.

– Mais qu'est-ce que c'est que ce truc ?!

– A votre avis ?

– Euh… on dirait une tête de vieillard… Je veux dire une *vraie* tête de vieillard.

– C'est une vraie tête de vieillard ! siffla Agnello. On la lui a arrachée, schraaac !

– Vous rigolez ?

– J'ai l'air ? Vos petits copains sont passés par là, m'sieur-dame Cole, votre gentil petit Jérémie Hawkins a eu une petite faim. Vous devriez venir voir le corps…

– Ce n'est pas Jérémie, bon Dieu ! Ce sont les autres, le mec et les gosses, les Mc Mullen !

– C'est tout la même bande ! Croyez-moi, quand je les retrouverai, je vous jure qu'ils vont regretter d'être…

– Morts ?

– Ils ne sont pas morts. Les morts-vivants, ça n'existe pas.

– Ce qui est vraiment surprenant, lieutenant, c'est que vous, vous existiez…

– Ah ah ah ! ricana Agnello en lançant la tête d'Honorius dans le magasin où elle dévala les marches en bois avant de s'immobiliser près de ses ex-jambes.

– Ils sont là dans le village, poursuivit-il. Le corps est chaud, on a dû les interrompre. Bon, merci pour la balade, mais maintenant, c'est chacun pour soi. Salut.

Agnello commença à s'éloigner à grandes enjambées. Buddy poussa sur ses skis pour le suivre. *Une vraie tête*. Il aurait dû être horrifié, mais il ressentait plutôt de la stupéfaction. C'était trop étrange pour qu'on y croie. Si elle avait parlé, sûr que ç'aurait pas été pareil.

Ils descendirent la rue principale, l'un derrière l'autre. Drôle de sensation de se retrouver dans un endroit normal. Il y avait des boutiques normales. Des gosses normaux bien vivants. Des gens normaux circulaient, emmitouflés dans des parkas de couleurs vives, riant, s'interpellant normalement. De jeunes surfers normaux frimaient en se photographiant. Un haut-parleur normal diffusait de vieux airs folks. Le village, normal, faisait dans le genre pionnier, avec statues d'Indiens en grande tenue, faux ours, palissades en bois brut. Le vendeur normal de hot dogs normaux était déguisé en Davy Crockett normal. Et Buddy Cole, l'anormal, se fondait tout à fait dans le paysage. Perdu dans ses pensées, il faillit dépasser Agnello qui venait de s'engouffrer dans le drugstore. Buddy ôta ses skis, les rangea dans le casier prévu à cet effet, et le suivit.

A l'intérieur, il faisait chaud. La boutique était remplie de monde. Buddy commanda un café pendant qu'Agnello agitait sa main mutilée sous le nez d'une jeune vendeuse en blouse blanche qui pâlit et appela un homme aux cheveux grisonnants portant un badge plastifié. Buddy savourait son café à petites gorgées. Le liquide brûlant lui faisait du bien. L'homme grisonnant entraîna Agnello dans l'arrière-boutique, l'air affairé. Buddy commanda un autre café et eut une pensée pour Sandy qui devait se faire un sang d'encre. Lui envoyer une carte postale ? Pas le temps, Agnello se dirigeait déjà vers la porte, la main dûment bandée. Un vrai chien de chasse, ce flic. Buddy finit son café d'un trait et lui emboîta le pas.

– Oh non ! Cole ! Vous allez me coller au train encore longtemps ?

– Oh lieutenant, ne dites pas de choses comme ça, vous allez me faire rougir.

– Je n'ai pas envie de rigoler, OK ? Je n'ai pas envie de voir votre sale gueule chaque fois que je me retourne, OK ? Je n'ai aucune sympathie pour les pervers sexuels dans votre genre, OK ?

– Ça tombe bien : j'adore rigoler, j'adore vous voir faire la gueule et j'ai beaucoup de sympathie pour les refoulés sexuels dans votre genre…

– Je ne plaisante pas, Cole.

Agnello le bouscula d'un coup d'épaule et s'éloigna. Buddy le regarda, se demandant ce qu'il devait faire. Coller à ce féroce limier semblait le meilleur moyen de retrouver Jem et les autres. Tout ringard qu'il était, il connaissait son job. Il décida de le suivre en douceur, sans se faire remarquer. Errol Flynn maniéré et boudiné dans une combi jaune canari, rien de plus discret.

– Le village ! cria Jem en désignant une grande pancarte où un ours hilare coiffé d'un bonnet de Père Noël déclarait : « Paradise Mountain vous souhaite la bienvenue ! »

Laurie considéra l'ours d'un air sombre, se demandant s'il allait jaillir de sa pancarte pour les lacérer de ses griffes et se plaça machinalement à l'abri de la masse compacte du shérif.

– Pas trop tôt, j'en ai plein les bottes, grommelait celui-ci en se massant le dos.

La vieille Ruth ne pesait presque rien, mais la tirer pendant des heures lui avait rompu les reins.

– Il faut qu'on s'achète des vêtements chauds…

Marvin claquait des dents, le nez gris, les lèvres pincées. Herbie aida Ruth à se relever. Elle fit quelques pas, appuyée sur lui, toujours silencieuse.

– On peut pas dire que vous nous aidiez beaucoup, soupira-t-il.

– Aide-toi et le ciel… entonna Ruth d'une voix claire.

– Oh, non, pitié !

– Tais-toi, laisse-la parler. Que vouliez-vous dire, Ruth ? demanda Samantha en serrant les mains glacées de la vieille dame dans les siennes.

– Vous le savez très bien, ne faites pas l'idiote. Nous n'aurions pas dû venir ici. Nous allons apporter la mort à tous ces pauvres gens… ajouta Ruth en désignant le village à leurs pieds. Nous apportons la mort partout où nous allons. Nous sommes maudits.

– Non, nous sommes en guerre, rectifia Herbie. En guerre contre les suppôts des Ténèbres. C'est nous les gentils, Ruth, vous pigez ?!

– Tu lui fais peur, arrête.

Tout en parlant, ils étaient arrivés à l'entrée de la station. Marvin désigna une boutique en bardeaux à l'enseigne d'« H. H. & fils », dont la vitrine éclairée proposait toute la panoplie du parfait skieur. Il se courba pour franchir le seuil en se disant que le vieux magasin n'avait pas été construit pour des basketteurs et s'immobilisa. Ça puait le sang. De grosses mouches bourdonnaient au centre de la pièce. Samantha se cogna contre son dos.

– Qu'est-ce que tu fais ?

– Tu sens ?

Elle sentit son estomac se nouer. Oh oui, elle sentait. Elle l'avait si souvent sentie, cette odeur. Dans des garnis minables, des motels trop tranquilles, des sous-sols mal éclairés. Marvin avançait avec précaution. Un corps déchiqueté gisait sur le plancher.

– Dis à Jem et à Laurie de rester dehors avec Ruth.

– On fait quoi, là ? demanda Wilcox, grelottant.

– On regarde le cadavre d'un vieux bonhomme, expliqua Marvin.

– Faites voir... Bon sang, ils l'ont pas raté ! Vous croyez que ce sont les Mc Mullen ?

– A moins qu'il ne s'agisse d'un jeu local... on arrache la tête des vieux pour jouer aux quilles... rétorqua Marvin, acerbe.

Wilcox s'agenouilla près du corps, toucha la peau encore tiède, le sang coagulé.

– Ils sont passés, il y a une heure ou deux, je dirais. Ils ont commencé à le dévorer et puis quelque chose a dû se passer et ils ont foutu le camp... par là... regardez les traces...

De la neige fondue menait à l'arrière-boutique dont la porte béait sur une cour déserte. Wilcox revint vers le corps.

– Ne bougez pas, regardez... les empreintes, là, ce ne sont pas les vôtres, trop petites, ni les miennes : pas mes semelles. Et c'est encore humide. Quelqu'un est entré. Quelqu'un qui chausse du quarante-trois, je dirais, et porte des bottes de chasse. C'est ça qui les a dérangés.

– Pourquoi est-ce qu'ils ne se sont pas attaqués à lui ?

– Il n'était peut-être pas seul. Il y avait peut-être du monde dehors. Ils ne doivent pas vouloir qu'on les repère, avança Wilcox.

– Ça veut dire qu'ils réfléchissent, fit observer Samantha. Ça veut dire qu'ils poursuivent un but.

– Ouais, nous. Ils sont chargés de nous éliminer. On

a dû contrarier un dieu quelconque dans un autre univers… Le truc banal, quoi. Inutile de traîner ici, si quelqu'un se ramène… conclut Wilcox en se redressant. Prenons de quoi survivre au blizzard et filons.

– Mais, Herbie, nous ne pouvons pas piller ce magasin ! protesta Sam.

– Sam, mon cœur, tu crois vraiment que le bon monsieur H. en a encore quelque chose à faire ? Bon, passe-moi la parka fourrée, là.

– Il a raison, approuva Marvin Hayes.

C'était contraire à l'éthique, mais ce qui comptait pardessus tout, c'était la réussite de la mission.

Sam s'équipa d'un ensemble noir molletonné en évitant de regarder le corps par terre. Marvin ne put dénicher qu'un seul ensemble à sa taille, d'un violet fluorescent qui lui donnait l'air d'un des assistants de M. Spock. Jem et Laurie, appelés à venir se servir sans regarder ce qui gisait sur le sol, se jetèrent sur les vêtements de surfeurs. Jem craqua pour un pantalon trois fois trop grand avec casquette polaire et un pull géant jaune et rouge et Laurie pour un ensemble en Gore-Tex bleu électrique.

– Très discret, approuva Herbie en tortillant ses moustaches.

Ils obligèrent Ruth à enfiler un épais anorak bordeaux, « couleur sang » protesta la vieille dame, mais personne ne l'écouta.

– Les étiquettes ! coupez les étiquettes ! lança Laurie comme ils s'apprêtaient à ressortir au grand jour.

Ils descendirent Main Street en dévisageant les passants. Après les heures de marche dans la solitude blanche des cimes, le bruit, la foule bigarrée, le claquement des téléskis semblaient incongrus, presque agressifs. Difficile de croire qu'ils traquaient une bande de morts-vivants au milieu d'une souriante petite station de ski.

Le haut-parleur crachotant diffusait du dixieland à plein tube. Laurie agrippa soudain le bras de Jem :

– Hé, mec, tu sais skier, toi ?

– Bien sûr, Grand-Pa me payait toujours de super vacances dans les stations les plus chics… il était pas snob pour un ferrailleur.

– T'es con, Jem. T'aurais pu partir avec le centre d'aide sociale.

– Ouais, on est partis une fois, ramasser des champignons. Et toi ?

– Quoi, moi ?

– A ton avis ?

– Une fois avec mes parents, on est allés à la montagne. Mon père nous a loué tout l'équipement. Ma mère…

Laurie s'arrêta, la voix tremblante. Il revoyait sa mère qui refusait de descendre de la voiture. Encore ivre morte, s'était-il dit. Il ne se trompait qu'à moitié : elle n'était pas ivre mais bien morte. Il avait été élevé par un cadavre doté de motricité et de parole. Il fit un effort pour continuer sa phrase :

– Ma mère a pas voulu skier, alors on y est allés avec mon père. Il était tellement gros, tout le monde le regardait, et puis des Noirs y en avait pas beaucoup, j'avais l'impression qu'on voyait que nous sur cette saleté de neige blanche, et puis je me suis cassé la gueule sans arrêt et après on est rentrés, acheva Laurie, morose.

– De quoi vous parlez, les garçons ? demanda Samantha, souriante.

– De rien, répondit Laurie.

Et c'était vrai. Ce temps-là, le temps où il avait une famille, était fini, révolu, englouti dans le Grand Rien.

Ils décidèrent d'aller manger un morceau et s'engouffrèrent Chez Aldo.

– Je donnerais Laurie pour un hamburger ! cria Jem en reniflant l'odeur d'oignons, de ketchup et de viande frite.

– Et les Mc Mullen donneraient leur hamburger pour te bouffer, toi ! rétorqua Laurie.

– Laurie, voyons ! le sermonna Samantha en traînant tout son petit monde vers une table libre, avec la désagréable impression d'être une joyeuse monitrice de colonie de vacances.

Dire qu'elle était venue passer quelques jours paisibles en amoureux avec Herbie... ils n'avaient pas eu beaucoup d'intimité, ces derniers jours. Elle lui pressa affectueusement la main et il lui décocha un de ses regards obliques de vieux bison détestant les effusions en public.

Buddy crevait de faim. Agnello ne se nourrissait donc jamais ? Il l'avait suivi à travers tout le village et maintenant le lieutenant revenait sur ses pas, l'air buté, les mains enfoncées dans les poches. Oh miracle ! Il s'arrêtait devant l'enseigne de Chez Aldo, il poussait la porte !

Agnello avait mal au ventre. Il avala deux cachets avec un verre d'eau minérale et commanda une portion de pizza banane-mayonnaise. Assis au comptoir, il tournait le dos à la salle, mais pouvait surveiller les allées et venues grâce au grand miroir suspendu au-dessus du bar. Ce déchet de Cole était là, impossible de s'en débarrasser, il le collait comme un sparadrap ! Il renifla dédaigneusement en attaquant sa pizza brûlante.

Buddy s'assit à une petite table dans un coin sombre. Sans même lire la carte, il commanda une double portion de frites, des pancakes au sirop d'érable et un T-bone steak. Avec un gin-vermouth et une Bud. Il n'avait rien bu depuis la veille et se sentait un peu faible. Il tendit sa main devant lui : elle tremblait. Ça allait se calmer avec le gin. Avec deux ou trois gins.

Occupé à s'empiffrer, il jeta un coup d'œil distrait aux deux gros malabars tatoués assis en face de lui. Le plus gros, un barbu, portait une casquette ornée de trois K, l'autre un tee-shirt aux couleurs du drapeau américain.

Agnello rajouta un peu de mayo sur sa pizza en notant que les deux gros ricanaient à cause des manières de Cole. Comme si ce con pouvait pas manger comme tout le monde, fallait qu'il la joue grande folle…

– Pèd pèd pèd…

Buddy leva la tête en entendant chantonner. Ah, c'était l'obèse au tee-shirt étoilé. Il eut fugitivement l'impression que le monstre lui faisait un clin d'œil, mais se dit qu'il devait rêver. Il replongea vers ses crêpes.

– Pèd pèd pèd, pèd…

Encore ce marmonnement ! Décidément, le type avait vraiment l'air de s'adresser à lui.

– Vous m'avez demandé quelque chose ? dit Buddy aimablement.

Les deux gros se mirent à pouffer comme des vierges effarouchées.

– Tu lui as demandé quelque chose, Bill ? minauda le barbu.

– Oh non, j'aurais trop peur de choper le sida ! répondit Bill d'une voix suraiguë.

Et c'était parti pour la séquence « Fantasia chez les ploucs » se dit Buddy en avalant posément une bouchée de crêpe.

– Tu sais quoi, Bill ? Je crois que t'as une touche avec mademoiselle…

Ils se mirent à hurler de rire en postillonnant et en se tapant sur les cuisses.

Buddy but un peu de gin et leur sourit.

– Qu'est-ce qu'il se passe, les filles ? Y a du tirage dans le ménage ? La grosse barbue veut un peu de changement ?

Le barbu se leva, renversant sa chaise.

– Qu'esse t'as dit, poufiasse ?

– Oh ! quelle jolie casquette, c'est quoi ces initiales ? Konnard Komplètement Kon ?

– Putain de tapette, tu vas faire tes excuses…

Le nommé Bill se leva à son tour, faisant craquer ses gros doigts.

– A genoux, demande pardon !

Buddy haussa les sourcils, sa fourchette à la main.

– A genoux ? C'est cent dollars, mon gros.

Bill émit un son rauque étranglé, serra les poings et bondit en avant pour reculer aussitôt après, la fourchette de Buddy dangereusement plantée près de son œil droit.

– Ahhhhrgghhh ! Il m'a arrrghhhhr…

– Nom de Dieu d'enculé de merde ! Je vais te tuer ! hurla le barbu en se jetant sur Buddy, couteau en main. Je vais te défoncer ton putain de cul de pédé à coups de couteau, je vais te couper les…

– Que se passe-t-il ?

Marvin s'était levé. Il y avait un vacarme épouvantable dans le fond de la salle. Un gros type hurlait, le visage en sang, une fourchette plantée dans la joue et un énorme barbu essayait de coincer un mec en jaune qui courait entre les tables en renversant tout sur son passage…

– On va voir ! dit Jem en bondissant sur ses pieds.

Laurie et lui détalèrent. Samantha posa la main sur le maigre poignet de Ruth pour la tranquilliser.

– Une bagarre, ce n'est rien.

– Kether s'en occupera.

– Pardon ?

– Kether s'en occupera. Il est là, je l'ai vu tout à l'heure.

– Kether ? L'homme du casino ?

– Kether est Kether.

Sam ne put lui en demander plus, les cris se faisaient perçants, des gens voulaient être remboursés, des enfants pleuraient, on commençait à échanger des horions.

– Appelez la police !

– Les enfants, sous la table, vite !

– Bon Dieu, ôtez vos pieds de mes spaghettis !

– Cet homme est blessé, écartez-vous, je suis assistant vétérinaire, écartez-vous !

– Pas de panique, s'il vous plaît, on a la situation bien en main !

– Enculé-viens-ici-viens-que-je-te-démolisse-le-cul-pédé-salaud-malade !

– Ouh là, mais elle est tout excitée, la grosse chouquette !

Wilcox s'était levé à son tour.

– Cette voix…

Il mit les mains en porte-voix, hurla par-dessus le vacarme :

– Cole, Buddy Cole !

– Qui le demande ? cria le grand type en jaune vif qui sautait par-dessus une table.

– Bordel ! Buddy, qu'est-ce que vous foutez ?

– Je m'entraîne pour le steeple-chase de Noël…

Agnello fixait le miroir avec intensité, la main sur la crosse de son flingue. Le shérif indien venait de se lever, ils étaient là, tous là, dans le coin, derrière la plante verte ! Les deux gamins, les empaffés du FBI et la grand-mère prise en otage. Oh ! Bon Dieu, il les tenait ! Il n'avait plus qu'à les suivre jusqu'à leur antre… Oh ! Bon Dieu, il allait enfin passer capitaine !

Buddy écrasa quelques orteils, renversa un vieil homme, deux tabourets, une desserte, une pile d'assiettes et surgit près de Wilcox, suivi de près par deux serveurs furibonds et le gros barbu, les yeux fous, armé d'un couteau dans la main droite et d'une bouteille brisée dans la gauche. Wilcox leva le bras.

– Tout le monde se calme !

– Je vous adore, Herbie, quand vous parlez comme ça, glissa Buddy, haletant, en se réfugiant derrière lui.

Les deux serveurs hésitèrent, laissant la place au gros barbu qui déboulait comme un taureau.

– Pousse-toi, connard ! hurla-t-il à l'adresse de Wilcox.

– On se calme, j'ai dit. Qu'est-ce qu'il se passe ?

– Il se passe que je vais tuer cet enfoiré d'enculé de merde et toi aussi si tu vires pas ton cul de là ! hurla le barbu, une écume blanche au coin des lèvres.

Marvin posa sa main sur son épaule.

– Je crois que vous êtes un peu énervé, monsieur.

– Enfoiré de négro, t'oses me toucher ? T'oses me toucher ! Tu veux crever, toi aussi ? éructa le barbu en fendant l'air avec sa lame, tailladant la parka neuve de Marvin.

La foule poussa un cri, les serveurs reculèrent d'un pas. Marvin considéra l'entaille avec chagrin. Il pivota si légèrement qu'on eut à peine la sensation de le voir bouger et, dans l'instant, sa semelle gauche vint frapper son assaillant sous le menton, le projetant dans le chariot à desserts. Comme s'il n'attendait que ce signal, Wilcox rassembla ses deux poings massifs et les abattit de toutes ses forces sur le plexus solaire du barbu, qui produisit le même son chuintant qu'un matelas pneumatique crevé, et vira au cramoisi, les yeux exorbités.

Agnello observait la scène. Il ne fallait donc pas les sous-estimer. Des hommes d'action, entraînés, efficaces. La chasse n'en serait que plus intéressante. Il aurait pu intervenir, arrêter Jem et le ramener aux autorités compétentes. Mais maintenant, l'enjeu dépassait Jérémie Hawkins. Il y avait un complot à l'échelon cosmique, un complot pour assurer la domination de la Terre par les créatures venues de l'espace. Le sort de la planète reposait entre ses mains. Il allait montrer au monde ce dont il était capable.

Dans la confusion la plus totale, au milieu des cris, des insultes et des coups qui s'échangeaient maintenant dans tout le restaurant, Wilcox, Marvin et les autres s'éclipsèrent, entraînant Cole. Agnello se laissa glisser de son tabouret, fracassa sa bouteille de bière sur le crâne d'un type qui lui demandait où était la sortie et les suivit, rasant les murs. Ils croisèrent une ambulance et une voiture pie qui arrivaient enfin, toutes sirènes dehors.

Allan ouvrit les yeux. Il faisait noir et froid. Il était confortablement allongé, un petit oreiller sous la tête. Il se demanda un instant s'il se trouvait dans son lit, s'il s'éveillait enfin de cet horrible cauchemar. Il leva la main et rencontra un obstacle au-dessus de sa tête. Du bois. Une planche en bois, lisse et vernie. La mémoire lui revint d'un coup. Le funérarium, la pancarte « fermé jusqu'à lundi », la petite fenêtre entrouverte, leur déambulation silencieuse dans les salons funéraires, les beaux cercueils en chêne avec leurs poignées étincelantes, leurs couvercles relevés exposant le capiton moelleux. Jason et Brenda étaient tombés en arrêt devant le modèle « first class ». « On dirait le lit de la Belle au Bois dormant », avait chuchoté Jason. Brenda avait longuement humé un bouquet de fleurs séchées avant d'enjamber le rebord du lit de la Princesse et de s'allonger voluptueusement sur le velours rouge, les mains croisées sur la poitrine.

– Je suis belle, Papa ?

– Tu es magnifique, ma chérie. Allez, Jason, couche-toi aussi, on va se reposer un peu.

Jason avait choisi un cercueil noir brillant, garni de satin blanc. Quel dommage que Papa n'ait pas emporté l'appareil photo. D'habitude, pour les vacances, il y pensait toujours !

Allan avait contemplé les enfants avec un élan d'amour. Ils étaient si beaux, allongés là, dans ce luxe opulent, si beaux, mais si pâles. Quasiment bleus. Il les avait embrassés chacun sur la joue, puis refermé tendrement les lourds couvercles plombés, avant de s'étendre à son tour dans un modeste modèle en hêtre « Far West », garni d'une simple housse violette.

Il soupira. Combien de temps avaient-ils « dormi » ? Il se redressa. La pièce était calme et silencieuse. Des échos du dernier tube d'Oasis lui parvenaient par la lucarne entrouverte. Il souleva les cercueils des enfants et regarda leurs petites poitrines qui ne se soulevaient pas, leurs yeux clos. Les moignons de Jason avaient dégouliné sur le satin blanc. Quelques grosses blattes noires allaient et venaient paresseusement des lèvres de Brenda au coussin en velours rouge.

Pensif, Allan en saisit une entre ses doigts décharnés et la suça, comme un glaçon. Les petites pattes lui chatouillaient agréablement l'intérieur des joues. Il donna une petite tape affectueuse à Jason, tira doucement les boucles desséchées de Brenda.

– Allez, debout, les paresseux !

– J'ai fait un affreux cauchemar, dit Brenda en étirant ses membres squelettiques. J'ai rêvé que je devais aller à l'école, qu'on nous servait des épinards à la cantine et que quand je tombais, ça me faisait mal !

– Et moi, j'ai rêvé que maman était revenue et qu'on n'avait pas le droit de courir à quatre pattes et d'avoir le museau qui s'allonge... ajouta Jason en se mettant debout. Yooooh ! Je suis dans mon bateau, j'affronte la tempête sur le loch Ness, yooooh !

– Oh ! tais-toi, Jason, tu nous casses les oreilles. Qu'est-ce qu'on fait aujourd'hui, Papa ? J'ai un peu faim.

– On va s'en occuper. Je veux que vous enfiliez les nouveaux habits qu'on a trouvés dans la boutique du gentil vieux repas.

– Ils sont moches, ils me font grosse !

– Brenda ! Pas de discussions !

Boudeuse, Brenda enfila une épaisse parka rouge par-dessus sa robe en loques, et chaussa ses pieds nus aux ongles arrachés de bottes noires. Allan ferma à demi les paupières : oui, elle avait presque l'air d'une petite fille comme les autres. Il aida Jason à boutonner un gros blouson bleu marine, le coiffa d'une casquette pour dissimuler le trou dans sa tempe, et lui enfila une paire de jeans en velours, dont il replia une des jambes sous le genou pour dissimuler le moignon sanguinolent.

– Voilà, vous êtes beaux comme des astres !

– Et toi, Papa ?

– Voyons, je vais prendre cette combinaison grise et ce bonnet noir. Et n'oubliez pas les gants.

– Moi, j'en prends qu'un, de gant, Papa ?

– Évidemment, puisque que tu n'as plus qu'une main. Je me demande ce qu'on vous apprend à l'école ! Allez, en route.

– Papa, tu crois qu'il y en a d'autres ici ?

Brenda le tirait par la manche.

– D'autres quoi ?

– D'autres comme nous…

Allan se gratta la joue, détachant quelques lambeaux de peau.

– Peut-être. On va voir…

Ils s'enfoncèrent à sa suite dans les sombres couloirs du funérarium, jusqu'à la porte marquée : « chambre froide ».

Traînant Cole, Wilcox et les autres marchèrent jusqu'au pied des pistes, se mêlant à la joyeuse animation de la fin d'après-midi.

– Bon, si vous nous expliquiez un peu le topo, qu'on puisse rigoler nous aussi… intima Herbie à Cole en l'adossant à un mélèze sans douceur excessive.

Celui-ci entreprit le récit de ses aventures depuis qu'Agnello et lui s'étaient lancés sur leurs traces. Marvin fronça les sourcils.

– Donc, le lieutenant Agnello est en ville ?

– Il était chez Aldo, il vous a sûrement vus. Je suis sûr qu'il nous observe en ce moment même.

De l'autre côté du large tronc, Agnello rabattit la visière de sa casquette en souriant.

– Pourquoi n'est-il pas intervenu ? Cet imbécile est persuadé que Jérémie est un serial-killer.

« Oh mais non, môssieur l'agent Hayes, ce n'est pas qu'un serial-killer, c'est un alien-killer, et il va me conduire à son repaire. Et j'écraserai tous les petits œufs grouillants avec mes godillots made in America et je t'écraserai aussi la gueule, môssieur Hayes, qui croit tout savoir et aurait mieux fait de continuer à ramasser du coton avec tes frères… » fulmina Agnello derrière son arbre.

– Je pense que le plus urgent, pour l'instant, ce n'est pas d'analyser les états d'âme du lieutenant Agnello, mais de trouver un abri pour la nuit, dit Samantha qui rêvait d'un bain chaud.

– Un abri ? Tu veux dire du genre se construire un igloo ? persifla Herbie.

– Je veux dire du genre se trouver un hôtel. On n'est pas obligés de discuter dehors. Si Agnello a décidé de ne pas intervenir, plus rien ne nous oblige à nous conduire en fuyards.

– Euh, les Mc Mullen… hasarda Laurie.

– Les Mc Mullen, c'est nous qui les traquons.

– Ah ouais ? J'sais pas pourquoi, des fois on dirait l'inverse… marmonna Jem.

– Très drôle, mon garçon. Samantha a toujours raison, on va se chercher un hôtel sympa, trancha Marvin.

Sympa quel genre ? se demandait Jem. Sympa on-te-tranche-la-gorge-dans-ton-sommeil ou sympa-on-te-bouffe-au-petit-déjeuner ? C'était drôle, il n'arrivait même plus à se souvenir du sens du mot « sympa ».

9

Sally Kellerman ouvrit les yeux. Elle se sentait bizarre. L'impression d'un poids sur l'estomac. Elle passa une main sur son ventre nu et ses ongles accrochèrent un morceau de fil. Elle tira un peu, mais le fil semblait accroché à sa peau. Perplexe, elle s'assit. Une longue plaie, recousue à gros points de fil noir, courait de son pubis à son sternum. Sally porta la main à ses lèvres pour retenir un cri. Qu'est-ce qu'on lui avait fait ? Elle était entrée à l'hôpital pour une petite opération de rien du tout à la cloison nasale et on lui avait ouvert le ventre !

Elle descendit avec précaution de l'étroit lit de camp, craignant la douleur, mais non, ça ne faisait pas mal. Les mains en coupe sur son bas-ventre, elle examina les lieux. Des murs carrelés de blanc, bordés de rigoles en Inox, deux tables qui ressemblaient à des tables d'opération, des instruments chirurgicaux étincelants rangés le long d'un immense évier…

Sally se sentit parcourue d'un long frisson qui ne devait rien au froid ambiant. Joe s'était moqué d'elle quand elle lui avait fait part des rumeurs sur les expériences illégales pratiquées en secret dans les hôpitaux. Il lui avait dit qu'elle ferait mieux de s'occuper un peu mieux du motel plutôt que de passer ses journées à lire ces torchons débiles. « Qui, mais franchement qui, tonnait-il, croit à l'existence de l'homme à tête de veau ou des fœtus de singes greffés dans le corps de respectables citoyennes ? » Joe était un incurable sceptique. Et maintenant, elle, Sally Kellerman, avait été enlevée par ces médecins déments et soumise à elle ne savait quelle horrible expérience !

Un léger bruissement lui fit tourner la tête. Là, dans le fond de la salle, à l'abri de la lumière blanche des néons, trois personnes la regardaient. Une grande et deux toutes petites. Elle porta la main à son cœur, certaine de le sentir battre la chamade, mais non, il restait calme, comme absent. Un des nains s'avança vers elle et Sally vit son horrible visage bleuté, sa peau marbrée, son regard atone, ses moignons mal dissimulés par de grotesques vêtements de ski. Des victimes des expériences ! Comme elle ! Elle fit un pas vers eux, mais quelque chose dans le regard fixe et vide du nain la retint. Ils travaillaient peut-être pour les médecins. Ils étaient peut-être des choses à leur service, comme dans *L'Ile du docteur Moreau.* Sally recula jusqu'à la porte battante.

– N'aie pas peur, Sally, dit l'homme en avançant d'un pas, la main tendue.

Mon Dieu, qu'est-ce qu'ils avaient fait à son visage ? On aurait dit un mauvais collage ! Et cette odeur nauséabonde ! Oh non, non ! Sally Kellerman poussa la porte et s'enfuit en courant le long des couloirs déserts.

– Sally ! Attends ! cria l'homme.

– On la rattrape, Papa ? demanda Jason, qui n'avait jamais vu de femme nue, surtout avec de gros seins comme ça.

– Non. Cette crétine va débouler à poil dehors. Et je ne veux pas qu'on se fasse remarquer.

– Papa, j'ai faim et y a que des trucs morts, ici, pleurnicha Brenda qui se fichait de Sally Kellerman et de ses appas.

– Ouais, je sais. Allez, venez, on va se trouver quelque chose…

Pourquoi Sally avait-elle eu peur ? Allan l'avait touchée du bout des doigts, avait promené ses lèvres sur les siennes, laissant un cancrelat dodu se glisser dans la bouche de Sally et elle s'était réveillée en sursaut, aspirant l'air comme une noyée. Il avait fait reculer les enfants, il ne voulait pas lui faire peur. Et elle… elle les avait regardés comme des monstres et elle s'était enfuie. Peut-être que certains êtres perdaient l'esprit lors du passage d'un état à l'autre… Il faudrait essayer avec d'autres défunts. Il avait besoin d'une troupe de choc.

Sally ralentit l'allure. Le bâtiment semblait désert. Toujours nue, elle arriva dans ce qui ressemblait à un bureau. Un ordinateur, des dossiers, un téléphone. Du camouflage pour les visiteurs. Sa plaie la chatouillait. Elle se frotta l'abdomen, avec la sensation de sentir quelque chose bouger sous sa peau. Qu'est-ce qu'ils lui avaient mis à l'intérieur ? Paniquée à l'idée qu'une créature immonde puisse jaillir de son torse comme dans la série des *Alien*, elle se plaqua contre le mur froid. Et se vit dans le miroir suspendu derrière la porte d'entrée. Comme elle était pâle ! Les joues creuses, les lèvres décolorées, elle qui avait toujours si bonne mine ! Et son nez tuméfié et recousu. Donc ils l'avaient opérée… Elle remarqua l'étiquette accrochée à son gros orteil gauche et se pencha pour la prendre. L'étiquette portait deux lignes tracées à la main : « Sally Kellerman – 38 ans – Choc anesthésique. A vérif. » Qu'est-ce que ça pouvait bien signifier ?

De nouveau cette sensation de grouillement dans son ventre. L'impression que des petites pattes trottinaient le long de ses viscères. Elle s'approcha des étagères bourrées de dossiers rangés par ordre alphabétique. I, J… Sally attrapa le dossier portant la lettre K. Sa fiche était là, plastifiée, avec la mention « décédée le 12 octobre 1998 – 21 heures 35 ». Oh non ! Ils faisaient croire que les patients décédaient et ils les transportaient au sous-sol pour leurs manipulations génétiques ! Mais alors, Joe devait croire qu'elle était morte ! Il fallait qu'elle rentre chez elle, qu'ils alertent la police ! Elle souleva le combiné du téléphone et composa le numéro de son domicile. Joe allait être tellement heureux ! Le téléphone sonna longuement dans le vide, puis on décrocha.

– Joe ! lança Sally, éperdue.

– Qui l'demande ?

La voix au bout du fil était une voix de femme, plutôt revêche et qui semblait passablement éméchée.

– Je suis bien chez Joe et Sally Kellerman ? demanda Sally, étonnée.

– Qu'est s'voulez Joe ? répéta la voix de femme ivre.

– Qui êtes-vous ? Que faites-vous chez moi ?

La voix de Joe, en fond :

– Qui c'est ?

– C'est sa femme ! cria Sally, c'est moi, Joe !

– C'est ça, on lui dira !

La femme avait raccroché. Sally contempla bêtement le combiné. La femme ne l'avait pas crue. Une femme chez Joe. Une femme ivre chez Joe. Une femme ivre chez Joe qui la croyait morte. Nom de Dieu ! Est-ce que ce salopard… Et elle n'était même pas enterrée ! Sally se mordit les lèvres, vit le sang couler dans le miroir, un sang noir, visqueux. Curieux, elle n'avait rien senti. Le sang, lui, par contre, puait : une odeur chimique mêlée à une odeur de poubelle.

Au même instant, une clé tourna dans la serrure et la porte s'ouvrit.

Sally fit un bond en arrière : et si c'étaient ses tortionnaires ? Elle se cacha derrière le battant. Une jeune femme entra dans la pièce, emmitouflée dans un duffle-coat.

C'était le jour de congé de Joanna, mais il y avait ce dossier urgent à finir et demain, elle voulait partir plus tôt pour aller skier avec Léo. Elle ôta son manteau et son écharpe, les suspendit au portemanteau, ouvrit un des tiroirs et fouilla jusqu'à ce qu'elle trouve un paquet de cigarettes. Avec un soupir d'aise, elle en alluma une, inspira la fumée en ôtant son manteau qu'elle posa sur le dos de sa chaise, se tourna vers le miroir et poussa un hurlement en apercevant Sally blottie contre le mur.

Sally s'avança, bien décidée à la faire taire.

Les yeux exorbités, Joanna fixait cette femme nue, dans le bureau, cette femme nue avec le ventre couturé et le teint cireux. Sally Kellerman ! Mon Dieu ! la pauvre avait dû se réveiller en salle d'autopsie, elle était vivante !

Sally ouvrit la bouche pour demander des explications, mais s'entendit proférer : « J'ai faim » sur un ton étrange.

– Faim ? dit Joanna. Bien sûr, je comprends, attendez, je dois avoir des biscuits quelque part…

Vite, prévenir le médecin, les pompiers, quelqu'un, un des pensionnaires s'était réveillé, comme dans ses pires cauchemars, où étaient ces cochonneries de biscuits au son amincissant, ah les voilà !

– Tenez, prenez ça, j'appelle du secours, tout va bien aller, ne vous inquiétez pas.

Sally saisit les biscuits, les renifla. Ils sentaient le grain. La poussière. La terre. La mort. Ils sentaient la mort. Elle les effrita en considérant avec intérêt Joanna qui composait un numéro. Elle sentait bon. Elle était pleine de sang chaud, de chair ferme. L'idée d'intestins juteux craquant sous ses dents fit saliver Sally, sans qu'elle comprenne pourquoi. Faim. Elle avait faim. Très faim. Trop faim pour attendre.

– Allô, Léo ? Salut c'est Joanna, oui… écoute, j'ai un problème… un gros problème… non, je ne quitte pas…

Elle se tourna vers Sally pour lui dire que Léo allait s'occuper de tout et ne vit qu'une bouche fétide, énorme et pleine de dents. La bouche se referma sur son visage, broyant les chairs, sans que Joanna comprenne ce qui lui arrivait. Elle eut quelques soubresauts pendant que Sally mâchonnait sa figure, mais cessa très vite de bouger.

– Allô ? Joanna ? Allô ?

Léo s'égosillait à l'autre bout du fil. Sally détourna son groin couvert de sang des restes du visage de Joanna et grogna « Tout va bien… je te rappelle… » avant de raccrocher. Elle cracha un bout de sourcil, délogea un morceau de narine coincée entre ses incisives et s'enveloppa du manteau de Joanna en fredonnant. Maintenant, elle allait voir Joe. Et tous ceux qui se mettraient en travers de sa route seraient éliminés. Comme la garce qui était en train de crever par terre. « On » avait pensé que Sally Kellerman était une proie facile, « on » s'était lourdement trompé et « on » allait payer !

Bob Dickinson soupira longuement en regardant les deux vieux chevaux qu'on venait de lui amener. Ils avaient appartenu à Stanley, mais Stanley avait cassé sa pipe la semaine précédente, et ses enfants ne voulaient pas de la ferme ni des vieux chevaux de labour. Bob empoigna son fusil, le dissimulant derrière son dos. Un cochon à tuer, un veau à abattre, c'était toujours chez les Dickinson qu'on se rendait, depuis trois générations. Il s'approcha des bêtes qui reniflaient paisiblement.

– Ho ! Augustus ! Ho ! Lucia !

Reconnaissant leurs noms, ils remuèrent les oreilles et Lucia, la jument noire, plus câline, lui donna un coup de museau affectueux. Bob soupira encore. Il détestait ce boulot ! Augustus broncha, soudain inquiet. Bob répéta son nom pour le calmer. Puis, tout en murmurant : « Seigneur, aie pitié de leurs âmes », il épaula et tira vivement, deux fois. Lucia entendit l'explosion et sentit quelque chose heurter avec force son front, entre ses yeux. Elle tourna la tête vers Augustus, étonnée, et le vit qui s'agenouillait dans la poussière. Elle voulut lui dire de se relever : ils n'étaient pas si vieux, ils avaient tant travaillé, il devait se relever pour jouir du soleil et de l'avoine, et du froid et de l'eau fraîche et des galipettes des lapins, il devait… elle s'écroula sur le côté, un filet de sang sinuant entre ses naseaux, sous le regard déjà vitreux de son vieux compagnon. Bob Dickinson cracha par terre et décida d'aller se soûler en ville. Il s'occuperait des cadavres demain.

Après un dîner, bien arrosé en ce qui le concernait, Herbie titubait légèrement, Sam à son bras. Leurs souffles fumaient dans l'air vif. Sam se sentait mieux. Avant le repas, elle avait passé de la crème cicatrisante sur la brûlure en V qui marquait sa joue. L'idée de porter le signe de Versus incrusté dans sa chair la dégoûtait. Une longue douche brûlante lui avait permis de chasser cette sensation de crasse tenace et de mauvaise sueur qui lui collait à la peau. Herbie l'avait rejointe sous la douche, et le bref intermède « sexe » qui s'en était suivi lui avait permis de se détendre pour la première fois depuis des jours. Marvin marchait devant eux, soutenant la vieille Ruth qui n'avait pas desserré les dents de la soirée. Buddy Cole fredonnait le *Stellar Regions* de Coltrane en regardant les étoiles. Jem et Laurie traînaient derrière, shootant dans la neige, boxant contre des ennemis invisibles. Ils s'étaient empiffrés à n'en plus pouvoir, redemandant de tout. Le restaurant, blotti au pied de la montagne, donnait dans le style rustique, avec grand feu de cheminée, barbecue et patates sous la cendre, souvenirs de trappeurs aux murs. Laurie s'était coiffé subrepticement d'une toque à la Davy Crockett et avait imité brillamment une marmotte à l'affût, provoquant un éclat de rire général. Un moment comme avant, se dit Jem, comme quand on riait bêtement de tout, que Grand-Pa préparait des beignets et qu'on courait dans la poussière à perdre haleine sans savoir pourquoi.

Ils arrivèrent en vue de l'enseigne « Kellerman

Motel » qui clignotait dans la nuit et s'engouffrèrent dans leurs chambres respectives, tous pressés de s'allonger dans un lit propre et chaud. Sam accompagna Ruth à sa chambre, juste à côté de la leur, à Herbie et elle.

– Reposez-vous bien, Ruth, faites de beaux rêves.

– Vous vous foutez de moi, ma chère ? répondit Ruth avec sa vivacité d'antan. Vous pensez vraiment qu'un seul d'entre nous va faire de beaux rêves ? De beaux cauchemars, à la rigueur !

– Ruth ! Mais vous parlez !

– Dites-moi, jeune fille, vous allez bien ? Je sais bien, comme disait mon mari, que ce serait une bénédiction pour mes proches, mais désolée, non, je ne suis pas muette !

– Mais Ruth… vous étiez si lointaine… en état de choc…

– Si vous croyez que Kether apprécie la façon dont on me traite…

– Où est Kether ? Est-ce qu'il est ici ?

– Kether est partout ! Toujours et tout le temps !

– Oh non, c'est reparti ! jura Sam entre ses dents.

Buddy apparut dans le couloir, un verre à la main.

– Je vais chercher à boire. Quelqu'un veut quelque chose ?

– Un rye bien tassé… suggéra Herbie en bâillant sur le seuil de sa chambre.

– Des Cocas avec des pailles ! lança Jem en ôtant ses chaussures.

Laurie s'arrêta près de Ruth et de Samantha.

– Qu'est-ce qu'elle dit ?

– Que Kether est toujours et partout.

– Normal, si c'est Dieu.

– Merci, Laurel, pour cette précision.

– Vous êtes jalouse ? s'enquit Ruth, une lueur de malice dans les yeux.

– C'est ça, je suis jalouse ! Un rye pour moi aussi,

double dose. Sans glace. Vous voulez quelque chose, Ruth ?

– Un gin-vermouth.

– Silence ! gueula quelqu'un derrière une porte close. Y a des gens qui veulent dormir !

– Installons-nous chez moi, proposa Marvin en chuchotant.

Buddy s'éloigna vers le bureau du gérant sur la pointe des pieds, tandis que tout le monde entrait dans la chambre de Marvin qui essayait vainement de joindre sa femme au téléphone.

Personne dans le bureau. Où était Kellerman ? Il avisa une porte avec l'inscription « privé » et frappa.

– Ouais ?

Voix de pocharde.

– Je voudrais des boissons.

– N'instant…

La porte s'ouvrit sur une jeune femme échevelée et dépoitraillée. Kellerman, la chemise déboutonnée, se leva lourdement du canapé. Apparemment, le mec s'embêtait pas trop… Buddy lui passa sa commande et repartit avec un plateau surchargé. Comme il s'engageait dans le couloir desservant les chambres, la porte principale s'ouvrit, laissant le passage à une femme en duffle-coat, les cheveux tout ébouriffés, le visage couvert de plaques rouges, qui se précipita vers la porte marquée « privé », et se mit à la marteler à grands coups de poing. Un vrai bordel, ce motel, songea Buddy en souriant.

Il y avait quelque chose de bizarre dans cette femme. Mais quoi ? Ouh là, attention, il avait failli tout renverser. Et la vieille folle qui croyait être la copine de Dieu… Non, mais quelle bande de dingues ! Même Sandy avait l'air normale à côté d'eux. *Pieds nus.* Kellerman avait été un peu rat sur le rye, fallait envisager un deuxième voyage. *Pieds nus dans la neige ?* Buddy s'immobilisa devant la chambre de Marvin et poussa la porte entrouverte avec l'épaule. En fait, on aurait dit que la femme était nue sous son manteau. Elle sortait peut-être d'une voiture et avait vite couru pour se joindre à la partouze ? Ouais, peut-être.

La porte marquée « privé » s'ouvrit et une femme inconnue dévisagea Sally, l'air excédé.

– C'quoi encore ?

– Joe ! appela Sally en repoussant la femme dont le maquillage avait coulé.

– Hé, ça va pas, non ! grogna la femme.

– Qu'est-ce que… commença Joe, puis il se tut, bouche bée, les yeux écarquillés avant de murmurer :

– Sally ? C'est toi, Sally ?!

– Non, c'est la Mère Noël. Qui c'est, l'autre poufiasse, là ?

– Heu…Vania ? Rien, une cliente, mais je comprends pas, mais tu es…

– Morte. C'est ça qu'ils t'ont dit, hein, que j'étais morte ? Ils m'ont droguée et enfermée dans un sous-sol, ils m'ont ouvert le ventre, il faut appeler les flics, Joe !

– Ouvert le ventre ?

– Regarde !

Sally écarta les pans du manteau, dévoilant son abdomen et la longue incision mal recousue. Joe blêmit.

– Oh mon Dieu, Joe t'as vu ça ? mais qui c'est, cette folle ? balbutia Vania, dégrisée.

– C'est ma femme…

– C'est sa femme, conasse ! hurla Sally incapable de se contenir.

– Mais t'as dit qu'elle était… que maintenant on pourrait se voir ici…

– Tais-toi ! siffla Joe, les yeux fixés sur l'horrible cicatrice rose et boursouflée.

Et ces taches sur le visage de Sally, rouges comme du sang… Sally qui hurlait :

– Tu me trompes avec cette traînée, hein, Joe ! Tu me trompes ! Tu croyais que j'étais morte, espèce de fils de pute, mais comment t'as pu me faire ça !

– Te faire quoi ? J'ai rien fait ! protesta Joe. Vania, tire-toi !

Vania fit un pas vers la porte, mais Sally lui décocha une gifle, l'envoyant dinguer contre le mur avec une telle force que son crâne éclata comme une coquille d'œuf. Joe se laissa tomber sur le canapé, le souffle coupé. Vania avait le regard fixe et la bouche ouverte.

– Mon Dieu, tu l'as tuée ! Tu l'as tuée, Sally !

– Une conasse de moins sur terre. Bouge-toi un peu, Joe, je t'ai dit qu'il faut appeler les flics, faire une descente à l'hôpital…

– Mais tu viens de tuer quelqu'un… Sally !

Sally poussa un soupir exaspéré. Elle s'avança vers le téléphone pendant que Joe se recroquevillait sur le canapé, les yeux fixés sur le cadavre de Vania, sur sa cervelle moussant sur le dessus de sa tête. Il n'avait jamais rien vu d'aussi horrible.

Buddy but une gorgée. Hayes était au téléphone avec sa femme, la rassurant. Le bison indien méditait en regardant la neige tomber par la fenêtre, Samantha et la Mirales, assises sur le lit, buvaient en silence et les deux garçons s'étaient affalés sur la moquette, sirotant leur Coca. Buddy vida son verre d'un trait. Il lui en fallait un autre. Tout de suite. Il allait prendre une bouteille, ce serait plus simple. Oui, une bonne bouteille de gnôle pour se vider le cerveau.

La porte des appartements de Kellerman était entrouverte. Buddy avança le poing pour frapper et s'immobilisa. Par l'entrebâillement, il apercevait le mur de droite. Et contre le mur, affalée, la femme ivre. Elle avait les yeux grands ouverts et regardait dans le vide. Et il y avait plein de trucs rouge et gris qui barbouillaient le mur autour de sa tête. De la peinture et du mou de veau, on aurait dit. Le père Kellerman avait un sens tout particulier de la rigolade. Buddy allait tourner les talons pour prévenir les autres quand il entendit une voix de femme dans le fond de la pièce.

– Oui, de la part de Sally Kellerman, c'est ça… Bonjour shérif… Quoi ? Non ce n'est pas une blague ! Je suis Sally !… Non, je ne suis pas morte ! Et c'est pour ça que je vous appelle !… Je sais que mon enterrement est prévu pour demain, je sais ce qu'on vous a dit…. c'était une ruse. Ils m'ont droguée, enfermée, ils m'ont fait des trucs horribles, j'ai plein de cicatrices… il faut que vous veniez ! Aidez-moi, je vous en prie ! Je vous attends, je suis au motel… OK, je reste calme.

Figé, Buddy l'entendit raccrocher. Puis :

– Le shérif Fisher arrive.

– Et Vania ? Qu'est-ce qu'on va lui dire pour Vania ? gémit Joe, dépassé.

– Elle était ivre, elle est tombée.

– C'est ridicule, Sally !

– Bon, pousse-toi, je vais la fourrer dans le container à ordures, ta Vania, comme ça elle sera à sa place et on aura la paix.

– Mais…

– Nettoie-le mur, Joe, s'il te plaît, lui intima Sally d'un ton sans réplique.

Buddy se rejeta dans l'ombre du couloir. La femme en duffle-coat sortit, portant sous son bras le cadavre de la femme ivre. Elle alla jusqu'au grand container à ordures près du porche et balança le corps à l'intérieur, puis elle s'essuya les mains avec une poignée de neige et revint à l'appartement.

Buddy regagna la chambre de Marvin à toute allure. « *Suis pas morte… enterrée…* » C'en était une, l'épidémie avait commencé ! Mais à la différence des Mc Mullen, Sally Kellerman se croyait toujours vivante…

Il se précipita dans la chambre, les mots se bousculant dans sa bouche.

Le shérif Fisher boucla son ceinturon en soupirant. Grand et maigre, il arborait en toute circonstance la mine sinistre et compassée de l'entrepreneur de pompes funèbres qu'avait été son père. Il bipa son adjoint qui effectuait le petit tour habituel autour du village.

– Di Pasquale, j'écoute ! lança une voix jeune et enjouée.

– Léo, ramène tes fesses, on nous attend au motel Kellerman.

– Rapport ?

– Rapport à Sally qu'aurait ressuscité.

– C'est une blague ? lança Di Pasquale, hésitant.

– Je sais pas, mais je te jure que si c'en est une, ça va mal se passer. J'ai mes hémorroïdes qui me démangent rien qu'à cette idée. On se rejoint là-bas dans cinq minutes.

– Reçu cinq sur cinq !

Léo appuya sur l'accélérateur et la Range Rover bondit en avant, indifférente à la couche de neige verglacée. C'était forcément une blague. Sally Kellerman revenue d'entre les morts ! Et Joanna qui ne rappelait pas… il avait longuement laissé sonner à la morgue sans résultat. Il serra le volant entre ses mains puissantes, vaguement inquiet. Qu'est-ce qui avait bien pu se passer ?

Marvin s'avança jusqu'à la porte restée entrouverte, la main sur la crosse de son automatique. Il cogna deux coups secs.

– 'trez ! lâcha une voix de femme fatiguée.

Il entra. Joe Kellerman était pelotonné sur le canapé, la tête enfouie dans les mains. Une femme d'une lividité cadavérique se tenait debout près de la fenêtre. Un duffle-coat bleu pendait sur son corps nu. Marvin pouvait voir la longue cicatrice grossièrement recousue qui courait de l'aine au sternum. Incision post mortem. On avait dû pratiquer une autopsie sur ce corps. Il frissonna. Cette femme était morte. Aussi morte qu'un morceau de steak chez le boucher. Mais elle le regardait, ses lèvres décolorées distendues en une parodie de sourire.

– Qu'est-ce que vous voulez ? articula-t-elle d'une voix sourde.

– Madame Kellerman ?

Elle plissa les paupières, méfiante.

– Qui êtes-vous ?

Il sortit son insigne, le lui tendit.

– Agent fédéral Marvin Hayes. En mission confidentielle. J'aurais aimé vous poser quelques questions.

– Vous êtes sur leurs traces ? demanda la femme, soudain animée.

– Eh bien, je ne suis pas autorisé à vous répondre, mais…

– Ils m'ont séquestrée, ils ont dit à Joe que j'étais morte, ils m'ont fait des trucs, regardez, regardez !

Elle écarta largement les pans du manteau, dévoilant ses maigres poils pubiens, ses cuisses creuses, son ventre mutilé. Marvin détourna les yeux, gêné.

– Si vous voulez bien me suivre… nous ne sommes pas en sécurité ici.

– Mais le shérif Fisher va arriver, je l'ai prévenu, protesta-t-elle.

– Qui vous dit que vous pouvez avoir confiance en lui ? Ceux qui ont perpétré ces… ces abominations font forcément partie des notables de la ville… avança Marvin hypocritement.

Il fallait que la femme les suive. Ils allaient disposer d'un spécimen, l'étudier, essayer de comprendre comment ça fonctionnait. S'en servir, peut-être, contre les

Mc Mullen… Et surtout éviter que le shérif local donne l'alarme. L'intervention des forces armées à Jacksonville s'était soldée par l'élimination de toute la population. Pour que tout recommence deux ans plus tard !

La femme s'était rapprochée de lui, et il retint une grimace tant son haleine était méphitique.

– Et mon mari ?

– Votre mari doit rester pour donner le change, madame Kellerman. Le temps presse, je vous expliquerai plus tard.

– Vas-y, Sally, t'inquiète pas pour moi, ânonna Joe, toujours hébété. B'jour à M'man si tu la vois.

– Mais Joe, ta mère est morte il y a cinq ans !

– Justement ! répondit Joe d'un air lourd de sens.

Sally commença à protester. Marvin posa la main sur son bras et sentit la peau glacée se rétracter. Il déglutit. C'était la première fois qu'il touchait l'un d'entre eux.

– On n'a pas le temps, madame Kellerman, réussit-il à articuler.

La femme pivota la tête et ses yeux d'un noir intense plongèrent dans les siens. Marvin se força à rester immobile, aussi immobile que face à une mygale ou à un reptile. Il ne fallait pas qu'elle sente son trouble. Elle soupira lentement, et il aperçut les petites pattes frétillantes au coin de ses lèvres. La femme ne semblait pas en avoir conscience. Les pattes se rétractèrent et Sally fit un pas vers la porte.

– D'accord, allons-y !

Ils sortirent dans le couloir et tombèrent sur un type en uniforme de shérif adjoint qui déboulait à toute vitesse, fusil à la main.

– M'me Kellerman ! lâcha Léo en hoquetant de surprise et son doigt se positionna sur la détente sans qu'il en ait conscience.

Ce n'était pas possible, Sally Kellerman était décédée. Elle ne pouvait pas se balader dans les couloirs du motel avec un géant noir en tenue de ski violette. Le géant fusilla Léo du regard, en brandissant sa plaque :

– Agent Marvin Hayes, FBI, cette femme est sous ma protection.

– De quoi ? marmonna Léo sans pouvoir quitter Sally des yeux.

Il avait parlé avec le docteur Sherman. Arrêt cardiaque inexplicable… accident d'anesthésie… et elle était là, à le regarder, *à poil sous le manteau de Joanna !*

– Où est Joanna ? balbutia-t-il, le cœur battant.

– Qui ça ? demanda Sally en examinant ses mains blêmes.

– Joanna. Elle est secrétaire à la morgue, vous la connaissez, madame Kellerman.

– Oh ! Joanna… répondit Sally avec un curieux sourire. Cette Joanna-là ? Mais je n'en sais rien.

– Vous portez son manteau ! Et il est couvert de sang ! lança Léo sèchement.

Marvin distinguait maintenant les larges taches sombres que la laine avait bues. Feu Mme Kellerman avait certainement attaqué la malheureuse Joanna-machin-truc. Il fallait filer d'ici à toute allure.

– Écoutez, ranger, dit-il d'un ton posé, il s'agit d'une enquête intéressant la sécurité de l'État. J'emmène cette femme.

– Pas question ! Cette femme s'est échappée de la morgue !

– Vous voyez ! Ils m'avaient enfermée ! triompha Sally.

– Et elle porte le manteau de ma fiancée !

– Elle a dû lui fracasser le crâne, comme à Vania, laissa tomber Joe en apparaissant sur le seuil, indifférent aux blattes qui remontaient le long de ses mollets en grappes noires.

– Ta gueule, Joe ! Fumier ! riposta Sally.

– Vania ? répétait Léo, sans comprendre. Vania est morte ?

– Oh et puis ça suffit ! lâcha Sally.

Elle saisit le fusil de Léo par le canon et le releva brusquement. Paniqué, il appuya sur la détente, lui arrachant une oreille, mais Sally, indifférente, se pencha vers sa gorge. Marvin voulut crier : « Attention ! » Trop tard : un jet de sang l'éclaboussait. Léo, la gorge déchiquetée, le fixait avec de grands yeux étonnés. Il porta sa main à la plaie, essayant de repousser Sally qui buvait à grands traits à même l'artère. Joe Kellerman se mit à baver et ses yeux se révulsèrent. Il s'écroula dans le couloir, miséricordieusement inconscient. Marvin posa ses mains sur les épaules de Sally et tira violemment en arrière. Il ne devait pas craquer, il ne devait pas lui tirer une balle dans la tête, d'abord parce que ça ne servirait à rien, ensuite parce qu'il avait besoin d'elle. Léo, secoué de spasmes, griffait l'air de ses doigts recroquevillés. Marvin tira plus fort et Sally s'écarta du shérif adjoint avec un bruit de ventouse qu'on détache.

– Encore faim ! gronda-t-elle d'une voix basse et profonde, Sally en-co-re faim !

– Plus tard ! Il faut partir ! Vos ennemis vont arriver, madame Kellerman, énonça Marvin en luttant pour garder son empire sur lui-même.

Se pouvait-il vraiment qu'il soit en train de donner du madame à une créature morte dont la bouche dégoulinait du sang de l'homme qu'elle venait d'égorger ? Sally cligna des yeux, puis fit un pas dans sa direction.

– D'ac-cord… Sally venir…

– Par ici, vite.

Il n'y avait plus rien à faire pour Léo. Il était mort. Joe, lui, gisait sur le lino, un cafard trônant sur chaque paupière, antennes dirigées vers Marvin. Poussant Sally devant lui, Marvin regagna sa chambre en frissonnant.

– Oh non ! souffla Wilcox en les voyant entrer.

– Madame Kellerman, je vous présente mes adjoints, annonça Marvin dans un silence tendu. Madame Kellerman vient avec nous. Elle est en danger. Nous devons la protéger.

Buddy frissonna. Ils allaient emmener cette horrible créature avec eux ? Jem et Laurie, bouche bée, se rapprochèrent inconsciemment l'un de l'autre. Samantha sourit aimablement au cadavre ambulant :

– Bienvenue, madame Kellerman. Vous êtes entre de bonnes mains maintenant.

– Vous avez eu une petite faim, on dirait ? marmonna Herbie en fixant les traces sanguinolentes sur le menton de Sally.

– Sally… faim… grogna Sally.

– Plus tard ! Foutons le camp en vitesse, le shérif va rappliquer ! ordonna Marvin.

Ils sortirent par la porte de secours du motel tandis que le break du shérif freinait devant l'entrée. Qu'allait donc raconter Joe Kellerman ? se demanda Marvin. Que sa femme décédée avait tué sa maîtresse et un représentant de l'ordre ? Quelle allait être la réaction du shérif local ? Samantha lui tapa sur l'épaule :

– Et si elle nous attaque ? chuchota-t-elle, désignant discrètement Sally.

– Pas pour l'instant. Elle croit qu'elle a été victime d'un complot. Je t'expliquerai. Il nous faut un véhicule pour quitter le village.

– Et aller où ?

– Laurie a peut-être raison. Le site d'essais nucléaires a peut-être un rapport avec tout ça. Il faut aller voir. De toute façon, je pense que Sally va être attirée vers ses semblables.

– Tu veux l'utiliser comme une sorte de balise Argos ?

– Exact.

– Mais ceux qui la manipulent risquent de la faire se retourner contre nous ?

– Sam ! On n'a pas le temps pour les spéculations oiseuses.

– Oiseuses ? Merde, Marv' !

Il lui fit signe de se taire. Ils se déplaçaient le plus silencieusement possible vers la grande route, courbés en deux, ombres dans l'ombre. Le shérif n'était pas ressorti du motel. Jem fit signe à Laurie, ses doigts croisés tendus vers Sally :

– Putain, mec, ça me file mal au ventre de marcher à côté de ce... truc...

– C'est pas pire que ma mère... tu te rappelles ?

Jem acquiesça en silence. La mère de Laurie, son regard vide, sa démarche vacillante, son menton barbouillé de rouge à lèvres. La mère de Laurie grimpant les escaliers pour les tuer... Essayant d'agripper son fils pour le dévorer... Il ferma les yeux très fort pour chasser l'image et se cogna dans Buddy Cole.

– Je crois que je vais prendre un avion pour les Bahamas... chuchota Buddy.

– Ouais, paraît qu'ils ont ouvert une réserve à tapettes, là-bas, ricana Herbie.

– Dire qu'on se demandait toujours ce qu'était devenu l'homme de Neandertal... souffla Buddy.

– Chhut ! ordonna Marvin.

Un monospace noir à huit places était garé au bord de la route, veilleuses allumées, moteur tournant au ralenti.

– Exactement ce qu'il nous faut ! s'exclama-t-il.

Samantha renifla :

– Un peu trop beau pour être vrai, non ?

– La chance, ça existe.

– Dieu aussi... ricana-t-elle.

Herbie, pilotant une Sally hagarde, les rejoignit.

– C'est quoi, ce bus ?

– Le Destin qui nous tend les bras, d'après Marvin.

– C'est le corbillard, énonça soudain Sally très distinctement, le corbillard qui va nous emmener près du Maître.

– Qui est le Maître ? demanda Herbie.

– Versus est le Maître. Oh, j'ai si froid…

– Le fiacre du Malin, grinça Ruth en secouant la tête de droite à gauche, le fiacre que le Malin réserve à sa putain…

Sally sursauta, soudain bien réveillée :

– Hé ! C'est moi que cette vieille taupe traite de pute ?

– Mais non, Sally, mais non. Excusez-la, elle a été leur victime, elle aussi. Son cerveau a été touché… mentit Samantha avec aisance.

Sally considéra Ruth Mirales avec méfiance. La vieille dame ne sentait pas la viande vivante. Elle ne sentait pas la mort non plus. Elle sentait autre chose.

Laurie étudiait le monospace, les yeux mi-clos. L'engin avait l'air… mauvais… ouais, comme dans un film… avec ses gros yeux jaunes de tigre ronronnant.

La porte du motel s'ouvrit et ils se figèrent tous. Le shérif à la triste figure poussait Joe Kellerman devant lui, le canon de son fusil enfoncé dans ses reins. Joe avait les mains menottées dans le dos et son visage rougeaud était maculé de larmes.

– C'est pas moi, je vous dis que c'est pas moi… pleurnichait-il.

– Ta gueule, ordure ! T'as de la chance que je sois un bon chrétien, sinon je t'enfoncerais ce fusil dans le cul et j'appuierais sur la détente ! Tuer Léo parce qu'il s'envoyait Vania, lui aussi !

– Mais j'en savais rien, je vous dis, j'en savais rien !

– Inventer que ta femme est revenue d'entre les morts pour les buter tous les deux ! Quelle honte, Joe Kellerman, quelle honte pour ton âme !

Il poussa Joe dans le break, sans ménagement, et commença à aboyer des ordres brefs dans la radio de bord.

– Allons-y ! lança Marvin en courant vers le minibus.

Joe tourna la tête, les aperçut et se mit à hurler :

– Là-bas ! Ils sont là-bas avec Sally !

– Ta gueule, Joe, ou je te massacre ! rugit le shérif Fisher en retour.

– Ils montent dans un minibus noir ! Ce sont des démons venus de l'enfer et ils repartent avec elle !

Le shérif Fisher soupira et expédia son poing dans la figure de Joe tout en continuant sa conversation avec l'hôpital du comté. Les piaillements surexcités de Joe l'empêchèrent d'entendre démarrer le minibus noir qui s'éloigna tout doucement, feux éteints.

Marvin jeta un bref coup d'œil dans le rétro. Juste derrière lui, Sally Kellerman, rigide, et Herbie Wilcox, visiblement mal à l'aise. Derrière eux, Samantha et Ruth qui regardait le paysage. Puis Laurie et Jem, plutôt nerveux, et, tout au fond, Buddy Cole qui se curait le nez. Et maintenant ? Où aller ? Que faire ? D'où sortait ce minibus providentiel ? Marvin contempla le volant avec la sensation que le véhicule allait se mettre à rouler de sa propre initiative, comme la Coccinelle de Walt Disney... Il passa la seconde, puis la troisième avec prudence. Rien. Le monospace roulait sans problèmes sur la route enneigée.

Cinq minutes plus tard, ils quittaient la ville.

Recroquevillé sous une bâche en plastique dans le vaste coffre, le lieutenant Agnello se félicitait de sa ruse. Ces imbéciles allaient l'emmener droit au nid. Il vérifia pour la dixième fois que ses poches étaient pleines de chargeurs et son gilet tapissé de grenades, puis se détendit autant qu'il le pouvait, soit un tout petit peu plus qu'un câble haute tension.

10

Jason chevauchait la grande jument baie, heureux, le vent glacial sifflant sur ses chairs boursouflées. Accrochée à sa taille, Brenda ne cessait de crier : « Au galop, au galop ! » et la jument filait dans la nuit comme si elle avait Dieu à ses trousses. Allan galopait à côté d'eux, sur le gros cheval noir, un sourire satisfait étirant ses lèvres molles. Quelle chance d'être tombé sur cette ferme ! L'odeur du sang avait attiré les enfants et ils avaient trouvé les deux chevaux qui venaient tout juste d'être abattus, encore palpitants. Allan avait tout de suite compris le parti qu'il pouvait tirer de leur découverte. Il leur avait interdit de dévorer les chevaux et, bon gré mal gré, ils s'étaient rabattus sur le mastiff de garde.

– On va se servir d'eux pour rattraper notre gibier ! avait expliqué Allan.

– Comme dans Lancelot ? avait demandé Jason, tout excité.

– Exactement !

– Et je pourrai conduire mon cheval tout seul ?

– Mais oui ! Et Brenda sera la jeune princesse que tu emmènes avec toi.

– Tu parles, une princesse sur un vieux cheval crevé… avait soufflé Brenda avec dépit.

Décidément, Papa favorisait toujours Jason.

– Brenda ! Ne fais pas ta mauvaise tête. Tu conduiras plus tard. Allez, en route.

Sur quoi Brenda avait ricané tandis qu'Allan essayait de faire se relever les chevaux. Pourquoi ces abrutis restaient-ils couchés sur le flanc, l'air mort ? Merde, Hulk s'était bien relevé pour trotter à côté de lui !

– Faut les mordre ! avait glapi Jason en se jetant sur la jument, faut les mordre un bon coup !

Et c'était vrai. Cinq minutes après, les bêtes s'ébrouaient lentement et se relevaient, maladroitement certes, mais bon, elles tenaient debout et elles fixaient sur leurs nouveaux maîtres des yeux aussi opaques qu'un fond d'étang boueux.

– En selle ! avait lancé Allan avec un geste princier.

Les enfants ne se l'étaient pas fait répéter deux fois. Monter sur des gros chevaux comme ça ? Les commander ? Galoper dans la nuit et la neige à la poursuite d'un tas de bonne chair fraîche ? Mais c'était tout simplement génial ! A la poubelle, les après-midi téloche ! Ils avaient sauté sur le dos des chevaux avec l'air extasié de sainte Thérèse s'apprêtant à rendre l'âme. Allan n'en revenait pas. Il ne les avait jamais vus aussi charmants. Voilà ce qu'il fallait aux gosses : une bonne vie saine au grand air.

Ils arrivaient à un embranchement. La terre gelée scintillait sous les étoiles. Allan huma l'air, longuement, visage pointé vers la lune.

– A gauche ! lança-t-il.

Leurs proies n'étaient pas très loin devant eux. Le monospace noir était obligé de suivre la route sans pouvoir couper à travers champs. Si seulement cette imbécile de Sally Kellerman n'avait pas pris peur ! Il sentait son appel à travers la nuit, une pulsation puissante qui battait dans son propre torse. Presque comme si son cœur fonctionnait encore. Il fallait qu'il lui explique qu'elle n'avait rien à craindre d'eux, qu'ils étaient partenaires. Voilà, partenaires, ça sonnait bien. Au service du Maître. Et le Maître voulait les humains entassés dans le monospace noir. Il les voulait si fort qu'une fusée de douleur explosa sous le crâne disjoint d'Allan. Il serra les dents, attendant que ça passe. Mais pourquoi les voulait-il ? A quoi pouvait bien servir ces sept sacs à viande ? La douleur revint, encore pire, et il comprit qu'il ne devait pas se poser de questions.

Il éperonna sa monture, imité par Jason surexcité. Lucia, la jument, bondit en avant et se retrouva flottant à un bon mètre du sol. Elle hennit de surprise. Génial, ce truc ! Tournant la tête vers son vieux compagnon Augustus, elle le vit flotter à ses côtés, ses grandes dents jaunes découvertes dans un rire muet.

– T'as rajeuni, mon vieux ! lança Lucia en secouant sa crinière.

– Tu veux faire la course, ma vieille ? ricana Augustus en lui faisant un clin d'œil.

Il ne s'était jamais senti aussi jeune ! Et Lucia était vraiment ravissante, tout écumante sous la pleine lune ! Le nouveau maître avait l'air un peu sévère, mais les enfants semblaient gentils. Ils dépassèrent la ferme de Bill O'Bill et Augustus se demanda brièvement où ils pouvaient bien filer à ce train d'enfer. Mais ça ne le regardait pas. Lucia hennit de nouveau et ils accélérèrent avec délices.

Agnello essaya de changer de position sans faire de bruit. Il bascula sur le dos avec soulagement, il était complètement ankylosé. La pleine lune semblait énorme à travers la vitre du hayon arrière. Il n'aimait pas cette bagnole. Elle sentait l'ennemi. Il serra la grenade entre ses doigts maigres avec amour. La fourrer dans la gueule d'un des ces salauds. Merde, il avait envie de pisser. Impossible. Un Chevalier de l'Amérique Blanche n'éprouve pas ces sensations vulgaires au combat. Il a des couilles comme des boulets de canon et il charge sous l'averse-d'acide-sulfurique-vomi-par-les-créaturesde-l'enfer sans jamais regarder en arrière. Rasséréné, Agnello sourit, ne sentant plus sa vessie.

Paupières plissées, Laurie observait Sally Kellerman, le cœur au bord des lèvres. Elle ressemblait à sa mère. Ou plutôt, voilà à quoi avait ressemblé sa mère. Voilà ce qu'elle avait été. Il se revit, fuyant éperdument dans l'escalier avec Jem, et elle… ses pas lourds et avides derrière eux… Il frissonna. Jem sentit son malaise et lui pinça vigoureusement le gras du bras avec un sourire niais. Laurie était tout gris. Quelle idée aussi de se trimballer cette… cette… chose. Jem ferma les yeux. Le visage répugnant de Paul, leur camarade de classe revenu d'entre les morts, la bouche terreuse de Paul tout près de la sienne, les asticots entre les dents de Paul, la haine dans les yeux de Paul. Les morts haïssaient les vivants. Voilà la leçon qu'il avait apprise à Jacksonville. Les morts voulaient revenir dans la vie réelle, et s'approprier la Terre.

Herbie Wilcox se sentait raide comme un bout de bois. La proximité de Sally le glaçait. Il se répéta que c'était stupide, qu'ils avaient la situation bien en main et qu'il n'allait pas avoir peur d'une grosse fermière sous prétexte qu'elle était un peu faisandée, mais la vérité, c'était qu'il crevait de trouille. Ramené deux ans en arrière. Parcourant les rues de Jacksonville, les rues du cauchemar qui hantait régulièrement ses nuits. Il se força à penser à Stephen, son adjoint. Après tout, Stephen avait été un de ses meilleurs assistants et pourtant il s'était révélé que c'en était un. Mort-vivant. Mais Sally avait l'air moins aimable que Stephen. Nettement moins.

Samantha Wasterton se sentait lasse, sale, laide. Elle avait envie d'une douche, de se remaquiller, de changer de sous-vêtements. De dormir avec Herbie, serrée contre ses puissants pectoraux de lutteur. Elle n'avait aucune envie de jouer les potiches dans une mauvaise parodie d'*X-Files*. Elle se força à se dire que, puisque des terribles événements d'il y a deux ans avait émergé le sentiment durable que lui inspirait Herbie, quelque chose de positif naîtrait peut-être de ces événements-ci.

Marvin Hayes avait mal à la tête. Une douleur pulsante, sous le sourcil gauche. Il songeait à sa femme. Le sourire aimant de sa femme. Le sourire inquiet de sa femme chaque fois qu'il partait. Il lui avait menti, tout à l'heure, quand ils avaient pu échanger brièvement quelques mots. Lui, l'homme le plus fidèle et le plus sincère, il mentait constamment à sa femme. Il songea à ses garçons, les imagina vautrés devant la télé, se goinfrant de pizzas et de glace aux cookies. Il n'aurait pas dû se lancer dans cette croisade grotesque. Après tout, en quoi était-il concerné par le fait que des morts-vivants hystériques et gloutons décident de s'attaquer aux USA ? Il était le lieutenant Hayes, du Bureau fédéral d'investigations, pas le lieutenant Ripley, du bureau spatial des anti-monstres.

Ruth Mirales se demandait pourquoi Kether n'intervenait pas pour la ramener dans un bon lit chaud et confortable. Un être si courtois et si prévenant, disparaître ainsi… la laisser exposée une fois de plus aux forces des Ténèbres… Comme la fois où l'abbé lui avait montré son… machin, avec ses grandes dents pointues qui poussaient pendant qu'il parlait… Ce n'était plus de son âge, tout ça. Les martini dry, les voyages en Floride, les excursions à Disneyland, voilà ce qui convenait à une veuve à la retraite. Pas les marches forcées dans la neige avec une bande de loups en remorque.

Richie Buddy Cole avait la bouche pâteuse. Manque d'alcool. Il bâilla. Où est-ce qu'ils filaient comme ça, dans la nuit laiteuse ? Quel dommage qu'il n'ait pas sa trompette. Il se sentait tout à fait d'humeur à jouer un bon vieux truc New Orleans. Une marche funèbre, par exemple. Est-ce que ça ne faisait que trois jours qu'il avait fait monter Jem dans sa voiture ? Un geste anodin.

Mais qui avait permis l'enchaînement de tous les actes suivants. Question : s'il n'avait pas pris Jem en stop, celui-ci aurait-il retrouvé ses amis ? Ou bien chacun serait-il rentré chez soi, et lui, Buddy, serait-il à présent en train de se siffler un gin-fizz, peinard avec Sandy ? Ou bien reposerait-il dans un beau cercueil tout neuf ? Parce que – soyons honnête, Richie Buddy Cole – ce dont il avait vraiment envie ces derniers temps, c'était d'enrouler sa foutue perruque autour de son vieux cou de poulet et de serrer jusqu'à ce que mort s'ensuive.

Léo ouvrit les yeux. Il avait mal à la gorge. Il déglutit avec peine, observant les lieux. Une pièce carrelée, violcmment éclairée. Une forte odeur de désinfectant. Un homme de dos, en blouse blanche. Un docteur. L'hôpital. La vision de Sally Kellerman se jetant sur lui. Son regard de folle, sa bouche pleine de dents… Il tâta de nouveau sa gorge, est-ce qu'il n'y avait pas comme un trou, là ? un trou béant ? Il enfonça les doigts dans la blessure, toucha une sorte de câble. Un câble dans sa gorge ? Léo pinça le câble qui émit un claquement sec. Marrant, on aurait dit une corde de piano. Il pinça encore.

« … cause de la mort : section de la carotide… », exposait le docteur Jones dans son petit dictaphone.

Il le reposa et Léo rallongea prestement ses mains le long de son corps, retenant son envie de rire. Le médecin s'approcha de la table d'autopsie en grommelant. Le shérif Fisher avait appelé, affolé, pour annoncer que son adjoint avait été égorgé, et qu'une femme avait eu le crâne fracassé. Jones lui avait dit de faire transporter les corps à l'hôpital du comté où il était de service de nuit. D'après Fisher-le-gai-luron, le coupable n'était autre que Joe Kellerman, du motel. Il avait une aventure avec la femme, Vania Truc-Bidule, qui reposait sur l'autre table, attendant son tour d'être dépecée, et en apprenant que ladite Vania sortait également avec Léo Di Pasquale,

Kellerman aurait pété les plombs. Pas de pot ! La semaine d'avant, sa femme qui décède sans raison apparente au cours d'une opération bénigne, et maintenant le voilà accusé de meurtre ! Sale affaire, la mort de Sally Kellerman. Il avait fallu pratiquer une autopsie. C'était ce vieux poivrot d'Humbert Sherman qui s'en était chargé. Donc, on ne saurait jamais vraiment ce qui s'était passé. Jones se pencha de nouveau sur l'affreuse plaie. Quelle boucherie. Imaginer Kellerman en train de faire ça avec ses dents... l'homme était vraiment un loup pour l'homme.

Avec une moue désapprobatrice, Jones saisit la petite scie électrique et entreprit de décalotter le cerveau. Léo portait la carte plastifiée des donneurs d'organes et l'hôpital avait besoin de matière première pour les étudiants. La scie mordit dans la boîte crânienne avec un couinement. Mauvais matériel, acheté au rabais. Il appuya un peu plus fort, découpant proprement le haut du crâne. Ce pauvre Léo... Mourir égorgé comme un agneau !

– Hé, doc, ça vous plairait que je vous fasse la même chose ? dit ce pauvre Léo.

Le docteur Jones s'interrompit. Qui avait parlé ? Il fit un pas vers la porte, la scie dégoulinante à la main : personne. Il se retourna et... Léo avait disparu.

– Coucou, je suis là ! dit une voix dans son dos, tandis qu'un doigt osseux lui tapotait l'épaule. Le docteur Jones pivota avec l'impression d'avoir une craie dans la bouche.

Léo le regardait, souriant, deux doigts enfoncés dans le trou béant de sa gorge, son crâne à moitié scié pendant sur ses épaules.

– J'ai trop travaillé, murmura le docteur Jones en se frottant les yeux. J'ai besoin de repos.

– Pas de problèmes, doc. Pour le repos, vous allez être servi... ricana Léo en se penchant sur lui.

Le docteur Jones battit des paupières. Bien sûr que personne ne se relevait d'une table d'autopsie avec le crâne ouvert. Bien sûr que Léo n'était pas debout en train de lui mordre la gorge. Bien sûr qu'il ne sentait pas ses dents fouailler sa chair ni sa main se creuser un chemin dans sa poitrine. Bien sûr que les doigts de Léo, durs et acérés comme des griffes, n'empoignaient pas son cœur. On n'ouvrait pas un torse avec les doigts. On ne buvait pas le sang des médecins. Il fallait qu'il aille se coucher, se reposer…

Il sentit ses pieds racler le sol tandis que son corps se convulsait. Il n'avait pas peur : il ne comprenait pas. La douleur dans sa poitrine se fit si violente qu'il sentit ses cheveux se dresser sur sa tête. Puis il ne sentit plus rien. Il eut l'impression idiote que Léo brandissait devant ses yeux un gros morceau de viande rouge. Il eut l'impression idiote qu'il était en train de mourir. Et il mourut sans le savoir.

Léo poussa le cadavre du pied en mastiquant le cœur avec appétit. C'était ferme et palpitant. Frais. Complètement bio. Pas comme ces saloperies de steaks du supermarché, molles et sans goût. Il se régalait.

– Tu m'en donnes ? gémit une voix dans son dos.

Il se retourna, les doigts crispés sur son bien. Vania lui souriait hypocritement, les yeux fixés sur le beau morceau de viande. Vania ! A cause de toi, on est morts, se dit Léo. T'avais bien besoin d'aller te faire sauter par Joe Kellerman ! Il écarta le bras hors de sa portée.

– Ai faim, Léo. Siteplaît.

– T'as qu'à lui bouffer le nœud, puisque c'est ta spécialité.

– Méchant. Donne à Vania.

Apparemment, la mort n'avait pas arrangé ses synapses. D'idiote, elle était devenue complètement con. Comment est-ce qu'il avait pu s'envoyer ça ? Heureusement que Joanna ne l'avait jamais su. Joanna ! Où était

Joanna ? Léo eut soudain envie de se blottir dans ses bras. Il lâcha le cœur qui roula sur le carrelage. Vania se précipita dessus en bavant. Léo lui décocha machinalement un coup de pied, mais elle se réfugia sous la table de dissection avec son butin.

Joanna. Retrouver Joanna. Espérer qu'elle était morte, elle aussi. Parce que sinon, Léo n'était pas vraiment sûr de pouvoir s'empêcher de la manger. Il avait tellement faim. Il ôta les vêtement et la blouse de feu le docteur Jones et s'en revêtit. Puis il remit sa calotte crânienne en place et, avisant des bandes adhésives blanches, il s'en entoura la tête pour la faire tenir. Vania avait fini de manger et se léchait les doigts en regardant le corps nu de Jones avec gourmandise. Il haussa les épaules, elle n'avait qu'à se débrouiller. Si elle confondait l'au-delà et la soupe populaire, c'était son affaire. Il sortit sur la vision d'une Vania gémissante chevauchant un docteur Jones éviscéré.

Le shérif Fisher bâilla à s'en décrocher les mâchoires. Si seulement il avait pu fermer l'œil quelques instants ! Kellerman était enfermé dans la cellule la plus éloignée du bureau, mais on l'entendait quand même pleurer, à gros sanglots comme un gosse. Gary, son deuxième adjoint, lui avait promis d'arriver aussi vite que possible, mais il était en virée et avec les routes enneigées… Fisher résista à l'envie d'aller assommer cette ordure de Kellerman. Le faire taire une fois pour toutes. Il n'avait aucun respect pour un homme capable de pleurer sur lui-même. Il entendit la porte du perron s'ouvrir. Gary, enfin ! Il allait lui refiler le bébé et rentrer se pieuter une heure ou deux. Sa femme lui aurait préparé une infusion chaude et…

Un type au crâne bandé portant une blouse blanche pleine de grosses taches rosâtres le dévisageait avec un drôle de sourire. Le shérif Fisher se leva, une main sur la crosse de son colt. L'homme lui rappelait fortement quelqu'un.

– Clés… morgue, articula le visiteur avec peine, comme si ses lèvres étaient en plastique.

Le shérif Fisher cligna des yeux. *Pourquoi Léo voulait-il les clés de la morgue ?* Léo ! Mais non, il était stupide. *Léo !* Léo était mort. La gorge arrachée. *Comme le type devant lui qui portait un énorme pansement souillé autour du cou.* Calme-toi, Fish, s'intima le shérif, tu débloques.

– Fisher… les clés… vite… me force pas… faire du mal.

– Écoutez, mon vieux, vous avez mal choisi votre moment pour ce genre de blagues. Mon adjoint a été assassiné cette nuit et…

– Assassiné, mais pas mort… aide-moi. Retrouver Joanna…

Léo avait de plus en plus de mal à parler. Les mots se collaient à son palais, ses idées devenaient floues et imprécises. Il songea qu'il était en train de devenir comme Vania, un zombi de film d'horreur. Il mobilisa toute son énergie pour rester humain.

Le vieux Fish le dévisageait, livide, une lueur d'affreuse compréhension écarquillant ses yeux bleu ciel. Léo tendit la main et vit ses propres doigts couverts d'épaisses croûtes rouges, le sang séché du docteur Jones. Fish suivit son regard, balbutia quelque chose qui ressemblait à « Mon Dieu », recula, se prit les pieds dans la corbeille à papier et partit à la renverse. Sa tête cogna à angle droit contre le râtelier où étaient entreposés les fusils, il émit un grognement puis resta là, affalé, évanoui.

Léo se pencha, ouvrit le premier tiroir du bureau et saisit les clés de la morgue entre ses doigts gourds. Une force haineuse le poussait à tuer Fish, vite, pendant qu'il ne pouvait pas se défendre, à lui arracher la tête. Mais il ne voulait pas. Tout ce qui en lui était encore Léo refusait d'attaquer le vieux Fish. Il sentit sa main se tendre vers la gorge du shérif, il vit ses ongles acérés comme des griffes, sentit des dents frotter contre ses lèvres, énormes, la salive mousser dans sa bouche distendue. Non. Non. Il n'était pas un animal. Pas tout à fait. Il était Léo. Il allait retrouver Joanna. Joanna. Compagne. Amie. Shérif Fisher. Ami. Pas tuer amis. Non.

Il recula au prix d'un immense effort. Quelque chose dans sa tête n'était pas content. Quelque chose de sombre, de pesant, de cruel. Il avait la sensation que des petites pattes pointues appuyaient sur ses vaisseaux sanguins. Que des petites mandibules grignotaient la matière spongieuse de son cerveau.

Fermant les yeux, il se précipita dehors, vacilla jusqu'à la Jeep volée à l'hôpital, *est-ce qu'il avait tué le garde ?*, réussit à mettre le contact et démarra.

Laurie se réveilla en sursaut, la bouche sèche. Il s'était endormi, il avait rêvé. Un rêve désagréable où il était poursuivi par une meute de chiens-loups vampires dirigés par des lapins en livrée de velours rouge. Il savait qu'ils allaient l'attraper, et le dévorer vivant, pour l'amusement de leur peuple. Il courait si vite que son cœur rebondissait dans sa cage thoracique comme une balle de squash. Il se redressa sur son siège, s'efforçant de reprendre sa respiration. Jem dormait, la bouche ouverte, la tête renversée en arrière, son crâne rasé recouvert d'un duvet blond hérissé. Jem était un homme, se dit Laurie en soupirant. Et lui un nain de jardin qui ne grandirait jamais.

Il observa un instant le paysage. Un désert minéral à perte de vue, scintillant sous la lune. Marvin Hayes conduisait vite, d'une main sûre. Est-ce qu'il serait capable un jour, comme lui, de prendre des décisions difficiles, d'entretenir une famille, de faire preuve de courage et de discernement ? Marvin avait été le premier Noir exerçant une fonction importante que Laurie avait rencontré. Son père était représentant de commerce et gagnait bien sa vie, mais cet obèse souriant vêtu de Tergal infroissable n'avait rien à voir avec l'agent du FBI, ses chaussures à 400 dollars, ses vestes en cachemire et sa silhouette de basketteur.

Il reporta son attention sur les étendues plates et vides qui bordaient la route. La Voie lactée traçait un arc diamanté au-dessus du van. Parlons-en, de ce monospace miraculeusement posté à la sortie du motel, clé sur le contact et réservoir plein d'essence. La coïncidence était invraisemblable. Le monospace remplaçait à l'évidence le fiacre noir d'antan, avec les chevaux aux yeux fous, et le cocher fantôme. Et il allait les mener tout droit à Versus, le maître de l'Outre-Monde. Pourquoi ? Pourquoi, sinon pour que Versus puisse les tuer de sa propre main. S'il en avait une, vu que personne ne savait à quoi pouvait ressembler un maître de l'Outre-Monde. A une pieuvre aux yeux exorbités ? A un truc bavant style *Alien* ? A un nuage de fumée toxique ? Bon, on verra bien, se dit Laurie en se rencognant dans son siège. A dire vrai, l'idée de se trouver face à face avec Versus l'excitait un peu.

– Joan-na ! lança Léo en ouvrant les bras, le haut de son crâne tressautant comme le couvercle mal fermé d'une marmite.

– Léo ! cria Joanna en se jetant contre sa poitrine, essayant de tenir droite sa tête à demi dévorée, son œil droit pendouillant sur son visage broyé.

Ils s'enlacèrent sous l'œil boudeur de Vania occupée à se nettoyer l'intérieur du crâne avec une éponge. Elle avait toujours été très à cheval sur la netteté.

– On va pas passer la soirée ici, non ? cria-t-elle en grignotant les trucs roses accrochés à l'éponge.

– Oh non ! répondit Léo avec un sourire si grand qu'il faisait le tour de sa tête, on va se faire une fiesta du tonnerre, les filles ! ajouta-t-il en désignant le village endormi. Ce soir, c'est steak tartare à volonté !

– Plus vite ! ordonna Allan en éperonnant sa monture et Augustus fit un bond en avant, les flancs palpitants, un panache de fumée noire s'échappant de ses naseaux rougeoyants. Il songea qu'il devait avoir fière allure, tricotant des jarrets à travers les nuages. Lucia galopait à ses côtés, les oreilles rabattues en arrière, fredonnant la vieille mélopée que l'ancien maître avait l'habitude de chanter en les emmenant aux champs. Augustus en connaissait les paroles et il reprit le refrain avec elle : « Plus près de toi, Mon Dieu, plus près de toi... » Il ne comprit pas pourquoi le nouveau maître ricanait.

Allan repéra le monospace, en contrebas, filant à travers le désert. Jason et Brenda l'avaient vu aussi et ils gloussèrent d'excitation. Talonnant les flancs de Lucia avec ses petits pieds faisandés, Jason la fit obliquer vers le véhicule.

Couché sur le dos, Ralph Agnello regardait la Voie lactée. Dire que chacune de ces foutues étoiles – et il y en avait des milliards de milliards – était susceptible d'abriter un peuple de monstres affamés de Terriens. Pourquoi Dieu n'avait-il pas juste créé la terre, le soleil et basta ? La lune à la rigueur, parce que les femmes trouvaient ça joli. Mais toutes ces étoiles, des boules de feu suspendues dans le ciel, franchement quel sens ça pouvait bien avoir ?

Il se gratta pensivement l'aine. Est-ce qu'ils allaient rouler toute la nuit ? Il avait des fourmis dans les jambes. Il se tortilla en silence pour extirper un comprimé de sa poche et l'avala avec reconnaissance. Le con de psy du service interne prétendait que les cachets qu'il avalait le rendaient trop nerveux. Mais Agnello savait qu'il en avait besoin. C'était grâce aux cachets qu'il tenait le coup, qu'il pouvait rester vigilant. Ouais, vigilant, le mot lui plaisait bien. Ça avait un côté vigie en haut du mât, guetteur d'horizon, débusqueur de dangers. Avec lui à la vigie, le *Titanic* aurait pas coulé. C'tait fou c'que cette Voie lactée ressemblait à une route tracée dans le ciel. Une grande route blanche. Ouais. Tout juste si on s'attendait pas à y voir des foutus chars, comme dans *Ben Hur*, galoper dans un bruit de tonnerre. D'ailleurs, y'avait des cavaliers.

Des cavaliers. Agnello se raidit. Écarquilla les yeux. Se pinça pour vérifier qu'il ne s'était pas endormi. Non, il ne dormait pas et des cavaliers galopaient sur la Voie lactée. Deux chevaux, éclairés par la lune, lancés à fond de train, planant au-dessus du véhicule. Leurs sabots semblaient claquer sur une matière solide. Est-ce que cette putain de Voie lactée était en réalité une vraie route ? Est-ce que ces putains de menteurs du gouvernement avaient inventé l'histoire des étoiles-boules-de-feu-tout-ça pour dissimuler l'existence d'une autoroute interspatiale visant à permettre l'invasion de troupes ennemies ? Est-ce que le président était un agent double ?! Oh non ! gémit Agnello en regardant les cavaliers suspendus dans les airs, oh non ! on ne pouvait décidément plus se fier à personne !

Buddy Cole se renversa sur la banquette à la recherche d'une position plus confortable et se redressa si vite que sa tête cogna le plafond. Il se frotta les yeux, maudit tout le gin ingurgité au long de sa vie qui lui valait maintenant d'avoir des hallucinations. Se rallongea lentement et se redressa à la vitesse de l'éclair. Est-ce que ça pouvait être vrai ? Il tapa sur l'épaule du petit Laurie, devant lui. Laurie se retourna, et Buddy se contenta d'indiquer la vitre du pouce. Laurie regarda dehors, ne vit rien d'autre que des pierres et des pierres, des collines de pierres, des océans de pierre. Buddy secoua la tête avec impatience et pointa de nouveau son doigt vers la vitre, vers le haut. Quoi encore ? se demanda Laurie en se dévissant le cou pour regarder le ciel par-dessus Jem endormi.

– Oh merde ! lâcha-t-il en crispant involontairement la main sur le poignet de Jem.

Jem sursauta, ouvrit les yeux.

– C'qui se passe ?

– On a de la visite… marmonna Laurie, les yeux rivés sur l'extérieur.

– Quel genre de visite ? demanda Jem en bâillant.

– Le genre raid aérien.

– Hélicoptères sur l'air des Walkyries ?

– Pire.

– Chauves-souris géantes armées de missiles à têtes chercheuses ?

– Tu brûles, mec.

Jem le considéra avec plus d'attention, bien réveillé.

– Laurie, si tu me montes un bateau…

– Penche ta noble tronche et regarde en l'air, ô primate du Nouveau-Mexique, et dis-moi ce que tu vois.

Jem se pencha en soupirant, leva les yeux et saisit Laurie par les épaules en le secouant comme un prunier :

– Il y a des chevaux dans le ciel, mec !

Herbie se retourna, sans cesser de surveiller sa voisine du coin de l'œil. Sally semblait dormir, paupières closes, mais les morts dormaient-ils ?

– Qu'est-ce qu'il se passe, les gars ?

– Cavaliers non autorisés sur la Voie lactée, lança Laurie. Comme qui dirait lancés à nos trousses, shérif.

– Il dit la vérité ! approuva Buddy Cole qui sentait poindre une atroce migraine.

Wilcox soupira. Dire qu'à peine deux ans auparavant, son plus grand souci était de savoir si les bières qu'il piochait dans sa glacière seraient assez fraîches… Il se pencha légèrement, prêt à engueuler Laurie. Il n'était pas d'humeur pour les blagues d'adolescents. *Merde, c'était vrai !* Il reprit sa position, le souffle coupé, la main sur la crosse de son arme.

Sally n'avait pas bougé. Pas cligné des yeux, rien. Donc, elle simulait le sommeil. Ou elle était déconnectée, comme un lapin décervelé dans un labo. Il songea une fraction de seconde au bonheur d'être décervelé et de contempler le monde avec la sérénité d'une carotte. Ouais, mais quand la carotte voit arriver le lapin ? Stop, Herbie ! Il tapota l'épaule de Sam, devant lui.

– Samantha…

– Oui, chéri ?

– On est suivis.

Sam jeta un coup d'œil au rétro extérieur, secoua la tête :

– Je ne vois rien.

– Votre âme est aveugle ! glapit Ruth avec férocité.

– Ruth, soyez gentille, fermez-la, riposta Herbie. Sam, on est suivis par des mecs à cheval.

– Herb, il n'y a personne sur la route.

– Sur la route, non, acquiesça Herbie avec un sourire pincé. Mais au-dessus de la route, oui…

– Bon Dieu, Herb, tu nous fais une attaque d'Alzheimer ? Est-ce qu'ils sont à cheval ou en avion ?

– Sam, ils *volent* dans les airs ! Regarde, merde !

Elle regarda. Petit coup de poing à l'estomac. Herbie avait raison. Sam jeta un rapide coup d'œil aux occupants du minibus. Un sourire mince étirait les lèvres de Ruth. Sally faisait la morte, ha ha ha. Jem et Laurie s'écrasaient contre la vitre et Buddy fermait ostensiblement les yeux. Sam tapota l'épaule de Marvin, qui fixait le ruban d'asphalte, perdu dans ses pensées.

– Marv', on a un problème. Mais surtout ne t'affole pas.

11

Marvin jeta un œil au compteur et accéléra encore. Pied au plancher, le monospace filait à 180 sur la route déserte. Peine perdue : les cavaliers célestes ne les lâchaient pas d'un pouce, semblant même anticiper leur trajectoire.

– De là-haut, c'est comme s'ils regardaient une carte détaillée, expliqua Herbie, maussade. Ils savent où la route va tourner. Donc on les sèmera pas. Donc inutile de rouler à tombeau ouvert.

– Tombeau ouvert… répéta soudain Sally avec un grand sourire.

Est-ce que cette saloperie était capable d'humour ? se demanda Wilcox en évitant de la regarder.

Marvin négocia un virage serré et le monospace chassa sur le côté.

– Agent Hayes, sachez que je n'apprécie pas beaucoup votre manière de conduire, fit observer Ruth, sévère.

– Il fait de son mieux, Ruth, nous avons des ennuis, expliqua Samantha en réfrénant son envie de gifler la vieille dame pour la ramener à la réalité.

– De toute façon, cet engin nous mènera à destination, dit Ruth, les lèvres pincées.

– C'est-à-dire ? demanda Herbie d'un ton où pointait une certaine impatience couplée à une lassitude certaine.

– Ne faites pas semblant de l'ignorer, shérif. Vous savez très bien que nous allons rendre visite à Kether.

– Encore ce Kether ! Bordel, ça commence à me courir…

– Herbie ! le coupa Sam en posant la main sur son poignet.

Elle sentait sa peau hérissée de colère et d'inquiétude sous ses doigts. Il finit par lui adresser un sourire et recouvrit sa main fine de son énorme patte poilue. Sally, les yeux bien ouverts, les observait avec intérêt.

– A-mou-reux, articula-t-elle soudain.

Sam retira vivement sa main, comme prise en faute.

– Ce sa-laud de Joe m'a trom-pée ! s'emportait Sally, postillonnant des glaires verdâtres. Trom-pée ! Tué la pétasse ! Tuer tou-tes les pé-tasses ! Pas vrai ?

Elle souriait à Sam, de femme à femme, un énorme cafard en équilibre sur le bout de la langue. Sam déglutit et murmura : « Oui, bien sûr » d'une voix blanche.

– A-mies ! décida Sally en lui assénant sur l'épaule une claque à assommer un bœuf.

Le cafard bascula dans son gosier sans que ça semble l'incommoder. Sam ferma brièvement les yeux et murmura :

– Amies.

– Désolé d'interrompre cette séquence sentimentale, mais le volant ne répond plus… les avertit soudain Marvin sans émotion apparente.

– Quoi ?! crièrent six des huit passagers, Sally se contentant de baver et Agnello de serrer les dents.

– On continue à rouler, mais ce n'est plus moi qui conduis, expliqua Marvin, les mâchoires crispées. Regardez…

Levant haut les mains, il lâcha le volant à l'approche d'un virage en épingle à cheveux. Un « ahhh » d'angoisse envahit le véhicule qui, sans s'en émouvoir, prit le virage de lui-même et continua sa route.

– On va sûrement passer dans une autre dimension, commenta Laurie.

– Tu veux dire qu'on va se retrouver dans un autre univers ? demanda Herbie en regrettant qu'on n'envoie pas les enfants surdoués en orbite dès leur naissance.

– Je ne sais pas où on va, mais on y va ! murmura Marvin.

Devant eux, la route asphaltée sinuait dans le désert à perte de vue.

– On se dirige vers quoi ? demanda Jem.

Samantha se pencha sur la carte, la scrutant avec son stylo-lampe. Marvin se tourna vers elle :

– Alors ?

– Eh bien, je ne sais pas trop… on dirait… c'est-à-dire…

– Agent Wasterton, auriez-vous l'obligeance de vous exprimer clairement ?

– Hé bien, pour parler clairement, cette foutue route n'est pas sur cette foutue carte.

Wilcox se massa doucement les tempes.

– Ce qui signifie ? insistait Marvin.

– Ce qui signifie, agent Hayes, que nous roulons actuellement sur une route qui n'existe pas.

– Ou qui n'est pas mentionnée sur la carte, observa Jem.

– Nous parlons d'une carte d'état-major, répondit Sam d'une voix neutre.

Agnello sentit ses doigts de pied se crisper douloureusement devant l'ampleur du complot. Fausses cartes d'état-major ! Dissimulation de routes ! Greffe de bimoteurs sur des chevaux ! Utilisation de personnel de couleur incapable de conduire correctement ! Il vérifia pour la centième fois que son arme était bien chargée. A un moment ou un autre, cette voiture de dingues s'arrêterait quelque part. Et là, ce serait à ce bon vieux Mr Fuzzylapomp de prendre la parole.

A Paradise Mountain, les lumières s'éteignaient les unes après les autres tandis que les maisons se teintaient de rouge dans un concert de hurlements. Le shérif Fisher fut le dernier à mourir, le doigt appuyé sur la touche d'appel d'urgence de son radio-téléphone. Le reste du corps avait été dévoré vivant. A soixante kilomètres de là, le sergent de garde qui réceptionna l'appel s'égosilla longuement dans le vide avant de se décider à prévenir son supérieur. « Tous ces cons de bouseux sont incapables de prendre soin du matériel ! » lança le capitaine en frottant ses yeux rouges de sommeil, et en plus il y avait une tempête de neige ! Et que donnait la liaison par satellite ? Quel satellite ? demanda le sergent ahuri. Le capitaine ne savait pas trop. En fait, c'était sa première affectation dans les montagnes. Tout ça parce qu'il avait fricoté avec la femme de son supérieur…

A deux heures treize du matin, un véhicule de patrouille chargé d'hommes ensommeillés prenait la route sinueuse conduisant à la petite station de ski, maudissant la météo, les silences radio, les shérifs sourds et tout ce qu'on pouvait maudire.

Au village, tout était calme maintenant. La neige tombait dans un silence de mort(s).

A deux heures treize, en cette nuit claire d'octobre, tous les occupants du monospace prirent soudain conscience du même fait : la route n'allait nulle part, l'horizon avait disparu.

Devant eux s'étendait une plaine de glace blanche. Pas de montagnes en vue. Aussi loin que portait le regard, ce n'était qu'une vaste étendue blanche, délimitée par une ligne circulaire qui semblait plonger abruptement dans un rien tout noir. Un rien sans étoiles. Sans luminosité. Une sorte de précipice qui évoquait les croyances des Anciens dans un monde plat.

Allan remarqua le phénomène. Le minibus allait basculer dans *l'autre côté*. Et le Maître serait extrêmement mécontent. L'heure n'était plus à tergiverser. Il éperonna Augustus et fonça droit sur sa proie, suivi des enfants poussant des « yououhhh » à tue-tête.

– Ils se rapprochent ! lança Buddy, le nez collé à la vitre. Je dirais même qu'ils descendent en piqué droit sur nous.

Toujours caché dans le coffre, Agnello dégagea le cran de sûreté de son arme. Il était prêt.

– Je vois les cavaliers ! cria Jem en se tordant le cou. C'est eux, les Mc Mullen !

– Leur acharnement n'a aucun sens… fit remarquer Marvin sans quitter des yeux le volant qui tournait tout seul.

– Versus est sûrement derrière eux. Ce ne sont que des marionnettes, répondit Sam, nerveuse.

– Ils arrivent, cria Buddy en faisant craquer ses articulations sous le coup de l'émotion.

Le minibus semblait grossir de seconde en seconde. Augustus et Lucia fendaient l'air comme des météores, les naseaux dilatés par le plaisir de la course, leurs grandes dents jaunes découvertes par la vitesse. Allan se courba en avant sur l'encolure du vieux cheval. Il sentait l'air s'engouffrer dans son organisme putréfié, gonfler la chair nécrosée de ses joues. Jason regrettait amèrement de ne pas avoir de clairon. Quand la cavalerie chargeait, il y avait toujours un clairon. Brenda avait hâte de jouer avec le joli petit Laurie. Elle avait des tas d'idées pour bien s'amuser. Elle le mangerait petit bout par petit bout, comme le chocolat.

Une ombre noire masqua la lune et deux énormes silhouettes se découpèrent sur la route éclairée par les phares.

Sam ferma les yeux, agrippant la main d'Herbie pardessus le siège. L'ombre sembla gagner en densité, en épaisseur, en noirceur et le profil des chevaux se dessina nettement sur les rocs blancs du bas-côté.

– Tout le monde par terre ! hurla Herbie en poussant Sally.

Elle se retourna vers lui si vivement qu'il crut qu'elle allait lui déchiqueter les mains et il cria :

– Danger ! Faut se coucher ! Coucher !

– Hé, dites donc, j'me couche pas comme ça ! rétorqua Sally, se demandant soudain où elle était, et qui étaient ces gens.

Et puis elle se souvint, ils l'avaient libérée, emmenée pour la sauver, les fous de l'hôpital étaient à leurs trousses, ils voulaient la reprendre pour la soumettre à leurs abominables expériences. Elle regarda le shérif indien avec reconnaissance et se laissa glisser en bas de son siège une seconde avant qu'un choc violent n'ébranle le minibus.

– Ahhhh ! hurla Buddy en tentant de se transformer en nain compacté.

– Ahhhh ! hurlèrent Laurie et Jem, Jem essayant de faire rentrer ses grandes jambes sous le siège et Laurie essayant de respirer avec le coude de Jem en travers de la gorge.

– Aaaalléluiah ! entonna Ruth sans bouger d'un iota.

– Àààà terre ! s'époumonait Herbie qui avait sauté par-dessus son siège pour couvrir Sam de son corps massif.

– Ahhhhh ! J'en ai plein le dos ! gronda Marvin, accroupi sous le tableau de bord.

– Aaaaattention ! 'spèces d'enculés d'l'espace ! chuchota Agnello, couché sur le dos, flingue braqué vers le ciel.

Une tonne de viande morte se posa sur le toit du minibus avec la légèreté d'un char d'assaut. Le toit s'enfonça de vingt bons centimètres. Martèlement de sabots impatients. Le toit se plia en deux, faisant éclater les vitres. Ruth consentit à s'allonger à l'instant où des centaines de bouts de verre acérés venaient cribler le dossier de son siège.

– Ahhhhh ! firent tous les passagers à l'unisson avec la fougue d'un chœur dirigé par Léonard Bernstein.

Augustus tourna la tête vers Lucia, ravi. Ils étaient montés sur la caisse à roues ! Et ils avançaient sans rien faire ! Il rit de bonheur et Lucia rit aussi, imaginant la tête du maître s'il pouvait les voir. Lui qui lavait sa caisse à roues tous les dimanches, il n'aurait pas apprécié que deux énormes percherons viennent y danser la polka.

– Pourquoi ils arrêtent pas la voiture, P'pa ? demanda Brenda qui en avait un peu marre d'être décoiffée par le vent.

– T'en fais pas, ils vont s'arrêter ! répondit Allan.

Pas question en effet de continuer à rouler à fond la caisse vers le trou du cul du monde. Il se pencha et chuchota deux mots à l'oreille d'Augustus qui hennit de plaisir.

Martèlements variés sur tempo hystérique. Les bêtes démoniaques et leurs cavaliers d'apocalypse s'en donnaient à cœur joie.

– Mec, c'est Jurassic Park ! murmura Laurie.

On est foutus, se dit Jem. Derniers coups de tonnerre. Le minibus oscillait, comme pris d'une irrésistible envie de danser une gigue. Et soudain, le toit céda. Deux énormes pattes velues terminées par d'énormes sabots noirs boueux crevèrent la tôle et s'enfoncèrent dans le hayon, s'immobilisant à moins de dix centimètres de chaque épaule d'Agnello. Il était coincé sous un alien gigantesque, il voyait son ventre poilu et… il avala sa salive… et son énorme bazooka pendouillant braqué vers lui ! Oh ! Jésus protège tes enfants ! Il se mit à décharger son fusil à pompe en hurlant.

Augustus ressentit des chatouillements dans le basventre. Comme des petites griffures s'enfonçant dans ses entrailles. Il commença à se contorsionner puis, agacé, libéra la pression.

A deux heures trente-trois du matin, le lieutenant Agnello de la police criminelle d'Albuquerque, coincé entre les pattes antérieures d'un percheron décédé quelques heures auparavant, se faisait copieusement compisser par ledit percheron.

Déluge d'urine mordorée brûlante comme de l'acide. Puanteur âcre. Hurlements d'Agnello noyés sous le jet intarissable.

– Vous avez entendu ? lança Jem. On aurait dit des coups de feu.

– Et des cris, ajouta Laurie en se redressant.

– Dans le coffre ?

Buddy souleva la tête et jeta un bref coup d'œil, l'autre restant fermé.

– Oh mon Dieu ! La pauvre petite lieutenante !

– Quoi ! rugit Herbie en ramenant sa carcasse à l'arrière.

Agnello gisait couché sur le dos dans le coffre, un flingue braqué sur le ventre du cheval volant qui se vidait sur lui. Les balles semblaient sans effet sur l'animal, déchiquetant une chair indifférente. Presque pas de sang, des giclées de pus et de sanies.

– Devrait pas faire ça, commenta Herbie avec un frisson.

– Faire quoi ?

– Lui tirer dans les tripes…

Au même moment, une grosse masse noirâtre dégringola du ventre labouré d'Augustus et s'écrasa sur Agnello, le suffoquant sous cinq bons kilos de boyaux putrides.

– On peut pas le laisser crever comme ça ! cria Buddy en secouant Wilcox.

Non, on pouvait pas. Herbie prit son élan et enfonça la grille les séparant du hayon. Au-dessus d'eux la sarabande infernale continuait et les lourds sabots de Lucia, après avoir à leur tour traversé le toit, sans transpercer personne heureusement, cherchaient à crever le plancher.

Wilcox lança la main à l'aveuglette, sentit quelque chose de mou et de gluant et tira. Dégoulinant de trucs pas frais, Agnello apparut, flageolant. Il suffoquait et de la vapeur s'élevait des zones touchées par les déjections d'Augustus.

– Passez-moi quelque chose, bon sang ! gronda Herbie en arrachant une manche de la combinaison de Buddy, outré.

Il essuya le visage d'Agnello, découvrant de larges portions de peau à vif, cratères de chair fumants.

– Merde ! C'est comme si on l'avait arrosé d'acide ! Enveloppez-lui le visage dans un linge, vite !

Les sabots de Lucia trouèrent le plancher entre les roues avant et arrière et son ventre énorme emplit l'habitacle. Le minibus, cloué au sol, ripait de tous côtés.

– Tout le monde à l'avant ! cria Marvin par-dessus le tumulte.

Les autres le rejoignirent en rampant, tandis que Lucia se lançait dans une série de ruades destinées à désarticuler le minibus et qu'Augustus en profitait pour lui renifler la croupe.

– Le moteur tourne toujours, chuchota Marvin.

Regards incompréhensifs.

– Si les Mc Mullen ont voulu nous arrêter, c'est peut-être que ce bus ne nous menait pas à Versus ? continua-t-il. Peut-être que ce bus qui roule tout seul peut nous mettre hors d'atteinte de ces… de ces…

– Mon-stres ! lança Sally avec vigueur dans le silence complet. De ces sa-les mon-stres !

La faim la tenaillait de nouveau et de curieuses images la troublaient. La gorge offerte *ouverte* d'une jeune femme. Le visage étonné *succulent* de l'adjoint du shérif.

Mais qu'est-ce qu'ils lui avaient injecté ? Et si elle allait se transformer en mon-stre elle aussi ?

– A mon avis, ça vaut le coup d'essayer de continuer à rouler pour voir où ça nous mènera, poursuivait Marvin.

– Et comment on roule ? demanda Herbie. On met des rollers à ces putains de percherons ?

– Il suffirait que le minibus se disloque. L'avant se remettrait à rouler et eux resteraient coincés dans le tas de ferraille à l'arrière.

– Une virée sur deux roues vers nulle part... commenta Buddy Cole en se grattant le nez.

Il avait été éclaboussé en portant secours à Agnello et ça le démangeait terriblement.

– Quelqu'un a une autre idée ? s'enquit Samantha.

Pas de réponse. Pas d'idées. Juste la peur, la confusion, l'anxiété, la douleur pour Agnello qui haletait sous la chemise qu'on lui avait nouée autour du visage. Ruth Mirales porta la main à son impeccable chignon et en tira une longue épingle. Puis sans prévenir, elle la planta dans le jarret de Lucia.

Piqûre en bas, songea Lucia. Piqûre égale taon, sale bête, vieille peur, vieille colère. Elle rua violemment, manquant désarçonner les gosses. Ruth se précipita vers l'autre jarret et piqua encore plus fort. Les énormes fesses de Lucia se relevèrent, frappant violemment les naseaux d'Augustus qui rua à son tour.

– Arrêtez ! hurla Allan, qui sentait la direction des opérations lui échapper. Allez, les gosses, allez chercher !

Jason et Brenda se laissèrent glisser sur le toit fracassé, la mine gourmande. « Les fenêtres ! cria Brenda, on va passer par les fenêtres ! »

Marvin observait la fente transversale qui s'élargissait entre la deuxième et la troisième rangée de sièges. Le minibus craquait de toutes parts, tel un iceberg en train de se disloquer. Laurie leva les yeux et aperçut une face boursouflée et livide qui le regardait en se léchant les lèvres. Il voulut crier, mais sa gorge était trop sèche. Il essaya de reculer, se cogna dans Jem. Brenda tendit la main aussi loin qu'elle put : pas assez loin. Zut ! Elle se tortilla pour passer à travers la fenêtre mais celle-ci avait considérablement rétréci. Elle se recula pour laisser passer Jason qui était plus petit. Sally avait suivi le regard de Laurie et poussa un feulement rauque qui immobilisa tout le monde.

– Aie pas peur, glapit Jason, on est tes amis ! T'es morte toi aussi…

– Men-teurs ! Arrière ! Possédés du dé-mon ! Arrière ! Fils de Sa-tan ! hurlait Sally sans s'apercevoir que ses dents s'allongeaient sous l'effet de l'excitation.

La voix déformée d'Allan leur parvint :

– Mais qu'est-ce qu'il se passe là-dedans ?

Avec un craquement sinistre, le minibus se brisa en deux, empêchant Allan d'entendre la réponse de Brenda. L'arrière, immobilisé par les robustes pattes des chevaux, resta sur place. L'avant, soudain libéré, fila comme une fusée, projetant tous les passagers cul par-dessus tête.

– Cramponnez-vous ! cria Marvin en se maintenant au niveau du trou béant qui avait remplacé le pare-brise. Faites une chaîne, penchez-vous en avant !

Contorsions, exclamations, contusions. Le monospace fonçait sur ses deux roues avant, la calandre pointée vers le sol comme la truffe d'un chien de chasse.

– Mais qu'est-ce que c'est que ce cirque ? murmura Allan qui contemplait la scène en ayant l'impression d'émerger d'une longue beuverie.

La douloureuse décharge électrique dans son cerveau l'empêcha de continuer à se poser des questions. Il baissa les yeux et aperçut Brenda et Jason filant à quatre pattes, le mufle bavant, à la poursuite du tronçon de monospace. Il se laissa glisser à terre et entreprit de dégager rapidement les chevaux de l'amas de ferraille.

– Papa arrive ! cria Brenda en ralentissant sa course, la langue pendante.

Allan les rattrapa en quelques secondes, les chevaux effleurant à peine la poussière du sol. Il saisit Brenda au vol et la déposa sur Lucia puis il attrapa Jason avec la même facilité et le mit en croupe.

– Mais j'allais les avoir ! protesta Jason.

Devant eux, le demi-monospace se dirigeait droit vers la limite de la Terre.

A l'intérieur du véhicule, le silence s'était fait. Un silence total. Personne ne cria tandis que ce qui restait du monospace fonçait vers le bord du monde à 200 kilomètres à l'heure. Personne ne cria quand le bout de la route se profila, encore cent mètres, dix mètres, deux mètres, encore le temps de penser « Au sec… » et le monospace bascula dans le vide dans un silence total.

– Mais bordel, où est-ce qu'on est ?

– Position impossible à établir dans l'obscurité.

– Personne n'est blessé ?

– Faim…

– Pousse-toi, Laurie !

– On est peut-être dans un trou noir ?

– Kether ! Je suis là !

– Et dire que j'avais peur du delirium tremens…

Allan tira sur les rênes et Augustus freina des quatre fers. Lucia s'immobilisa près de lui. Leurs sabots s'enfonçaient dans le voile grisâtre d'un altostratus.

– Qu'est-ce qui se passe, P'pa ? demanda Brenda.

– Ils ont disparu.

– Mais non, ils ont plongé là-devant ! cria Jason, surexcité, montrant l'épaisse couche ouatée.

– Justement. Ils ont plongé dans rien. La Terre s'arrête ici.

Brenda pouffa :

– Tu dis des bêtises, P'pa. La Terre est ronde !

– Ah oui ? gronda Allan, sentant le pus lui monter au nez. Ah oui, elle est ronde ? Et c'est quoi ça, alors, si c'est pas le bord du monde, hein, bordel de merde ?!

Les enfants le regardèrent, choqués. Papa ne devait pas jurer devant eux ! Maman avait été formelle sur ce point. Maman ? Jason frotta ses yeux rouges de son petit poing terreux. Maman était partie, il ne se souvenait même plus de son visage. Juste la sensation de deux bras chauds et doux. Allan continuait à fulminer, la colère ravivant son vocabulaire :

– Je veux bien suivre cet enfoiré de minibus de mes deux jusqu'en enfer, mais encore faudrait-il qu'on me dise comment y aller ! Je commence à en avoir plein le cul !

– Papa !

– Vos gueules ! Plus un mot ! La Terre est ronde, ah putain ! voilà bien le genre de conneries qu'on apprend à l'école ! Bon, on va voir.

Il pressa les flancs du cheval. Augustus frémit. Là en dessous, c'était le vrai noir. Pas le ciel. C'était le noir gluant qui avale et qui colle. Celui où il avait sombré quand le maître lui avait tiré dans la tête. Il renâcla, frappant le nuage de ses sabots.

– Les chevaux ont peur, Papa ! cria Brenda.

– Les chevaux ne sont que des animaux stupides, Brenda. C'est pour ça qu'on les mange.

– Mais on mange aussi les gens… fit observer Jason en se curant le nez.

– Les gens stupides, andouille ! lui précisa Brenda, heureuse de montrer qu'elle avait compris.

– Voici ce qu'on va faire, décréta Allan sentant la migraine poindre. On va longer le bord de la terre en essayant de voir ce qu'il y a là-dessous.

– Mais quand est-ce qu'on mange ? gémit Brenda en s'arrachant une poignée de cheveux filasse à laquelle adhérait un peu de cuir chevelu.

– Quand on aura retrouvé le repas ! gronda Papa en prenant le trot.

12

L'obscurité s'était soudain dissipée, laissant place aux néons vivement colorés d'une luxueuse salle de casino. Murs et sols moquettés de rouge carmin, tables et boiseries d'acajou, sièges recouverts de velours vert, immenses lustres de cristal taillé, musique d'aéroport. De grandes baies vitrées laissaient voir la nuit étoilée. La nuit à perte de vue. Il n'y avait pas de joueurs, pas de croupiers, mais les jeux de cartes disposés sur les tapis verts donnaient l'impression de parties en cours. Nonchalamment adossé à la table de baccara, un homme noir en smoking d'alpaga blanc fumait un havane, observant avec un léger sourire ses hôtes vautrés sur l'épaisse moquette rouge.

Marvin se redressa et s'épousseta. Plus trace du monospace. Avait-il même jamais existé ? Et ce type qui les observait, l'air supérieur… Le fameux Kether, à n'en pas douter. La peau ébène, les yeux océan, les cheveux flamme. Et portant un monocle, en plus. Quel accoutrement théâtral ! Kether tourna ses immenses yeux presque transparents vers lui et laissa tomber sa cendre dans une des machines à sous qui se mit à cliqueter et à faire tourner ses rouleaux à toute allure.

– Comme dans le journal de Miss Annabella, tu te rappelles ? chuchota Laurie à Jem. Elle s'est retrouvée dans un casino avec un homme sans visage qui faisait tourner les machines et suivant ce qui s'affichait, on revivait ou on mourait…

Jem acquiesça, les traits tirés, préoccupé par le souvenir de la dernière fois où il avait aperçu Kether, à Las Vegas, quand la machine s'était mise à vomir des milliers de cafards sur les genoux de Ruth Mirales.

Samantha s'était rapprochée d'Herbie qui la tenait par les épaules. Il sentait la sueur ruisseler entre ses omoplates. Le monospace s'était évaporé et ils se retrouvaient avec ce fameux Kether. Ils avaient l'air complètement débiles, en tenues de ski dans ce décor. Il s'assura d'un coup d'œil que tout le monde était là. Ruth, Laurie, Jem, Marvin, Sam, Sally Kellerman… Buddy Cole manquait à l'appel. Il le chercha des yeux. Déjà au bar !

Buddy s'était relevé en examinant les lieux et il lui avait fallu moins d'une demi-minute pour repérer le grand bar en acajou massif à côté de la roulette. Il avait une soif à assécher le Pacifique. Flacons rutilants emplis de liquides colorés, verres étincelants n'attendant que d'être saisis par des mains expertes. Il s'empara d'une carafe pleine de ce qui devait être un whisky pur malt, eut un peu de mal à décoincer le bouchon en cristal et se versa une large rasade. Une pure merveille, se dit-il en faisant claquer sa langue.

– Vous venez de raccourcir sa vie de cinq ans… lança Kether.

Buddy s'immobilisa, le verre au bord des lèvres. C'est à lui qu'on parlait ?

– Oui, c'est à vous que je parle, Richard Buddy Eliza Cole.

– Mais… je n'ai raccourci la vie de personne… balbutia Buddy.

– Le liquide dans le flacon. C'est l'essence d'une femme de grande valeur. Une militante des droits de l'homme, Amnesty, Greenpeace, tout ça.

Buddy reposa le verre avec une expression incrédule.

– Vous voulez dire que tous ces flacons contiennent des… *gens* ?

– Ce que vous appelez leur âme, si vous préférez. Leur force vitale. Comment croyez-vous que je me maintiens en si bonne forme ? lança Kether, jovial, en esquissant un pas de claquettes.

– Vous en buvez ? balbutia Buddy, écœuré.

– Vous êtes un vampire ! cria Laurie.

– Tout de suite les grands mots ! J'en bois très peu, uniquement quand j'en ai vraiment besoin. C'est marqué sur l'étiquette : « L'abus d'humanité est dangereux pour la santé. » Je n'ai que du premier choix, continua-t-il avec fierté.

Marvin s'avança vers lui, une main sur la crosse de son arme :

– Vous n'êtes pas… humain, n'est-ce pas ?

Le son coassant de sa voix le surprit et il se sentit ridicule.

Kether haussa les épaules, souffla un superbe rond de fumée.

– Humain, pas humain, quelle importance ? Je suis.

– Mais qui, ou quoi, êtes-vous ? insista Marvin.

– Je suis celui qui est.

– Oh mon Dieu ! s'exclama Samantha.

– Si vous voulez, mais c'est un peu… gênant, je veux dire, c'est juste une petite réunion en toute simplicité…

– Ne vous foutez pas de nous ! aboya Wilcox. On commence à en avoir plein le dos de tout ça. La moitié du globe terrestre patauge dans le sang. Si vous en êtes responsable un tant soit peu, inutile de la ramener.

Kether darda sur lui son regard bleu azur :

– J'ai l'impression que vous êtes tous fatigués et énervés. Nous pourrions reprendre cette discussion ultérieurement…

– Vous prétendez vraiment que vous êtes Dieu ? demanda Jem en croisant les doigts derrière son dos.

– Je ne prétends rien, rétorqua Kether avec un petit sourire moqueur.

– Et si vous étiez Versus ? lança Laurie, les sourcils froncés.

– Que savez-vous de Versus ? lui demanda Kether avec son sourire ironique.

Laurie lui raconta tout : Jacksonville, les morts-vivants, les aventures des derniers jours. Kether l'écouta sans l'interrompre.

– Excusez-moi, mais je suppose que vous êtes au courant ! lança Wilcox.

– Excusez-moi, mais j'ai d'autres préoccupations que de suivre heure par heure les tribulations de votre charmant petit groupe.

Agnello ouvrit les yeux avec peine. Il tâta son visage douloureux, ôta le linge qui le recouvrait. Des voix. Des gens discutaient. Ils se trouvaient certainement dans le repaire de l'ennemi. Il se redressa lentement, examinant les lieux entre ses paupières enflées. Un casino ?! La mafia était donc impliquée là-dedans ? Et le black en smoking, c'était qui ? Le grand ponte ? Il fit coulisser son chargeur, sans bruit. Vide. Le changer, vite.

– Ah, lieutenant, vous voilà de nouveau parmi nous, déclara Kether. Un cigare ?

Agnello considéra avec méfiance la luxueuse boîte en marqueterie posée sur le bar. Le cigare pouvait être bourré de drogue envoyée par Castro. Il refusa d'un geste.

– Je disais à ces messieurs-dames que vous souhaitiez certainement prendre un peu de repos.

– Éternel ? ricana Herbie en se tordant la moustache.

Kether soupira et disparut.

Jem se frottait les yeux : où était-il passé ? Laurie, bouche bée, contemplait la table où s'était adossé Kether. Rien. Pas de spirale de fumée. Pas d'étincelles. Pas de petit tas de poussière. Juste un peu de liquide suintant contre le pied de la table. Laurie toucha, goûta : on aurait dit tout bêtement de l'eau.

– Vous l'avez contrarié, disait Ruth. Ce n'est pas un jeune homme, vous savez, il faut le ménager.

– Ouais, c'est ça, marmonna Herbie. Ménager ce vieux saligaud !

Irrité, il balaya la pièce du regard. Sally Kellerman n'était plus là !

Sally se colla contre le mur, essayant de se fondre dans l'épaisse moquette verte qui tapissait tout le couloir. Des gens s'approchaient. Des types en smoking noir qui empruntèrent un couloir latéral. Ils avaient tous le même visage, glabre, froid, avec des lunettes argentées. Des clones ! Ils s'éloignèrent et elle vit les ailes noires qui traversaient leurs vestes et froufroutaient dans leurs dos. Des clones d'humains greffés avec des oiseaux ! Elle était bien au cœur de l'Horreur.

Elle reprit sa progression silencieuse. Une porte entrebâillée laissait filtrer un rai de lumière bleuâtre. Sally s'approcha tout doucement. Une plaque annonçait « Bureau des études aléatoires ». Elle poussa la porte, en s'étonnant elle-même de son calme : son cœur ne battait pas le moins du monde.

Elle déboucha dans une immense salle au sol et au plafond luminescents. Des dizaines de diagrammes couvraient les murs. Tout le fond de la pièce était occupé par un appareillage compliqué. De grandes urnes transparentes contenant des billes métalliques en mouvement généraient une vibration continue. De temps en temps, chaque urne éjectait une bille qui se mettait à rebondir dans des rigoles en Inox qui se croisaient et s'entrecroisaient, aboutissant parfois à la collision. Chaque fois que cela se produisait, un jeune homme en blouse blanche l'inscrivait directement sur un écran tactile. Sally nota les deux longues ailes blanches, semblables à des ailes de cygne, soudées à ses omoplates et dont les pointes frôlaient le sol en Inox.

Deux billes se heurtèrent avec force, rebondirent, puis repartirent ensemble dans la même direction.

– 2 346 567 et 3 856 239 : rencontre New York 42e Rue. Réaction neurotransmetteurs positive. Compatibilité biochimique : 88 %, annonça le clone ailé.

– Et achetez la layette ! lança un autre jeune homme en blouse blanche, émergeant de derrière un appareil tubulaire.

Il était très grand, plus de deux mètres, et sa peau avait l'aspect du cuir. Il se figea en apercevant Sally, à moitié nue, couverte de sang séché, ses lèvres bleuies laissant entrevoir de longues dents sales.

– Gabriel ! lança-t-il d'une voix métallique, je crois qu'on a un problème…

Le nommé Gabriel se retourna et Sally vit distinctement son visage. Il était transparent. Un masque en Plexiglas recouvrant un entrelacs de vaisseaux sanguins et de connexions électroniques.

– Biomécanique… expliqua Gabriel d'une voix synthétique, avec un sourire transparent devant son expression étonnée et incrédule. Eh oui, je suis moi aussi un produit de l'évolution…

– Je m'en fous ! le coupa Sally avec détermination. Tout ce que je veux, c'est rentrer chez moi ! Je vous préviens : laissez-moi partir ou ça va chier !

– Tu entends ça, Michel ?

Gabriel s'adressait au second jeune homme, une « veine » bleu électrique pulsant sous sa « joue ».

– Comment est-ce qu'on sort d'ici ? cria Sally, furieuse et terrifiée.

Elle sentait la rage sur le point de la submerger. *Rien à manger ici. Pas de substance. Pas de vivant. Sortir. Chasser. Nourriture.*

– Oh, je ne crois pas que vous soyez autorisée à sortir… dit Gabriel en se tapotant le menton, vous n'êtes pas en très bon état, vous savez.

– A cause de vous ! Je vous ferai tous foutre en taule ! Ordures !

Perplexe, Gabriel se tourna vers Michel :

– Je croyais que le Territoire de Grand-Pa Hawkins avait été définitivement fermé ?

– C'est le cas. Tout a brûlé et le Passage a été obturé. Jacksonville n'est plus une terre où les morts peuvent revivre. Mais il y a eu des complications. Elle a été ranimée par inadvertance, expliqua Michel en baissant la voix.

Sally s'était rapprochée et sa main boudinée se posa sur un compas en titane.

– Sally chérie, dit Gabriel, ne jouez pas avec ça. Venez avec moi, je vais vous ramener chez vous.

– Menteur ! Vous me prenez pour une conne ?

– Mais non ! Je ne mens jamais, je ne peux pas. N'est-ce pas, Michel ?

– Tout à fait exact. Vous pouvez lui faire confiance, Sally.

– Con-fian-ce ! hurla Sally en bondissant par-dessus un plan de travail. Confiance ?!

Elle percuta une imprimante vomissant des listings, écrasa un scanner et atterrit à pieds joints sur la poitrine de Gabriel. *Manger tuer dépecer arracher. Le Plexiglas dur. Fond peu à peu. Pas nourrissant. Mou. Écœurant.* Ses longues canines effleurèrent les circuits neurotroniques de Gabriel et il y eut tout une série d'étincelles.

– Saloperie de robot ! hurlait Sally en fouillant obstinément du groin sous le Plexi.

Michel se précipita à la rescousse, deux longs traits lumineux fusant de ses mains transparentes. Ils frappèrent Sally dans le dos, la transpercèrent de part en part, pénétrèrent la poitrine de Gabriel et ressortirent à travers ses circuits neurotroniques dans un crépitement de plastique brûlé.

– Oh ! pluie ! jura Michel en voyant Gabriel s'effondrer, un liquide noirâtre suintant de ses plaies, totalement défiguré par l'attaque forcenée de Sally.

Qui se retournait vers lui, crocs découverts, lambeaux de plastique entre les dents.

– Espèce de saleté de piaf en similicuir, je vais te pulvériser ! grogna-t-elle.

Une sonnerie insistante résonnait dans le bâtiment et des témoins lumineux clignotaient sur tous les cadrans.

– Restez tranquille ! ordonna Michel en déployant ses ailes. Restez tranquille ou je vais être obligé de vous faire du mal !

– Du mal ? Tu te fous de ma gueule ?! On m'en a pas déjà assez fait, du mal ?!

– Ça suffit, stupide créature ! tonna Michel, les ailes dressées comme des étendards immaculés.

Il sembla à Sally qu'il grandissait de plusieurs dizaines de centimètres et que son visage s'allongeait, se couvrant peu à peu d'une peau écaillée. Reptilienne. Il poussa un feulement rauque et deux longues mâchoires remplacèrent sa bouche, deux longues mâchoires garnies de dents effilées. Il ressemblait maintenant tout à fait à un crocodile, un crocodile géant et affublé d'une paire d'ailes, décida Sally en battant des paupières. Pauvre type ! La mort serait pour lui une délivrance.

Les yeux du croco-cygne luisaient, petits boutons rubis, et de la salive écumante dégouttait entre ses dents formidablement pointues. Ça, c'était des dents ! songea Sally en tâtant pensivement ses propres canines.

– Soumets-toi, femelle ! gronda le monstre, dardant sur elle ses saloperies de rayons laser.

Sally sentit les rayons pénétrer sa chair, labourer ses tripes, fouiller son utérus stérile et ressortir entre ses cuisses, entraînant pas mal de trucs avec eux. Des mètres et des mètres de tuyaux marronnasses. Curieuse, elle se pencha et renifla. Ça sentait bon le pourri. Et ça allait servir, se dit-elle, sans savoir que c'était grâce au vieux docteur Sherman, qui avait pratiqué l'autopsie complètement bourré et s'était interrompu lorsque il avait failli se planter le scalpel dans la main. Il avait remis ce qui traînait sur la table dans l'abdomen de sa patiente et avait tout recousu à grands points.

Michel écumait, de la fumée pourpre sortait de ses naseaux distendus.

– Soumets-toi, femelle ! répéta-t-il de sa grosse voix de croque-mitaine.

– Non mais, tu t'es regardé ? hurla Sally, hors d'elle.

En fille experte de la campagne, elle noua en un éclair les boyaux marron, fit tournoyer son lasso improvisé et le lança sur le croco-cygne vociférant.

Mais pluie, pluie et repluie ! que faisait cette sous-neuronée ?! se demanda Michel en sentant un nœud coulant tiède et puant se resserrer autour de sa gorge, écrasant sa trachée en carbone et bloquant son circuit d'aération.

– Hue là ! La sale bête ! beuglait Sally en tirant fermement sur ses intestins solidement noués.

Michel vacilla, ses synapses synthétiques commençaient à chauffer, il claqua des mâchoires dans le vide. Il avait bouté Satan hors du Ciel, ce n'était pas cette bouseuse du Nevada qui allait l'abattre !

La bouseuse du Nevada proféra un « han » sonore et Michel se sentit basculer. Fou de rage, il poussa un long hurlement qui fit trembler les murs et s'abattit avec fracas sur la console où défilaient des centaines de chiffres.

Sur Terre, deux cent mille personnes moururent le temps d'un claquement de doigts.

Michel ruait de ses longues pattes écailleuses, griffant les listings, renversant les tubes-éprouvettes.

Encore cent mille victimes réparties à la surface du globe.

Sally enroulait son lasso avec dextérité, remerciant son vieux papa de lui avoir enseigné l'art de bouviller. Suffoquant, la bave dégoulinant sur sa blouse blanche, Michel ne se débattait presque plus. Des larmes de crocodile coulaient sur ses écailles.

Sally avisa ce qui ressemblait à un gros congélateur et y fixa l'extrémité de son lasso.

– Désolé, la chose, mais je peux rien pour toi ! lâcha t-elle, en se demandant pourquoi elle avait un instant envisagé de le dévorer. On ne dévorait pas les gens, voyons, même les victimes d'expériences traumatisantes.

Impuissant, Michel la vit s'éloigner de sa lourde démarche. La fieffée garce ! L'immonde compost ! Et c'est sur ce terreau dégénéré que le Big Boss avait voulu faire pousser des fleurs ?

Sally déboucha dans le couloir au milieu d'une agitation extrême. Des types en smoking couraient dans tous les sens, certains voletaient, leurs yeux à facettes pivotant à cent quatre-vingts degrés. *Yeux à facettes* ? C'était pas des lunettes argentées ! C'étaient des *yeux de mouche* ! Ailes noires et yeux d'insectes. Des corbeaux-mouches. Dommage que la pétasse de Joe n'ait pas fait un séjour ici. Ils auraient pu lui bricoler quelque chose : truie-rat par exemple. Un corbeau-mouche la frôla, et elle sentit quelque chose d'humide sur sa joue. Deux longs palpeurs qui s'échappaient de sa bouche pour partir en reconnaissance. Il la dépassa en rampant au plafond, ses ailes frottant contre les murs, semblable à une sorte d'énorme cafard. *Cafard. A l'intérieur. Ça chatouille.* Sally s'immobilisa, perturbée. Elle se sentait complètement incohérente par moments. Pourvu qu'ils ne lui aient pas mis une tumeur au cerveau ! Ou le vaccin contre l'hépatite B.

Les hommes en smoking s'engouffrèrent dans le labo qu'elle venait de quitter dans un concert de sifflements et de gargouillis. Ils allaient se marrer en trouvant le croco-cygne ligoté avec ses tripes ! Ses *tripes* ? A elle ? *Oh non !* Sally plongea la main vers son bas-ventre et rencontra une plaie béante. *Même pas mal !* Elle enfonça un doigt hésitant dans la blessure et ne rencontra rien. Normalement, on était censé avoir tout un fourbi là-dedans. Affolée, elle pencha la tête au maximum pour essayer de voir, écartant les bords de la plaie à pleines mains et dut se rendre à l'évidence : son ventre n'était qu'un grand trou sombre et vide. Ah ouais, il y avait un machin, là, à droite, gros et mou. Elle le saisit et tira fermement. Le machin résista un peu, puis céda. Ça ressemblait à du foie, décida Sally en l'examinant à la lumière fluorescente. Elle le renifla. Beurk. Pas propre.

– Crrouiicchhhhh…

Sifflement, gargouillement, un corbeau-mouche se précipitait sur elle, toutes facettes en avant, les palpeurs dressés comme des épées.

– Attrape ! cria Sally en lui lançant le foie à la face.

Schplaaf ! En pleine poire ! Aveuglé et emporté par son élan, le mutant alla donner du crâne contre un pilier et s'effondra, sonné.

– Bingo ! exulta Sally en lui sautant aussitôt à pieds joints sur la tête.

Il y eut un crac retentissant et elle sentit ses talons nus s'enfoncer dans de la matière molle. *Vivante.*

Se baissant brusquement, elle plongea le mufle dans le cerveau mis à nu. *Pas en plastique celui-là ! Vachement bon, cerveau de mouche miam miam. Et les yeux, putain ! Les yeux, vrai délice !*

D'autres crachotements-sifflements. Ragaillardie par son repas, Sally se releva prestement et prit la fuite. Les monstres avaient l'air affolés. Fallait croire qu'on s'amusait pas tous les jours à ligoter le croco-cygne comme un vulgaire saucisson.

Quand même, c'était drôle de penser qu'on l'avait

vidée comme un poisson. Et que ça fonctionnait quand même ! La preuve : elle était bien vivante. Alors ça servait à quoi, tous ces organes ? Tout en courant, elle plongea de nouveau la main dans la plaie et la retira couverte de grosses blattes noires. Oh mon Dieu !

– Quelqu'un m'a appelé ? dit un homme à la peau sombre et aux yeux bleus en se matérialisant devant elle au détour du couloir. Mais qu'est-ce qui se passe ici ?! gronda-t-il en voyant l'état de Sally qui secouait sa main avec vigueur et les corbeaux-mouches en smoking crachotant-sifflotant lancés à sa poursuite.

– Ils m'ont piqué mes tripes ! cria Sally. Aidez-moi, je vous en prie !

– Ah non, pas de prières ! répondit l'homme d'un air courroucé en claquant des doigts.

Sally prit conscience d'un bruit derrière elle. Un bruit évoquant la reptation rapide d'une lourde masse. Terrorisée, elle risqua un coup d'œil. *Oh non !* Les mecs en smoking ne se traînaient plus comme d'énormes cafards. *C'en était !* Des cafards de deux mètres de long avec des yeux de mouche, des nœuds papillons et des mandibules avides. Rampant vers elle dans un bruit de succion. Elle fit volte-face et se cogna dans une jeune femme enveloppée de longs voiles transparents.

– *Shlama !* Salut ! Je m'appelle Madeleine, dit la femme en secouant son épaisse chevelure noire. Et vous ?

– Sally, répondit Sally en faisant un bond pour éviter un des cafards géants. Vous pouvez m'aider ?

– Pierre ! Paul ! *Klo !* Ça suffit ! cria la jeune femme. Vous êtes insupportables !

Les deux énormes blattes s'immobilisèrent. L'une d'elles crachouilla longuement et la jeune femme parut l'écouter avec attention.

– Que ça lui serve de leçon ! Il est tellement infatué

de lui-même… dit-elle finalement. N'est-ce pas, mon cher ?

L'homme noir en blanc hocha la tête d'un air las. Puis il s'avança vers Sally.

– Il est temps que vous retourniez vous coucher, dit-il avec gentillesse.

– Me coucher ? J'veux pas m'coucher ! Je veux partir ! Vous êtes bouché ou quoi ?!

– Toujours le même problème, soupira-t-il à l'adresse de la jeune femme à demi nue. Crétin de Versus ! Quel intérêt de ranimer des… des trucs pareils ! conclut-il avec dégoût en regardant Sally.

– L'intérêt, c'est de te déstabiliser, darling. Il a toujours été jaloux de toi.

Kether se tourna vers Madeleine et Sally en profita pour se mettre à courir. Jamais couru aussi vite de sa vie. Impression d'avoir des pattes. *Pas impression.* Elle avait des pattes. Longues. Noires. Velues. Plein de pattes. Huit ? Et des yeux qui voyaient en arrière… génial. Devant, derrière, hop là ! Et les pattes qui tricotent, d'enfer le truc ! Peuvent toujours s'amener les Pierre et Paul. Courant comme une dératée, elle déboucha dans une grande salle de bal parquetée aux murs en miroirs étincelants et stoppa net face à une gigantesque mygale aux crochets baveux. Sally recula d'un pas et la mygale fit de même. *Miroir. Pattes. Mygale. Sally.* « C'est moi ! » murmura-t-elle en secouant la tête et la mygale l'imita. Puis l'image s'estompa et Sally se retrouva debout, nue, sale et le ventre vide au centre de l'immense salle traversée par un tapis rouge.

Celui-ci conduisait jusqu'à une espèce de trône taillé dans une matière qui rappela à Sally le mercure dont on se servait autrefois pour les plombages. Il semblait à la fois compact et fluide. Elle toucha le haut dossier et sentit ses doigts s'enfoncer dans la matière argentée sans pouvoir la traverser. C'était marrant. Elle malaxa un des accoudoirs. Ça roulait sous les doigts. Très joli, décida-t-elle. Elle se hissa sur le siège, y enfonça ses fesses marbrées avec délice. Enfin un peu de repos. Et où donc était passé le grand flic noir et toute la bande ?

13

Marvin Hayes essayait de téléphoner à sa femme avec son portable.

– Pas de ligne ! annonça-t-il avec exaspération.

– On s'en serait douté, lança Samantha.

– Elle doit être folle d'inquiétude ! Et mercredi, c'est l'anniversaire de Tommy.

– On est mercredi, laissa tomber Herbie.

Laurie et Jem devisaient à voix basse, assis par terre.

– Tu crois que ce type est le Bon Dieu ? disait Jem incrédule.

– Bon, je sais pas. Mais un dieu, peut-être, répondit Laurie, pensif. Je commence à me demander si les polythéistes n'avaient pas raison.

– Les qui ?

– Les païens. Tu sais, les mecs assez cons pour croire à Versus, tout ça…

– Tu veux dire qu'il y en aurait plusieurs, des dieux ?

– Exact, macaque ! Si on doit croire la légende indienne, si Versus est le dieu de la Nuit, celui-là devrait être le dieu du Jour. Versus et Rectus…

– Rectum, tu veux dire, ricana Jem tout fier de lui.

– T'es nul ! Hé ! t'imagines : Rectum et Vagina vous annoncent la naissance de leur fils Jeremius.

– Qu'est-ce qui vous fait marrer, les gars ? s'enquit Herbie, maussade.

– Rien, rien… c'est juste qu'on se disait qu'il y en

avait peut-être d'autres... répondit Laurie en réprimant son fou rire.

– D'autres ?

– D'autres comme Kether. Des sortes de dieux, quoi. Chacun responsable de son secteur et tous occupés à se tirer dans les pattes.

– Ah, des bureaucrates ! intervint Marvin en essayant de sourire. Quelle plaisante théorie ! L'univers gouverné par de petits despotes guerroyant à qui mieux mieux.

– Ouais, c'est ça ! s'emporta Laurie, enthousiasmé. Comme au Moyen Age. Chacun d'eux est le suzerain d'un domaine et nous, on est les serfs. Seulement on sait pas à qui on appartient...

– Arrêtez de blasphémer ! ordonna soudain Agnello. Il n'y a qu'un seul Dieu ! Et il est blanc, avec une barbe blanche. C'est pas un putain de bamboula aux yeux bleus.

– Excusez-moi, lieutenant, je vous ai mal entendu ? dit Marvin en portant sa main brune à son oreille.

– Un putain-de-bamboula. Exactement, super agent Hayes. Et si vous bossez pour un dieu, comme le raconte le petit macaque, alors c'est pour le dieu Étron. Ça vous va comme ça ?

– Je ne l'aurais jamais cru capable d'une telle finesse, cette pauvre petite lieutenante ! minauda Buddy en passant son bras autour des épaules d'Agnello qui, d'horreur, sentit ses cheveux se dresser sur sa tête. Le dieu Étron, voyez-vous ça ! C'est qu'elle est cultivée, notre petite policière !

– Lâchez-moi, bordel ! exigea Agnello en essayant de se dégager, mais Buddy tint bon.

– Et le dieu Pal, est-ce qu'elle le connaît ? continua-t-il. Parce que si elle continue, il pourrait bien s'attaquer à son joli...

– Lâche-moi ou je te bute ! aboya Agnello.

Il repoussa violemment Buddy et braqua son arme sur sa tempe.

– Et peut-être même que je te bute de toute façon ! Que je vous bute tous ! hurla-t-il en les englobant dans sa ligne de mire. Tas de blasphémateurs ! Ennemis du peuple !

– Mais c'est un vrai tigre, cet *agnello* ! s'exclama Wilcox qui, à cet instant précis, se foutait complètement de mourir.

– Ta gueule, Indien dégénéré ! vociféra Agnello, les pupilles rétrécies.

– Ta gueule toi-même, fiente de rital !

– De quoi ?! Tu vas t'excuser, fils de sauvage !

– M'excuser ? Mais je t'emmerde, toi, les poivrons à l'huile et sainte Rita !

– Sainte Rita !

Agnello en suffoquait presque. La bonne sainte Rita, celle des causes perdues, la préférée de son cœur d'enfant de chœur.

– Je l'encule, sainte Rita ! hurla Herbie.

– Tss tss, vous m'en direz tant ! prononça une douce voix mélodieuse.

Tournant la tête comme un seul homme, ils découvrirent une femme d'une quarantaine d'années, au type latin très prononcé, enveloppée dans une longue robe bleue et blanche, un voile bleu ciel couvrant sa chevelure auburn. Son visage aux traits avenants était défiguré par une plaie suintante et boursouflée qui lui barrait le front.

Samantha sentit sa pression artérielle faire un bond. Elle cligna des yeux, mais l'apparition ne bougeait pas.

– Hmm… excusez-moi, s'enquit poliment Laurie, les yeux fixés sur le stigmate, est-ce que vous êtes… hmmm… madame Rita ?

– Non, je suis le pape ! rétorqua gaiement l'apparition. Et toi, hmmm, laisse-moi deviner… Naomi Campbell ?!

Soufflé, Laurie recula d'un pas, se cognant dans Jem.

– Allons, ne faites pas cette tête-là, reprit madame Rita avec bonne humeur. Je plaisante !

– Ha ha ha, fit Jem mollement.

– *Affo*, bien, vous m'excuserez, mais je dois y retourner.

– Où ça ? voulut savoir Laurie.

– Au boulot, mon grand ! Comme tous les jours, vingt-quatre heures sur vingt-quatre ! Je suis de service jusqu'en 2044, ère chrétienne.

– Et après ?

– Oh ! après, on me recyclera. Pendant des siècles, j'ai été une divinité étrusque. On me trouvera bien quelque chose. Au fait, lieutenant, elle a glissé derrière le sommier et s'est accrochée à un clou ! lança t-elle à Agnello, figé sur place, la bouche ouverte.

Il voulut balbutier : « Merci. » Rita avait déjà disparu.

– Qu'est-ce que vous aviez perdu, mon chou ? La photo de votre première et unique petite amie ? s'enquit Buddy, les mains sur les hanches.

Agnello ne répondit pas. La montre de son papa ! Elle savait où se trouvait la montre de Papa ! Il avait fouillé cette satanée chambre pendant des heures. C'était la seule chose que le vieux maçon rongé par le cancer lui avait laissée.

– Résumons-nous, dit Marvin d'une voix calme. Nous ne savons pas où nous sommes. Nous ne savons pas ce que sont les êtres qui vivent ici. Nous ne savons pas s'il est possible de repartir. Nous ne savons pas ce qu'ils veulent faire de nous. Bref, nous ne savons rien. Et Sally a disparu, ajouta-t-il dans un soupir.

– Bon débarras, grogna Herbie, chaque fois qu'elle me regarde avec ses yeux de poisson mort, j'ai la chair de poule.

Agnello n'écoutait pas, perdu dans ses souvenirs. C'était une montre-gousset dorée à l'or fin. Une vraie curiosité, disait son père. Et regarde-moi la finesse du travail ! Le cadran était orné de personnages animés. Un homme en habit assis sur un sofa, près d'une jeune femme en crinoline. Chaque fois que l'aiguille des secondes avançait, la tête de l'homme se penchait sur celle de sa partenaire comme s'il l'embrassait. Papa en avait les larmes aux yeux. Il était si romantique, Papa. Il avait tant pleuré le jour où les flics l'avaient embarqué parce qu'il avait été obligé de tabasser Maman qui était allée au cinéma. « Pardonne-moi, criait-il, pardonne-moi ! » Et puis cette garce les avait abandonnés et c'est Papa qui avait élevé le petit Ralph. Oh ! il avait hâte de liquider les aliens pour rentrer chez lui retrouver son trésor perdu. Il sortit une grenade de sa poche.

Mouvements circonspects autour de lui.

– Qu'est-ce que vous comptez faire avec cette grenade ? demanda Samantha d'une voix d'institutrice assise sur du fluide glacial.

– Dégommer le nid principal, répondit-il avec fougue. J'en ai toute une réserve pour faire sauter la baraque.

– Je ne crois pas que ces créatures soient « dégommables », objecta-t-elle.

Il haussa les épaules. Assez d'atermoiements.

– On verra bien.

– Vous allez faire sauter sainte Rita à la grenade ? ricana Laurie abrité derrière Jem.

– Pas elle, non, mais le moricaud aux yeux bleus.

– Putain, il va carrément dégommer Dieu, le mec !

– Ça suffit ! lança Agnello, glacial. Vous pouvez tous crever, pour ce qui me concerne. Mais je ferai mon devoir.

Et avant que quelqu'un ait trouvé quelque chose à répondre, il était sorti, Buddy à ses trousses.

– Cole ! Restez avec nous ! cria Marvin, mais Buddy secoua la tête sans répondre, trottinant sur ses après-skis.

– Il est amoureux, diagnostiqua Sam d'une voix lugubre.

– Personne ne peut être *amoureux* d'un Agnello ! protesta Marvin, ce serait comme être amoureux d'un scorpion.

– Justement, les scorpions ont une grosse…

– Herbie ! coupa Sam, sévère.

C'est à ce moment-là qu'ils s'aperçurent que Ruth Mirales avait disparu.

Le shérif Wilcox s'était montré très désagréable avec ce cher Kether, se disait Ruth en cheminant dans des dédales de couloirs moquettés à la recherche de son ami. Très désagréable. Est-ce qu'il pensait que c'était facile pour Kether de gérer tout ça ? Herbert, feu son mari, avait déjà du mal à s'y retrouver avec le moteur de leur Dodge, alors imaginons un peu avoir l'univers tout entier sous sa responsabilité ! Et toujours un truc ou l'autre en panne !

Pendant qu'ils discutaient tous avec cet imbécile de policier, Ruth s'était approchée du bar. Kether avait besoin d'un bon remontant et de repos. A son âge, chaque minute comptait pour un siècle ! Elle avait examiné les fioles étiquetées avec attention et arrêté son choix sur une liqueur ambrée portant l'inscription « Stephen King ». Herbert avait lu tous ses livres. « Les histoires que ce type invente seraient capables de réveiller un mort ! » assurait-il. Parfait. Voilà ce qu'il fallait pour ce cher vieux Kether. Un peu de punch ! Mais que ce bâtiment était grand. Et mal fléché. Où étaient les toilettes pour dames, par exemple ? Et puis, ça changeait de style tout le temps. Il y a cinq minutes, on se serait cru dans un casino et maintenant, elle suivait des couloirs tapissés à la feuille d'or et ornés de meubles de musées européens. Ça lui rappelait quelque chose… ah oui, le palais de Sissi et Franz. Est-ce que ce cher vieux Kether était marié avec cette affreuse Rita ? se demanda-t-elle soudain avec un pincement au cœur.

Mais qui donc s'était permis de s'asseoir sur le Grand Trône ? se demandait Séraphin. En tant que technicien de surface de grade trois, il devait veiller à l'entretien des salles d'apparat. Actionnant ses six ailes, il voleta jusqu'à l'intrus vautré sur le siège. Une femelle terrienne, nue, de race caucasienne. Dégageant une odeur pestilentielle de chose morte depuis pas mal de temps. Un cadavre sur le Grand Trône ! Plein de saletés qui avaient coulé partout ! Il se pencha pour mieux voir et ne vit plus rien qu'une gueule béante.

Sally rejeta le corps sans vie de ce qu'elle décida d'appeler un ange, vu que ça ressemblait à un ange comme dans les livres d'enfants. Longue tunique blanche, cheveux blonds bouclés, tête de premier de la classe, trompette en bandoulière et ailes blanches déployées. Enfin, tête de premier de la classe, c'était plus le cas. Et donc, les anges étaient en chair et en os, imaginez-vous ça, ricana-t-elle en suçotant un petit osselet. Elle retourna le corps inerte et considéra les belles ailes blanches avec envie. Et pourquoi qu'elle en aurait pas, elle aussi, des ailes ?! Elle en arracha une paire d'un coup sec. Grande envergure, au moins deux mètres ! Voyons, voyons... Se plantant devant l'un des immenses miroirs, elle visa soigneusement et enfonça l'attache de l'aile dans son omoplate droite. Bravo ma fille, du premier coup ! Même jeu à gauche. Un peu plus profondément pour que ça tienne et voilà. Hop là ! Hop là ! se répétait Sally en sautillant dans la salle du Trône, hop là, je vole !

Kether observait la scène sur un écran à cristaux liquides, les sourcils froncés. Une impudique trépassée affublée d'ailes blanches et bondissant comme un cabri dans sa salle du Trône !

– Je crois que je suis en train de perdre le contrôle de la situation, observa-t-il de sa belle voix basse.

– Tu es fatigué, c'est tout. Viens te reposer ! dit Madeleine en l'entourant de ses bras souples.

Il l'écarta et se débarrassa de son revêtement humain. Trop serré, ce truc. Pas pratique. Pas à l'aise. Il accrocha sa peau à un éclat de météorite et s'étira, éprouvant le plaisir de revenir à son état naturel semi-gazeux. Un énorme cumulus gorgé d'eau passait tout près et Kether plongea. Un bain de vapeur le relaxerait peut-être.

– T'as vu tous les gros nuages, Papa ? dit Jason en désignant les Ténèbres qui s'étendaient en contrebas de la Terre. Une couche impénétrable de nuées opaques défilant à une vitesse prodigieuse dans le sens contraire des aiguilles d'une montre.

– On va descendre là-dedans ? demanda Brenda avec inquiétude.

Allan ne répondit pas. Il attendait un signe, un ordre, une directive quelconque de l'entité qui avait pris le contrôle de son corps. De gigantesques éclairs zébraient par saccades l'épaisse couche de nuages violacés. Allan sentit quelque chose chatouiller sa narine gauche. C'était une blatte frétillante. Il la posa sur le sol. L'insecte se précipita vers le bord de la falaise et se laissa tomber dans le vide. Bien, le message était clair.

– On y va, les gosses ! Accrochez-vous !

Il avait déjà prononcé ces mots, songea-t-il avec un sentiment de malaise. Oui, il avait déjà prononcé ces mots quand, complètement bourré, il avait décidé de doubler le poids lourd en haut de la côte… Il secoua la tête pour chasser les pensées inutiles, exsudant une nuée d'insectes et de larves, et talonna vigoureusement les flancs d'Augustus. Le vieux cheval hennit, frappa le sol du pied et prit son élan pour le grand saut. Voler, c'était facile !

Suivi de Lucia, il s'enfonça à travers la matière turbulente et humide des nuages, se laissant porter par les courants. Allan scrutait l'obscurité en vain. Impossible de distinguer ce qu'il y avait en dessous, si tant est qu'il y eût quelque chose.

Brusquement une forme émergea de l'ombre, une forme sombre, encapuchonnée de bure, le visage dissimulé. La forme semblait flotter elle aussi et Allan vit qu'elle se tenait debout sur une barque à fond plat qu'elle guidait à la rame. La barque dérivait sur un courant de brume iridescente comme sur un fleuve paisible.

– Halte ! cria la sombre silhouette d'une voix tonnante.

Les chevaux s'immobilisèrent, habitués à obéir aux ordres impérieux. La barque dériva lentement à leur hauteur et Allan plongea son regard dans le capuchon qui semblait vide, hormis deux points phosphorescents à hauteur des yeux.

– Qui êtes-vous et que venez-vous faire en ces lieux ? s'enquit la voix sépulcrale.

– Nous sommes les messagers de Versus. Nous servons notre maître, répondit Allan aussi à l'aise que s'il avait joué dans des péplums toute sa vie.

Le capuchon se tendit vers eux, humant leur odeur.

– Mais bordel ! s'exclama soudain le visage invisible, qu'est-ce que vous fichez là ? Vous devriez être de l'autre côté ! Qui vous a laissés repartir ? aboya-t-il en frappant le fleuve invisible du plat de sa rame.

– Je te l'ai dit, nous sommes les messagers du seigneur Versus ! répéta Allan en se dressant sur l'encolure d'Augustus. Il nous a rappelés à lui depuis la Terre.

– C'est toujours pareil, on ne me prévient jamais ! Oh, météorite de météorite ! j'en ai plein le burnous ! Et où est-ce que vous allez comme ça ?

– Nous cherchons des fuyards, des rebelles à notre seigneur, que nous devons mettre hors d'état de nuire.

– Pas la peine de me la jouer Moyen Age ! Je suis vieux, d'accord, mais pas gâteux. Moi aussi, je travaille pour Versus, c'est moi qui transporte la marchandise, je suis le Passeur.

– Alors, laisse-nous passer, le temps presse !

– Oh ! le temps, tu n'as plus à t'en soucier ! Bien, écoutez-moi. J'ai vu vos proies. Elles se sont réfugiées dans le domaine du Big Boss. Et il ne vous les rendra pas de bonne grâce. J'ai entendu résonner les trompettes. Le seigneur Michel prépare son armée pour vous tenir tête.

– Il est plus fort qu'Ivanohé ? s'enquit Jason, inquiet.

– Il est assez coriace, concéda le Passeur. C'est lui qui a viré le seigneur Lucifer…

Après quelques secondes d'indécision, Allan osa poser la question qui le tourmentait en secret :

– Mais Lucifer n'est-il pas Versus ?

– Oh là, tout doux, mon pote ! Lucifer était le chef des armées de Versus. Le fait est qu'il a complètement cafouillé et s'est retrouvé le cul par Terre, littéralement. Versus n'a plus jamais voulu le revoir. Le pauvre vieux Lu a essayé de créer son propre bisness en bas, il arrive à vivoter…

Donc, je n'appartiens pas à Satan, se dit Allan, *ni moi ni les gosses*. Et rien ne disait que Versus représentait les Forces du Mal. Allan était peut-être vraiment un preux chevalier revenu de l'au-delà. Rassuré, il revint à ses préoccupations immédiates :

– Et l'armée de ce Michel, est-ce une armée de chair ?

– Une armée de métal liquide à l'apparence humaine. Quand vous voudrez déchirer leurs chairs, vos dents plongeront dans l'acier en fusion et vous serez détruits.

– Que devons-nous faire ?

– Le seigneur Versus a alerté la princesse Nyx afin qu'elle lève ses troupes et vienne vous soutenir.

– Et comment compte-t-elle abattre les armées de ce Michel ?

– La chaleur de la vie ne supporte pas la froideur de

la mort. Les armées de Nyx déverseront des torrents de glace sur les créatures de feu de Michel.

– A vrai dire, Passeur, soupira Allan, je ne comprends pas ce que nous venons faire là-dedans.

Le Passeur se dressa au risque de faire chavirer la barque et de longs doigts décharnés saisirent le poignet d'Allan.

– Vous êtes la race nouvelle ! Celle qui doit supplanter l'autre… Vous êtes l'espoir de Versus ! L'issue de cette guerre décidera du sort de cette imbécile humanité. L'heure est venue de notre revanche, nous les sans-grade, les obscurs ! acheva-t-il en levant les bras au ciel. Le peuple de la Nuit veut bronzer au grand Jour ! Allez ! Et que la haine de Versus vous soutienne !

Il donna une grande claque sur le flanc d'Augustus qui s'élança en avant. Le percheron n'avait pas compris grand-chose à ce que le vieux avait raconté, à part qu'il y allait avoir une bataille. Il n'avait jamais vu de bataille et Lucia non plus. Leur arrière-grand-père, Anselme, avait participé aux émeutes du nord de l'État en tant que cheval de garde mobile et ils se demandaient avec curiosité l'effet que ça faisait de piétiner des gens affolés dans l'odeur des gaz lacrymogènes.

– Ça nous change de la ferme, sourit Lucia, mutine.

Augustus acquiesça avec la délicieuse impression d'être redevenu un poulain intrépide.

Brenda était furieuse : personne ne s'occupait d'elle et, en plus, il allait falloir obéir à une conasse de Barbie des Neiges. Jason se demandait si Nyx était mariée et si les nains manchots épousaient parfois les princesses.

Michel, libéré du lasso puant, avait recouvré sa superbe. Sa face de saurien brillait d'un éclat émeraude. Chevauchant un ptérodactyle rétif, il faisait claquer ses longues ailes au vent des étoiles. Derrière lui, des centaines de créatures ailées en smoking, leurs yeux de mouche dissimulés par leurs lunettes argentées, étaient juchées sur des Harley-Davidson rutilantes.

Tel était le spectacle qui s'offrait à Agnello abasourdi. Après avoir faussé compagnie à la bande d'abrutis, il avait parcouru d'interminables couloirs, emprunté d'innombrables ascenseurs, pour déboucher enfin sur une esplanade en marbre blanc surplombant les cieux orageux. Là, suspendue dans les airs, l'armée de Michel se préparait à la bataille. Le crocodile en chef avait l'air de s'y connaître, se dit Agnello, reconnaissant un pro. Et les mecs avaient l'air motivés. Donc, ça allait chauffer d'ici peu. Mais contre qui ou quoi ? Une petite échauffourée entre E.T. ? Pourvu qu'ils s'exterminent tous !

– J'ai toujours adoré les films en costume !

Oh non, encore l'inverti ! Agnello soupira sans répondre. Buddy se demandait ce qui lui arrivait. Pourquoi s'obstinait-il à suivre ce débile macho-facho ? Pourquoi en arrivait-il à trouver un air séduisant à ses pommettes taillées à coups de serpe, à ses petits yeux d'un bleu minéral, à cette mince bouche rouge comme une balafre ? Reprends-toi en main, Richie Buddy Cole, ce type est un salaud ! Un point c'est tout ! Un con et un salaud ! Et petit. Et maigrichon. Et la gueule rongée par de la pisse de cheval. Avec des grenades à la place des mains. En clair, NPTADP : Ne Pas Toucher Avec Des Pincettes.

Il se tourna de l'autre côté et sa main se porta automatiquement à l'épaule d'Agnello. Là, émergeant des Ténèbres, des hordes de créatures hâves et décharnées avançaient d'une démarche pesante, et de leurs gosiers desséchés s'élevaient le *« Confutatis maledictis »* du *Requiem* inachevé de Mozart, comme une invitation à la fin du monde.

– L'Armée des morts ! murmura Buddy en reculant.

Une femme nue à l'immense chevelure noire de jais déployée en corolle se tenait à leurs côtés, se déplaçant sans paraître bouger. Sa peau avait l'éclat de la lune, ses yeux celui de la foudre et Buddy dut détourner la tête.

Comment, en se rendant à Albuquerque pour une petite balade en ballon, avait-il pu se retrouver au cœur de la stratosphère – ou autre joyeuseté du même genre –, en pleine guerre interdéité ? Est-ce qu'il ne passait jamais une navette spatiale ou même un vieux satellite par ici ? Quelque chose à quoi se raccrocher ?

Allan ralentit l'allure. Là-devant ! La longue colonne de silhouettes courbées, les mains pendantes, le regard avide, enveloppées d'une atroce puanteur comme d'une gangue invisible. Même lui, Allan, leur frère, sentait l'odeur de la mort, la longue, lourde, triste odeur de la mort. De quels limbes la princesse Nyx les avait-elles tirés, de quel sommeil les avait-elle réveillés ?

– Papa ! On est chez nous ! hurla Jason en agitant le bras pour saluer la colonne.

Oui, ils étaient chez eux. Aux portes de l'Enfer.

14

Kether se tenait pensif dans la salle du Trône. Assis sur le grand siège, les molécules de son être mélangées à celle du fauteuil, il réfléchissait. Il avait tout fait pour éviter la guerre, mais les choses étaient allées trop loin. Versus voulait rompre le Pacte, inverser le cours du fleuve Temps. Les morts grouillant sur la Terre, la dévorant de leur inépuisable appétit. Les vivants enfin chassés et punis de leur insolente existence. Cela signifiait la fin de cet univers. Le triomphe de l'esprit sur la matière et donc la disparition de celle-ci. Il soupira. Les dés étaient jetés, il n'y avait plus qu'à attendre. Il se leva et, d'un pas lourd, se dirigea vers ses appartements.

– Ça va barder ! constata Jem, frémissant.

Regroupés près d'une vaste baie vitrée, ils observaient les armées prenant place de part et d'autre d'une large plaine de brume mauve.

– Regardez, là-bas, les petits points noirs qui rappliquent à toute allure, c'est sûrement les Mc Mullen ! cria Laurie, plissant les paupières pour mieux voir.

– Les charognards se rassemblent, marmonna Herbie. Agnello avait raison, on devrait tout faire sauter.

– Ces êtres et ces lieux n'obéissent pas à nos lois physiques, rétorqua Marvin.

– Mais on sait qu'on peut les détruire par le feu.

– Oui, et je suppose que le saurien grimpé sur le dinosaure volant le sait aussi et qu'il est plus qualifié que nous pour s'en occuper.

– C'est l'archange Michel, le chef des armées divines ! dit Laurie, tout fier du savoir transmis par sa tante.

– Arrête de nous bassiner, lui intima Herbie, tu vois bien que rien ici ne correspond au blabla chrétien.

– Je vois l'archange Michel, s'obstina Laurie, buté.

– Ouais, et il a une sale gueule, ton archange !

– On dirait toi au réveil, plaisanta Sam pour détendre l'atmosphère.

Jem se dit une fois de plus que Samantha Wasterton était formidablement gentille et séduisante et qu'il lui faudrait une femme comme ça plus tard. S'il y avait un plus tard. Il se demanda soudain si Grand-Pa se trouvait dans l'Armée des morts. Ses parents avaient été incinérés et donc ne pouvaient théoriquement en faire partie. Mais Grand-Pa ? Grand-Pa était mort en combattant les morts, mais maintenant qu'il en était un, pouvait-il désobéir au Maître des morts ? L'idée de Grand-Pa montant à l'assaut avec des milliers de cadavres décharnés et ivres de sang, de Grand-Pa obligé par sa nouvelle condition d'agir contre ses convictions profondes l'écœura profondément. Et s'il se trouvait face à lui, trouverait-il le courage de le brûler ?

– Il faut nous armer, disait Marvin, toujours pratique. Servons-nous de la poudre de nos munitions et de nos vêtements pour confectionner des torches prêtes à flamber.

– J'ai l'impression de revenir deux ans en arrière, soupira Herbie, ôtant sa chemise.

– La vie est un éternel recommencement, lui rétorqua Samantha sans entrain.

Herbie haussa les épaules et se mit en devoir de décortiquer des cartouches et de verser la poudre en petits tas coniques. Il était torse nu et transpirait. Sam déchirait sa chemise en bandes irrégulières. Marvin considérait la sienne avec tristesse. Une chemise en soie à deux cents dollars ! Jem et Laurie se tenaient dans un coin, Laurie gêné par ses côtes saillantes et ses bras maigrelets, Jem par les poils frisés qui poussaient entre ses pectoraux.

– Aidez-nous, les garçons, il faut verser la poudre sur le tissu, puis enrouler le tout autour d'une hampe. On n'a qu'à utiliser les pieds des chaises, s'il s'agit vraiment de chaises, dit Sam.

Jem saisit le pied d'un des sièges entourant la table de poker et tira d'un coup sec. Le pied se détacha avec un craquement. Le brandissant comme une massue, il en donna un léger coup sur la tête de Laurie qui poussa un cri perçant.

– Ouais, on dirait bien que c'est du bois, dit Jem, tout sourire.

– T'es malade ou quoi ? T'aurais pu m'ouvrir le crâne ! piaillait Laurie en se frottant la tête.

– Ne perdons pas de temps, s'il vous plaît, les coupa Sam.

Attirée par les grondements du tonnerre, Ruth s'approcha d'une vaste échancrure dans le mur. Le Grand Jour se préparait. Les trompettes allaient résonner, les morts ressusciter et la Grande Balance séparer le bon grain de l'ivraie. Et Herbert ? Est-ce qu'il allait revenir ? A la pensée de son défunt mari, son cœur se serra. Elle ne savait pas qu'il avait péri carbonisé avec les autres zombis dans Jacksonville en feu, et le croyait toujours paisiblement enseveli dans leur caveau familial. Mais ce qu'elle savait, c'était que, quel que soit l'amour qu'elle ait éprouvé pour lui, elle n'avait pas vraiment envie de le revoir. Parce qu'il fallait bien avouer que toutes ses pensées allaient vers Kether.

Sally s'immobilisa à croupetons sur l'extrême pointe d'une haute tour marmoréenne. Penchée en avant pour scruter le champ de bataille, telle une gargouille de chair, elle sentait avec amusement le vent s'engouffrer dans son torse éventré et balayer d'une agréable fraîcheur ses côtes distendues.

Le croco-cygne avait rassemblé ses petits copains et se préparait à filer la pâtée aux pauvres mecs d'en face. Pas jolis-jolis, les mecs d'en face. De malheureuses victimes comme elle, à l'évidence. Défigurés, traumatisés, affamés, torturés… La meuf qui galopait sans cheval à leurs côtés était d'une pâleur effrayante. Presque phosphorescente. Irradiée au plutonium, pour sûr. Et ses jambes de bouc ! Oh misère ! Sally hésitait sur la conduite à suivre. Se joindre aux révoltés, ou en profiter pour ficher le camp ? Rentrer à la maison. Préparer un bon gâteau *à la viande hachée saignante* à la fleur d'oranger, faire rôtir *les oreilles de Joe* des épis de maïs dorés. Mais, d'un autre côté, l'idée d'aller en découdre avec ces salopards ailés, leur foutre une pâtée qui les dissuaderait à jamais de poursuivre leurs noires expériences pseudo-médicales…

En tournant la tête, elle aperçut deux personnes en contrebas sur une terrasse. Le petit maigrichon et le type maniéré. Elle guetta un instant dans l'espoir de voir apparaître le shérif indien. Ça, c'était un homme. Solide. Taillé à coups de serpe dans le roc, ouais. Elle s'imagina blottie entre ses bras vigoureux. Tant pis pour Joe, ça lui apprendrait à s'envoyer l'autre garce. Fallait vraiment être conne pour se tuer en se cognant contre un mur ! Sans s'en rendre compte, elle se lécha les babines au souvenir de la cervelle suintant sur le plâtre.

Prenant soudain sa décision, elle s'envola gracieusement, planant dans l'azur éthéré.

La Kellerman voletant dans le ciel tel un Dumbo l'Éléphant cannibale… la situation ne s'améliorait pas, se dit

Buddy en se mettant à l'abri sous un ressaut de granit. Si cette grosse cinglée se prenait pour un oiseau, elle risquait tout aussi bien de leur lâcher un paquet de guano sur la tête.

Il se retourna en entendant des pas résonner sur l'esplanade. A cette vision désormais familière – l'agent Hayes en tête, l'agent Wasterton à sa suite, le shérif Wilcox observant les alentours d'un air belliqueux et les gamins fermant la marche – il ressentit une bouffée de réconfort, comme en face de parents connus et rassurants. Rassuré par des flics ! Situation inimaginable.

– Il faut trouver le nid principal, grommelait obstinément Agnello penché sur la rambarde.

– Le nid principal ? répéta bêtement Buddy.

– Comme pour les fourmis, expliqua Agnello, l'air irrité. Eux, ce ne sont que les combattants, la part visible de la fourmilière. Il faut trouver le nid et le détruire. Le lieu où ces créatures se reproduisent et stockent les larves.

– Les larves ?

– Lavez-vous les oreilles, Cole ! Les larves, oui. Vous savez, les petits machins blancs qui poussent, qui poussent, et qui se transforment en papillons ou en crocodiles ailés, grogna Agnello emporté par sa démonstration.

Buddy le considéra avec étonnement. A chaque minute passée dans ces lieux étranges, Agnello semblait devenir plus caustique et, disons-le, plus intelligent. Et ça, en soi, n'était-ce pas déjà un miracle ?

– Écoutez, lieutenant, intervint Hayes qui avait entendu, il ne s'agit pas seulement d'aliens. Il s'agit de créatures qui ont un pouvoir sur la vie humaine. Nous ignorons ce qui pourrait se produire sur Terre si nous détruisions leur… nid, comme vous dites.

– Foutaises écologiques ! Et puis, faites ce que vous voulez et cessez de me coller.

– Loin de moi cette écœurante idée. On vient simplement aux nouvelles.

– Alors, bon spectacle.

Il les salua militairement avant de s'éloigner à nouveau. Ras le bol de tous ces dégénérés. Il allait faire sauter tout le bataclan et Dieu y reconnaîtrait les siens. Les Blancs tendance aryen, propres sur eux, cheveux courts et yeux clairs.

Dans le silence de son lieu de repos, Kether posa la main sur le miroir noir où se reflétait son être stellaire. Il n'était qu'une étoile naine, un corps incandescent aux transformations moléculaires incessantes. État gazeux, semi-liquide, cristal en surfusion, sa structure mouvante recomposait sans cesse toutes les étapes de la vie. Versus était semblable à lui, il le savait. Tous deux étaient nés de la rencontre du Chaos et des Ténèbres. Les êtres humains actuels étaient loin de se douter à quel point la cosmogonie grecque avait été proche de la réalité. Et aujourd'hui, des milliards d'années après l'Explosion Initiale, il vivait dans cet univers hermétique, sans savoir ce qui l'avait motivé. Un Dieu à l'échelle de cette galaxie, se demandant chaque seconde pourquoi il avait été engendré.

Il sentit la pression s'accentuer et une douleur de plus en plus intolérable traverser ses flux d'énergie. L'angoisse l'étreignit. Il se modifiait une fois de plus, mais ce n'était pas le cycle organique habituel, c'était quelque chose qui s'attaquait à son essence la plus profonde. Impossible de résister. Il était transpercé de violents soubresauts et des étincelles fusaient dans tous les sens. Ça lui arrivait souvent et il avait la sensation que la fréquence s'accélérait. Il tenta de résister, en vain.

Ce qui en lui était l'entité « Kether » se rétrécissait, écrasé par une pression énorme, tétanisé par une douleur tumescente. Sa pensée même était altérée. La lumière lui faisait horreur. Il voulait la nuit, épaisse, profonde, la lumière était un clou planté dans son âme. Dans un gémissement de tonnerre, il se mit à geindre *« Limmo ?! Limmo ?! »*, voulut appeler au secours et s'aperçut qu'il ne se souvenait plus de son nom ni du lieu où il se trouvait. Terrifié, il tenta de se raccrocher aux montants d'or liquide du miroir et celui-ci bascula, le précipitant dans un corridor obscur et le dérobant au regard de Madeleine qui entrait dans la chambre.

– Darling ? dit-elle, hésitante, ses yeux sombres allant du miroir fumant aux étincelles incandescentes.

Il avait souvent ces crises, elle le savait. Il disparaissait et revenait, inconscient de ce qu'il avait pu faire durant son absence et de l'endroit où il avait pu se rendre. États de dissolution de la conscience. « C'est comme ça que tu t'es retrouvé crucifié ! » avait-elle lancé un jour pour plaisanter, mais ça ne l'avait pas fait rire. Pas du tout.

Elle inspecta les lieux : un cube taillé dans une matière semblable à du granit noir, pourvu d'un plafond translucide et entièrement vide hormis le miroir vénitien qui occupait l'un des murs. Aucun meuble. Pas plus qu'elle, Kether n'avait besoin de repos au sens humain du terme. Elle passa sa main sur les murs encore chauds. Il était là avant qu'elle entre, elle en était sûre. Et elle savait qu'il ne pouvait pas réellement se dématérialiser. Changer sa structure interne, oui. Abuser les hommes, disparaître à leurs yeux en devenant eau, feu, ou tout autre élément. Mais pas disparaître purement et simplement. Or les quatre parois et le toit transparent de cette pièce avaient pour propriété d'empêcher la fuite d'aucune sorte de molécule. Elle commença à les palper centimètre par centimètre, déterminée à percer le mystère. *Rahitta, rahitta*, ma fille, se dit-elle. Lentement, lentement. Mais à peine avait-elle commencé ses investigations que les sonneries annonçant le début de la bataille lui firent quitter la pièce précipitamment.

Les trompettes résonnèrent, les nuées s'écartèrent, les éclairs jaillirent et, dans un rugissement assourdissant, les deux armées s'élancèrent. Les Harley vrombissaient dans le ciel *secouant leurs gueules verdâtres* et Jem saisit soudain le bras de Laurie :

– Laurie, les motos…

– T'en veux une à Noël ?

– Les motos…

Laurie regarda plus attentivement. Les motos portaient de hautes antennes frémissantes et émettaient un sifflement stridulant tandis que *leurs longues pattes chromées* tournaient à toute allure.

– Des sauterelles, dit Jem, un nuage de sauterelles géantes. Comme celles qu'on ramassait dans la Sierra. Les gros phares, c'est leur yeux et les guidons leurs mandibules.

Laurie acquiesça, tout au spectacle. Les longues pattes caparaçonnées des insectes s'enfonçaient dans la brume épaisse. Les deux armées fonçaient, face à face, dévalant les parois de l'entonnoir de nuées.

Voletant de-ci, de-là, Sally aperçut soudain l'homme et les deux enfants au côté de la femme livide qui menait l'attaque hurlante. Apparemment, elle s'était trompée sur leur compte. Elle se laissa descendre vers eux et atterrit lourdement sur la croupe d'Augustus. Allan se retourna d'un bond. La bonne femme de la morgue ! Elle avait enfin compris qu'ils étaient du même bord.

– Où sont-ils ? demanda-t-il, excité à l'idée d'approcher du but de sa mission, enivré par les cris de guerre.

– Sur la terrasse, là-haut. Il faut les aider, ils m'ont sauvé la vie…

– Les aider ? siffla Allan. Les *aider* ? Oh oui ! bien sûr… nous allons les aider, n'est-ce pas, les enfants ?

Larges sourires des enfants. Sales et mal tenus, nota Sally tout en demandant :

– Vous avez averti les médias ?

Allan la considéra d'un air stupide.

– Il faut révéler toute l'affaire au grand jour ! Un complot mondial utilisant des humains pour la vivisection et les intérêts occultes des laboratoires pharmaceutiques ! Le scoop du siècle ! lui expliqua-t-elle, postillonnant des larves bleuâtres dans sa précipitation.

– Oui, oui, je crois qu'on s'en est occupé, bredouilla Allan. Écoutez, on va aller aider vos amis. Restez donc avec les troupes, vous serez plus en sécurité. Nyx ! cria-t-il d'une voix assurée, nous allons accomplir notre tâche.

La femme plus que livide se retourna, faisant voler sa chevelure comme une immense cape noire, ses yeux de braise rougeoyèrent.

– Tu as retrouvé les... amis de mon père ? demanda-t-elle d'une voix évoquant le sifflement d'un serpent à sonnette.

– Ils sont là-haut, je vais m'occuper d'eux. Que la chance soutienne tes pas !

– Ce soir verra la fin du Jour, répliqua-t-elle avec un sourire sibyllin.

Ça, c'est sûr, se dit Sally, perplexe, tout en suivant celle qu'on appelait Nyx.

Oui ! Oui ! se répétait Jason, enthousiaste, en suivant Papa. Sortilèges, Fées, Épées miraculeuses, Vilains Dragons, Cendrillon, Prince charmant... il connaissait tous ces mots, il était enfin entré dans le livre de contes de fées que lui lisait Maman. Et peut-être même que Maman était là, tout près, qu'elle allait venir et le prendre dans ses bras.

Sally regarda autour d'elle et s'aperçut que les nuages formaient maintenant comme un mur tourbillonnant autour de la plaine de brume mauve. Nimbées d'un halo rougeoyant, les troupes du croco-cygne arrivaient dans une cavalcade effrénée. Nyx se redressa, sa chevelure fouetta l'air et Sally crut voir les mèches noires se tordre et siffler comme des serpents tandis qu'elle exhortait ses troupes au combat d'une voix qui semblait provenir des entrailles de la terre, exhalant un souffle glacé qui givrait les particules d'eau en suspension. Le souffle passa sur Sally comme une froide caresse, la recouvrant de cristaux. Vraiment fortiche, la Nyx, se dit-elle. Puis elle n'eut plus le temps de penser, car le combat s'engagea.

Les deux armées s'entrechoquèrent dans un vacarme assourdissant. Enchevêtrement furieux. Gerbes de lave incandescente giclant le long des parois de nuages. Blizzard gelant les pattes des sauterelles qui se brisaient comme du verre. Raclements de dents contre des os. Puanteur de chair carbonisée.

Non, se dit Laurie, tous ces êtres n'étaient pas vraiment de chair. Ce qui puait, c'était leurs âmes. Corrompues comme leurs corps. Ames nauséabondes se consumant au sein d'un maelström de nuages aux reflets violacés.

– Putain, mec, c'est vraiment *Apocalypse now* ! Regarde-moi ça ! disait Jem, bouche bée.

Laurie, les doigts crispés sur la balustrade, ne répondit pas. Les morts pouvaient-ils gagner ? Était-ce de l'ordre du possible ? En tout cas, leurs vagues innombrables déferlaient sur les armées de l'Archange comme une invasion de fourmis rouges, dévorant tout sur son passage. La bataille faisait rage. Déjà des cadavres vindicatifs commençaient à grimper le long des hautes murailles de porphyre rose.

– Je suggère qu'on foute le camp, dit Herbie. Inutile de gaspiller nos munitions.

– OK, repli immédiat, confirma Marvin en écrasant sous sa chaussure une main décharnée agrippée à la balustrade.

Les doigts se détachèrent de la main et on entendit un bruit sourd en contrebas.

Personne ne vit les Mc Mullen s'éclipser du champ de bataille et foncer vers le Palais.

15

La patrouille avait atteint Paradise Mountain après un pénible trajet et s'était garée sur le parking de Center Plaza. Frigorifiés, les hommes étaient descendus dans la nuit glacée. Tout semblait dormir paisiblement. Pas une lumière aux fenêtres. Même les lampadaires étaient éteints.

– Panne d'électricité généralisée ! lança le sergent Furterer, un vieux briscard aux cheveux gris, en rabattant les oreillettes de sa casquette. Lumière ! ordonna-t-il à l'adresse du caporal Marteen dont l'haleine formait un nuage blanc.

Marteen, un paisible géant roux au visage constellé de taches de rousseur, actionna sa torche et le groupe se dirigea vers le poste de police dont l'enseigne oscillait dans le vent.

Marteen frappa vigoureusement contre la vieille porte en fer qui s'ouvrit presque aussitôt sur une pièce plongée dans le noir. La puissante lampe de Marteen révéla un bureau encombré de paperasses et trois silhouettes, dont une en uniforme.

– Sergent Furterer ! lança le sergent. Qu'est-ce qui se passe ici ?

– Bonjour, je suis l'adjoint Di Pasquale, répondit le type qui lui faisait face, blême et l'air épuisé, coiffé d'une casquette sale enfoncée jusqu'aux oreilles. Nous avons une panne générale.

Furterer fit un pas en avant. Deux femmes se trouvaient dans le bureau. L'une d'elles, coiffée d'un turban blanc, nettoyait un fusil avec concentration. L'autre, tournée vers la machine à café, essayait visiblement de la faire fonctionner.

– Où est le shérif Fisher ?

– Parti patrouiller du côté des Trois Fermes. On a entendu des coups de feu tout à l'heure. Impossible de le joindre par radio, il ne répond pas.

Furterer devait tendre l'oreille pour comprendre ce que disait l'adjoint. Tous ces bouseux parlaient comme s'ils avaient la bouche pleine de bouillie. Fisher avait disparu. Bien. Il prit une profonde inspiration, sentant que la nuit serait longue, froide et pénible.

– Nous essayons de vous joindre depuis plusieurs heures. Nous avons reçu un appel du shérif Fisher en début de soirée. Un appel au secours.

– Je ne sais pas. Quand je suis arrivé au poste, il était parti, il m'avait laissé un mot…

– Et les autres adjoints ?

– Il n'y a que Gary et moi, et Gary est cloué au lit.

Ce n'était pas vraiment un mensonge, Vania et Joanna s'étaient un peu amusées avec Gary et la trousse à outils.

Furterer se demandait comment ces trois-là faisaient pour travailler dans l'obscurité.

– Faites voir ce message.

– Je ne sais pas où je l'ai posé… dans le noir c'est pas facile… expliqua l'adjoint avec mauvaise grâce.

Furterer commençait à perdre patience.

– Qu'est-ce que vous avez fait du matériel réglementaire ? Lampes-torches, nécessaire de secours, fusées de détresse ?

– C'est rangé dans une malle et c'est Fisher qui a la clé…

– Mais c'est complètement con ! s'écria le sergent Furterer. Bon, Marteen, prenez trois hommes et allez jeter un coup d'œil sur le village. Adjoint Di Pasquale, pouvez-vous grimper dans ce camion et conduire mes hommes aux Trois Fermes ?

– Aucun problème. Je laisse le bureau sous votre surveillance, les filles !

Les femmes répondirent par un vague grognement. Sympa, l'ambiance !

– De qui s'agit-il ? demanda Furterer en désignant les silhouettes.

– Ma femme, Joanna, et Vania, notre secrétaire.

– Mesdames…

Nouveaux grognements qui pouvaient passer pour un salut. L'adjoint était déjà dehors, titubant jusqu'au camion. Est-ce que ce type était soûl ? Mais oui, voilà l'explication ! Ils étaient tous beurrés comme des petits pains ! Et le pauvre vieux Fisher peut-être en train de crever dans une congère. Il entendit le camion démarrer et grimper la côte.

– Est-ce qu'il serait possible d'avoir un peu de café chaud ? demanda-t-il en s'approchant de Joanna.

– La machine ne fonctionne pas, répondit-elle aimablement en se tournant vers lui, son œil unique tressautant sur sa joue déchiquetée.

Furterer cligna des yeux. Le reflet de la lampe lui jouait des tours. L'espace d'une seconde, il avait cru voir un visage épouvantablement défiguré.

– Moi aussi, je boirais bien quelque chose de chaud, lança la deuxième jeune femme en s'approchant.

– Dommage que la machine soit en panne, dit Furterer avec une inquiétude croissante. *Quelque chose n'allait pas. Pas du tout.*

– La machine oui, mais vous non, dit Joanna en levant la tête vers lui, ses longues dents luisantes comme des lames de rasoir. *Longues dents ?*

– Et puis le café, c'est mauvais pour la santé !

approuva Vania en pressant son groin contre le cou du sergent.

– Ouais, ça empêche de dormir ! hurlèrent les deux jeunes femmes en chœur, hoquetant de rire.

Furterer avait déjà dégainé et tiré à bout portant. Il n'avait pas évité le Vietnam pour se faire piéger par des ladykillers hystériques. La tête de Joanna explosa et ses doigts raidis zébrèrent la parka du sergent, la déchirant aussi facilement que du papier. Il sentit sa peau se fendre et, incrédule, vit le sang couler sur sa chemise. Il voulut pivoter pour éclater la tête de la « secrétaire » mais il n'eut pas le temps. Elle enfonçait quelque chose dans son cou, quelque chose qui aurait pu être une langue, si les langues étaient en métal acéré, et alors c'était peut-être bien une perceuse, oui, une perceuse à percussion comme celle que ses parents lui avaient offert pour son trei…ziè…me anniv…

Elles finirent leur collation en gloussant comme des collégiennes pendant que Léo sortait les morceaux des soldats du camion et les jetait aux enfants aux yeux brillants accroupis dans la neige.

Marteen et les trois patrouilleurs remontèrent la rue principale. Tout était fermé. Pas l'endroit idéal pour faire la bamboula.

– Caporal !

– Quoi ?

Guttman examinait une de ses chaussures avec une expression curieuse.

– Je crois que j'ai marché dans une flaque de sang.

Marteen se rapprocha. Effectivement, une grande flaque d'un rouge brillant s'étalait sous un porche. Il fit glisser le faisceau de sa lampe. Le sang, ou la peinture rouge, s'écoulait de sous une porte close et la neige ne l'avait pas encore bu. Aussitôt, les quatre hommes se mirent en position de tir. La porte s'ornait d'un heurtoir en cuivre auquel on avait suspendu une couronne de houx. Marteen actionna fortement le heurtoir et les coups résonnèrent dans le silence sépulcral. Un petit garçon en pyjama rouge et blanc apparut sur le seuil, mordillant une cuisse de poulet.

– Salut, fiston, dit Marteen en se baissant un peu. Tes parents sont là ?

– Oui, dit le gamin. Ils regardent la télé.

Marteen échangea un regard avec les trois autres. La télé ? Alors que le village était privé d'électricité ? Il dégagea le cran de sûreté de son arme et suivit le gamin.

– Voilà, dit le gosse en s'effaçant pour les laisser entrer dans un salon douillet meublé à l'ancienne.

Assis sur un canapé fleuri, un homme et une femme fixaient l'écran vide d'un téléviseur où s'agitaient des taches noires.

Marteen toussota. Le couple ne réagit pas. Il sentit son taux d'adrénaline grimper en flèche. Le gamin s'assit par terre à côté d'une grosse poupée et entreprit de finir son morceau de poulet.

Marteen contourna le canapé. L'homme et la femme avaient les yeux fixes. Leurs torses éventrés béaient comme des placards grands ouverts. Le sang avait ruisselé partout, imprégnant le tissu, le tapis, le parquet. Guttman retint un haut-le-cœur. Putain de massacre ! Jamais vu ça !

– Ils regardent le ballet des cafards, expliqua soudain le gamin en désignant l'écran.

– Le ballet... répéta sottement Marteen.

Effectivement, des trucs grouillaient sur l'écran. Des blattes. Énormes. Il sentait la sueur qui dégoulinait entre ses reins. Il s'éclaircit la gorge :

– Écoute, petit, ramasse ta poupée et viens avec nous, OK ?

– C'est pas une poupée, connard ! répondit le gosse

en tirant sur le pied de la poupée qui se détacha avec un bruit caoutchouteux. C'est ma sœur !

C'est à cet instant-là que Marteen s'aperçut que la cuisse de poulet était en fait une petite main de bébé potelée. Affolé, il se tourna vers ses coéquipiers et se cogna dans les deux cadavres tout sourires.

– Comme c'est gentil d'être venus nous rendre visite, dit la femme d'une voix de mainate.

– Caporal ! balbutia Guttman, les yeux fous, sa mitraillette braquée sur ses jambes recouvertes d'insectes bruissants.

Marteen balaya la pièce du regard.

– C'est ça que vous cherchez ? dit le cadavre de l'homme en brandissant deux têtes proprement coupées à ras.

Les têtes des deux autres soldats.

– Caporal ! gémit encore Guttman qui disparaissait maintenant jusqu'à mi-taille sous une masse noire et mouvante.

– T'en veux ? demanda le gamin à Marteen en lui tendant un petit pied rose.

Guttman n'avait plus de visage. Juste une bouche entrouverte, envahie d'insectes, et un cri étouffé.

– Vous restez dîner avec nous, n'est-ce pas ? dit la femme avec un petit rire cristallin.

– Mais bien sûr qu'il reste, chérie, puisque c'est lui, le dîner ! répondit son mari en pouffant.

Il détourna les yeux de Marteen pour crier :

– Et toi, Jed, arrête de te goinfrer avec le bébé ou tu n'auras plus faim !

Marteen enfonça le canon de son pistolet-mitrailleur dans sa bouche et appuya sur la détente, déclenchant des cris de rage qu'il n'entendit pas.

Le village était de nouveau calme, d'un calme frémissant, se léchant les babines à l'idée d'accueillir les prochains touristes.

Les chevaux se posèrent sur la terrasse avec fracas, piétinant quelques morts qui avaient réussi à se hisser jusque-là.

– Là, là, Papa ! hurla Brenda, le doigt tendu vers un escalier s'enfonçant dans le palais, ils s'enfuient !

– Les Mc Mullen ! cria Herbie en retour.

Marvin en tête, ils dévalèrent l'escalier en colimaçon taillé dans une pierre d'apparence volcanique. Le hennissement des chevaux lancés à leur poursuite résonnait sous les voûtes, leurs sabots faisaient voler des éclats de marche et une trop familière odeur de viande avariée dégringolait le long des murs, aussi visqueuse et écœurante qu'une main moite et vicieuse.

Samantha la sentit se poser sur ses seins et en pincer violemment la pointe et elle se trouva de nouveau dans la pièce où l'homme l'avait emmenée, elle était si petite, si terrifiée et elle savait tellement qu'il allait lui faire atrocement mal. « Herbie est comme lui, chuchota l'odeur aux doigts invisibles. Il aimerait te faire du mal. Il aimerait t'attacher et te posséder à sa guise. Quand tu dors, il se penche sur toi et il passe le tranchant de son couteau sur tes seins et toi, tu crois qu'il t'aime. Pauvre conne. Il aimerait t'éventrer, te baiser jusqu'à ce que la chair de ton ventre craque et s'ouvre… » Sam secoua la tête. Conneries. Ridicules conneries. L'odeur n'avait plus prise sur elle. « C'est moi qui rêve de lui couper les couilles, chuchota-t-elle à l'odeur. Pour jouer aux boules. Comme je couperai celles de ton maître. »

Sensation d'ongles griffus sur son visage, tiraillements dans ses cheveux, l'odeur était passée.

Laurie la sentit entre ses cuisses et, déséquilibré, faillit tomber. Jem le retint d'une poigne ferme.

– Reste avec nous, mec.

– Tu sens ?

– Ouais. Un petit tour à Disneyland…

L'odeur tentait de les faire tomber, c'était comme une

vague puissante et tenace sur laquelle ils surfaient. Derrière eux, les sabots des chevaux se rapprochaient dans un crépitement d'étincelles. Jem luttait de toutes ses forces. Il refusait d'écouter le murmure bruissant qui s'insinuait dans sa bouche, dans ses oreilles. « Tu es maudit. Tous ceux qui t'aiment meurent. Tes parents. Ton grand-père. C'est à cause de toi qu'il est mort. A cause de ta manie de te mêler de ce qui ne te regarde pas. De ta grande gueule. Jamais une femme ne voudra de toi. Tu es trop bête. Regarde tes grands pieds. T'es un con de bouseux. Le petit-fils d'un ferrailleur alcoolique. T'es une merde qui chausse du quarante-quatre. Aujourd'hui puceau, demain impuissant... » Jem tendit ses muscles, chassant l'air devant lui de son poing fermé. Il cogna contre la paroi, sentit la douleur remonter jusqu'au coude. L'odeur immonde reflua, sa caresse s'estompa. Jem regarda son poing et le lança à nouveau contre la pierre. Bonne douleur. Il s'imagina écrasant son poing sur la face hideuse d'Allan Mc Mullen et continua à avancer en boxant le vide.

Laurie avait l'impression que ses pieds ne touchaient plus terre. Un vrai lutin dévalant un corridor à taupes. Chaque fois qu'il manquait dégringoler, Jem le rattrapait au vol et Laurie éprouvait l'humiliante impression d'être une poupée entre les mains d'un géant. « Mais t'es qu'une poupée, mon petit gars. T'étais la poupée d'amour à ta maman, à ton papa, t'es la poupée d'amour à ta tatie, t'es la poupée de Jem, son prétendu pote, son négrillon, le bouffon du roi. Où t'as vu que les négrillons du Nouveau-Mexique allaient étudier la physique nucléaire à Harvard ? Tu te regardes dans la glace, des fois ? T'es qu'un petit chimpanzé. Si ta mère t'avait vraiment aimé, elle aurait pas voulu te manger ! Si ton père t'avait vraiment aimé, il n'aurait pas accepté ça ! Tu parles toujours trop, t'emmerdes tout le monde, t'es qu'un vilain petit gnome tout noir. Le fils des Ténèbres.

Le roi des Singes. » « Je suis moi, répondit Laurie, je suis une combinaison d'atomes unique et exceptionnelle, une fraction de l'univers, je suis un être humain, c'est-à-dire de la matière vivante et pensante et toi, t'es rien, t'es qu'une ombre, un brouillard, un pet de pensée malodorante vite dispersée, sans aucun pouvoir réel. Et j'ai pas peur de toi. J'ai pas peur de toi ! » hurla-t-il soudain, faisant sursauter Marvin qui rata une marche et glissa.

Sam ne put l'éviter et bascula par-dessus lui, tandis qu'Herbie tentait désespérément de se retenir aux parois glissantes, sans succès. Laurie, les yeux écarquillés, essaya de se transformer en sauteur olympique et atterrit sur Marvin qui se redressait. Jem vit la cohue devant lui, il sentait ses pieds pédaler dans le vide comme dans un dessin animé, son œil enregistra la fente d'une meurtrière très haut sur sa droite, le souffle glacial des chevaux dans son dos, élan, détente, il sauta, sa main droite crocha l'étroite ouverture, ses jambes se balancèrent le long de la paroi, rétablissement latéral, cavalcade, tête énorme d'Augustus, yeux glauques couverts de mouches déboulant du tournant, « prends ça, enfoiré ! », hurla Jem en lançant ses pieds de toutes ses forces dans la face grimaçante d'Allan Mc Mullen. Ses talons s'enfoncèrent dans la chair molle, éclaboussement de blattes outrées, ressortirent à l'arrière du crâne putréfié et y restèrent coincés. Oh non ! Il était suspendu à trois mètres du sol, un type accroché à ses pieds par la tête et le cheval continuait sur sa lancée.

Augustus se sentait de plus en plus léger. Jamais il ne s'était senti aussi léger de sa longue vie laborieuse. Léger comme un de ces chevaux de course que le maître regardait à la télé en s'extasiant sur leur foulée. Des fainéants nourris à rien foutre ! Lui aussi, il était capable de lever gracieusement les pattes pour sauter des barrières ! Tiens, ce tas d'humains enchevêtrés devant lui, il te le sautait les sabots dans le nez !

Herbie vit l'ombre avant de voir la bête au galop. A terre ! hurla-t-il. Il plaqua Sam au sol. Jem était tapi contre le mur, Laurie contre lui. Deux souris cherchant un trou. Hayes à quatre pattes sur la marche en dessous. Pétrifié, Marvin vit le lourd cheval prendre son élan, il vit l'énorme poitrail ruisselant d'un liquide noir et épais, il vit les poils mouillés, les grosses dents jaunes, les yeux glauques, il sentit l'odeur épouvantable de pisse, de merde et de poubelle quand le cheval passa au-dessus de lui, ses monstrueux sabots à quelques pouces de sa tête. Et pour la première fois de sa vie, l'agent fédéral Marvin Hayes faillit faire dans son froc.

– Papa ! Papa attends-nous ! criait Jason, cramponné à l'encolure de Lucia.

Brusquement, celle-ci hennit et rua des quatre fers, manquant projeter les enfants à terre.

– Arrête ça, grosse vache ! cria Brenda, passablement de mauvaise humeur.

A qui donc la petite enquiquineuse parlait-elle ? se demanda Lucia tout en cherchant la trace olfactive d'Augustus. Est-ce qu'il avait pris à droite ou à gauche ? Cet escalier ne cessait de se diviser en branches latérales, toutes sombres, étroites, pas du tout faites pour de vieux chevaux à la retraite. Des terriers à lapins, voilà ce que c'était. Et elle commençait à en avoir marre de courir sans arrêt avec ces affreux gamins sur le dos. L'aventure, OK, mais une bonne sieste dans l'herbe, c'était pas mal aussi. Et puis, les gosses, c'était pas tellement son truc, à Lucia. Surtout les gosses humains. Fallait tout le temps s'en occuper. De vrais débiles. Imaginez un peu, près de quinze hivers pour que ça devienne capable de se débrouiller tout seul. Pas comme Sid, son poulain préféré. Le dernier et le seul dont elle se souvenait bien, à vrai dire. Où avait-il pu bien finir ? Est-ce qu'il avait atterri chez un bon maître ? Est-ce qu'il s'était marié avec une belle pouliche ? Lucia prit conscience qu'on lui hurlait dans l'oreille :

– Arrête-toi, grosse débile ! Stop ! Papa est là !

Papa ? Ah oui, le nouveau maître. Qu'est-ce qu'il faisait, pendu le long du mur, avec les pieds d'un jeune garçon enfoncés dans la tête ? Bizarres, bizarres, les humains. Elle essaya de freiner net, dérapa sur les marches glissantes et se retrouva en train de dévaler l'escalier sur les fesses. Pourvu qu'Augustus ne me voie pas, il va encore me dire que je ne suis plus bonne à rien ! songea Lucia, humiliée, ruant des quatre fers pour se remettre d'aplomb. Elle sentit les mioches glisser et tomber, bon débarras, elle vit le petit groupe glapissant droit devant elle, et là-bas, Augustus qui galopait comme un malade dans une belle grande salle rouge et dorée. « Augustus, hennit-elle de toutes ses forces, attends-moi ! » Il fit volte-face en piaffant, juste comme elle réussissait enfin à se relever, passant en trombe au milieu des humains plaqués contre les murs.

– Allez, ma vieille, magne-toi, cria Augustus, on se casse !

Complètement assourdi par les hennissements de chevaux résonnant sous les voûtes, Marvin n'entendait rien de ce que Samantha essayait de lui dire. Il agita les mains, désignant ses oreilles :

– Je n'entends rien !

– Quoi ? fit Samantha en désignant les siennes.

Herbie la saisit par la taille et la fit pivoter vers le mur où Jem se balançait toujours, Allan Mc Mullen accroché à ses pieds et se tortillant comme un ver au bout d'un hameçon. Accroupis sous eux, Jason et Brenda grognaient, cherchant le meilleur angle d'attaque.

– Ses pieds sont enfoncés dans le crâne de Mc Mullen... dit Herbie, songeur.

– Quoi ? dit Samantha.

– Ses pieds se sont enfoncés dans le crâne de Mc Mullen ! hurla Herbie et Samantha dit : « Ne crie pas comme ça, s'il te plaît ! » tandis que Brenda et Jason remuaient de l'arrière-train, prêts à sauter.

– Lâche Papa ! grognait Brenda, lâche-le tout de suite !

– Je voudrais bien ! répliqua Jem, mais j'ai les pieds coincés.

– On n'a qu'à tirer et Papa se décrochera… proposa Jason.

– Et si sa tête reste accrochée aux baskets de l'autre con ?! Tu crois qu'il sera content, Papa ?! rétorqua Brenda, ulcérée.

Allan entendait vaguement qu'on parlait de lui. Il y avait quelque chose de bizarre dans sa tête. Pas des cafards, non, les cafards il y était habitué, ça chatouillait, mais là, c'était gros. Ça prenait toute la place. Ça poussait sur les côtés. C'était comme si on lui avait farci le crâne avec du caoutchouc. Impossible, se dit-il. Et en plus ça remuait, et chaque fois que ça remuait, tout son corps tressautait. Avec effort, il leva les bras pour tâter le corps étranger logé dans sa boîte crânienne. Ça dépassait à l'arrière. Deux grosses protubérances effectivement caoutchouteuses. Dotées de lacets. *De lacets ?* Oh non ! Il ramena ses mains à son front. Oui, ça s'enfonçait là, entre les sourcils, et voyons, ça se prolongeait par des jambes, des putains de jambes poilues ! Il tira férocement sur les poils et Jem couina en se tortillant.

– Il m'arrache les poils des jambes ! hurla-t-il.

Laurie ne put s'empêcher de pouffer en imaginant les gros titres : « Un adolescent épilé vif par un mort-vivant ». Wilcox se grattait le front en observant la scène à la fois horrible et ridicule. Vivre des aventures paranormales était déjà épuisant et terrifiant, mais quand en plus elles se teintaient de scatologie et de grotesque, ça devenait carrément invivable. On ne savait plus trop ce qu'on devait ressentir. Il se secoua. L'heure n'était pas à l'introspection. Quand fallait y aller, fallait y aller. Il s'avança d'un pas lourd et déterminé vers les enfants.

Jason se retourna vers lui en montrant les crocs. Ses yeux n'avaient plus rien d'humain, c'étaient deux fentes verdâtres encroûtées de pus. Sa longue langue rouge se promenait sur son menton.

– Tu sais l'avantage que j'ai sur toi ? dit Herbie en enflammant sa torche.

Jason fit un bond en arrière, piétinant Brenda.

– C'est que j'ai déjà vécu tout ça ! continua Herbie en abattant la torche devant lui, et que je sais que vous allez cramer comme du petit bois !

Ils reculaient en grognant, les yeux fixés sur la flamme. Herbie continua à avancer, les acculant à grimper.

– Jem ! Laisse-toi tomber ! ordonna-t-il en dépassant l'adolescent.

Jem obéit. Il y eut un craquement épouvantable et il se retrouva par terre, empêtré dans Mc Mullen qui se tordait dans tous les sens. Laurie se précipita pour l'aider à se dégager. Dans un bruit de ventouse, ses chaussures ressortirent brusquement, couvertes de cafards écrasés. Mc Mullen s'était redressé et fonçait sur Herbie.

– Herbie ! Attention derrière ! cria Marvin en enflammant sa propre torche.

Herbie se retourna et Mc Mullen fit un bond en arrière. Il était pris entre deux feux. Les enfants n'osaient plus avancer, tapis sur la plus haute marche.

– Tu vas nous brûler ? demanda Jason calmement. T'aimes ça, hein, tuer des gens. T'en as déjà tué plein. Tu te racontes que c'est pour la justice, mais c'est pas vrai, c'est parce que t'aimes ça.

– Assassin… siffla Brenda. Hypocrite et assassin.

Herbie les considéra quelques secondes. Deux charognes souriantes, grouillantes de vermine.

– Ne leur faites pas de mal ! dit soudain Mc Mullen de sa voix gutturale. Vous m'avez, moi. Laissez-les partir.

Ce cadavre était prêt à se sacrifier pour ses enfants… Mais ce n'était pas vraiment des enfants. Juste des morceaux de viande réanimés.

– Je vous en prie, gémit soudain Brenda en tordant ses mains putréfiées, ne nous tuez pas !

– Vous êtes déjà morts, rétorqua Herbie en jetant sa torche sur les petits corps recroquevillés.

– Raté ! cria Brenda en s'enfuyant d'un bond, talonnée par son frère. Raté !

Herbie ramassa sa torche et se retourna vers Mc Mullen qui le dévisageait avec haine. La torche de Marvin flambait à quelques centimètres de ses cheveux. Herbie approcha la sienne. Le mort ouvrit la bouche, laissant dépasser des petites pattes frétillantes. Herbie plongea ses yeux dans les siens avec l'impression de se pencher au-dessus d'un abîme sans fond.

– Je crois qu'on va se quitter ici, Mc Mullen, s'entendit-il dire.

– Je vous emmerde, répondit Mc Mullen.

De près, Marvin voyait sa peau où le sang n'affluait plus, les plaies hideuses qui laissaient voir les gencives à nu et l'os pariétal. Il sentait l'odeur méphitique qui s'échappait de la bouche de la créature. Il avait vu des cadavres, trop souvent. Mais là, debout et en train de le fixer…

– Pourquoi est-ce que vous voulez nous détruire ? demanda-t-il.

– A votre avis ? répliqua Mc Mullen. Vous croyez que ça me plaît d'être mort ? Vous croyez que j'ai pas envie de continuer à vivre ? Moi et les gosses et tous les autres, tous ceux qui se battent là dehors ! Vous croyez qu'on n'a pas envie de vivre au grand jour ?!

– C'est ce que vous a promis Versus ?

– Qu'est-ce que vous savez de Versus ?!

– On sait tout, dit Laurie.

– Vous ne savez rien du tout ! cracha Mc Mullen. Vous ignorez sa puissance ! Regardez-moi, regardez le témoignage de sa puissance, regardez ce qu'il est capable de faire tandis que votre merdique petit dieu du Jour est tout juste capable de… ça ! continua-t-il avec mépris en désignant le donjon. Jouer avec la matière comme un môme avec de la pâte à modeler. Ressusciter les morts, ça, c'est la classe ! Allez-y, brûlez-moi, je m'en fous, d'autres viendront, on est des millions, on continuera jusqu'à ce que vous ayez tous disparu !

C'est la première fois que je discute avec un défunt, se dit Herbie. Plus les minutes passaient et plus l'idée de flanquer le feu à ce démon le mettait mal à l'aise. Le fait que la créature pense lui redonnait un statut d'homme. Ils étaient en train de se faire avoir.

– Il faut le faire maintenant, Marvin, dit-il. Il ne faut plus parler.

– Attendez ! dit Samantha en s'avançant. Il peut peut-être nous être utile…

– Sam ! C'est une machine à tuer ! Dès qu'on détournera les yeux une demi-seconde, il nous égorgera sans aucune pitié.

– C'est vrai, confirma Mc Mullen avec un petit sourire. Je ne peux pas faire autrement, il faut que je mange sans arrêt.

– Bon sang, Allan, si vous pouvez penser, c'est que votre âme est encore vivante, vous n'êtes pas qu'une machine ! protesta Samantha.

Elle était tout près de lui, il voyait la sueur perler sur sa lèvre supérieure. Elle sentait bon la chair chaude et vivante. Elle était si jolie. Allan éprouva le désir incongru qu'elle pose sa main fraîche sur son front difforme. Il avait envie d'enfouir son museau entre ses seins. Sucer son sang, doucement. Sentir sa vie le pénétrer. Le réchauffer. L'apaiser. La tenir dans ses bras, petite masse palpitante. Il ressentait une étrange impression et il s'aperçut soudain que le petit morceau de chair racornie qui pendait entre ses cuisses s'était redressé.

– Oh le con ! murmura Jem, incrédule, en montrant le phénomène à Laurie.

– Con toi-même ! commença Laurie avant de s'interrompre, bouche bée.

Quelque chose tendait le pantalon sale de Mc Mullen !

Sam n'avait rien vu, elle gardait ses yeux rivés à ceux de Mc Mullen, à la recherche de la moindre étincelle d'humanité.

C'est à ce moment-là que la première explosion retentit. Une énorme déflagration qui projeta un nuage de poussière dans l'escalier.

– Ça, c'est signé Agnello ! lança Marvin.

Une deuxième explosion retentit, plus près, dont le souffle les fit vaciller et éteignit les torches. Aussitôt Mc Mullen bondit sur Samantha.

– Non ! hurla Marvin en essayant de le retenir par le poignet, mais celui-ci lui resta dans la main.

Mc Mullen s'éloignait déjà, courant comme un loup, Samantha jetée en travers de ses épaules.

– Sam ! Putain de macchabée, tu vas me la rendre ! tonna Herbie.

Il disparut, vociférant, sa torche brandie, sans écouter Marvin qui voulait le retenir.

– Il l'a enlevée… mais pourquoi ? balbutia Jem.

Pour avoir de la nourriture fraîche à portée de la main, songea Marvin sans répondre. Pour nourrir les gosses. Oh mon Dieu, Sam ! Ce n'est pas possible !

Cavalcade dans l'escalier, puis le visage couvert de plâtre d'Agnello, haletant, suivi de Buddy Cole les vêtements déchirés et salis.

– J'en ai eu un tas ! cria Agnello avec l'air satisfait du type qui revient des champignons.

– Écoutez, Agnello, on a un problème et…
– M'en fous de vos problèmes, Hayes !
– Allan Mc Mullen a enlevé l'agent Wasterton, expliqua Marvin d'une voix pressante, brandissant s'en sans rendre compte la main d'Allan. Un flic, Agnello, ce salopard d'alien a porté la main sur un flic ! Sur un représentant blanc du gouvernement des États-Unis d'Amérique !
Agnello sembla hésiter, ses traits ravagés plissés par la concentration.
– OK, lâcha-t-il, par où s'est-il enfui ?
– Et c'est reparti, murmura Laurie tandis qu'ils s'engouffraient tous en courant à la queue leu leu dans la salle du Trône.
Un vraie rallye pour débutantes, avec tout plein de surprises. Et Marvin Hayes qui brandissait toujours le poignet de Mc Mullen comme si c'était un flingue !
Il traversèrent la salle du Trône au pas de course. Personne. Si, les restes d'une créature ailée répandus sur le tapis rouge.
– Faites gaffe à pas marcher dedans, cria Agnello, ça colle !
– On se croirait dans *Les Douze Salopards*, chuchota Jem à Laurie.
– Je dirais plutôt *Les Huit Cornichons*. *Les Huit Cornichons et le Château sanglant*, tu vois le genre, avec des acteurs nuls qui courent dans tous les sens dans un château en carton-pâte, des morts-vivants avec des masques en caoutchouc, et Dracula teint en noir et recyclé en Dieu.
– T'oublies la fiancée de Frankenstein à la tête de la troupe des figurants en haillons, glousse Jem, et les mutants en plastique bricolés avec « Le Petit Chimiste ».
– Le seul problème, conclut Laurie, c'est qu'on peut pas arrêter la cassette pour aller chercher du pop-corn.

16

Allan courait comme si sa vie en dépendait, ce qui était plutôt stupide puisqu'il était mort, se dit-il, sans ralentir. La femme sur ses épaules se débattait inutilement et ça l'énervait. Il la jeta au sol, voulut la gifler et s'aperçut qu'il n'avait plus sa main droite. Il l'assomma d'un coup de coude et se remit à courir. Il les entendait, derrière lui. Le pas lourd du shérif, les vociférations idiotes de ses comparses. Avisant un renfoncement dans le mur, il s'y jeta. La paroi de pierre taillée dégageait une odeur différente. Une bonne odeur de sombre, de mouillé. De caveau. Il frappa violemment du pied et le mur céda. Une porte camouflée, ricana Allan ravi. Elle donnait dans un corridor obscur et humide. Il repoussa le battant derrière lui et s'enfonça dans les Ténèbres. On entendait de l'eau couler. Il se mit à patauger dans un ruisseau bourbeux, traînant Sam par les cheveux.

Eau froide. Puanteur d'égout. Mal à la tête. Sam ouvrit les yeux et fut aspergée d'eau grasse. Une main lui agrippait les cheveux, la tirant fermement. Elle reconnut la silhouette de Mc Mullen. Ce n'était donc pas un cauchemar. Le monstre la traînait derrière lui dans une sorte de tout-à-l'égout céleste. Elle ferma la bouche, par précaution. Inutile d'avaler une tisane de bactéries inconnues. Et inutile aussi de lui faire savoir qu'elle avait repris connaissance. Elle se laissa donc glisser, sans gémir lorsque ses coudes et ses genoux râpaient contre le sol inégal. Toute son énergie était concentrée sur la fuite. Il n'y aurait sans doute qu'une occasion et il fallait qu'elle soit prête à la saisir.

Agnello et les autres dépassèrent la porte sans la voir et se retrouvèrent bientôt à nouveau sur la terrasse. Herbie y faisait les cent pas, en se traitant de tous les noms. Sur le champ de bataille, ce n'était plus qu'une mêlée indistincte de chair, d'os, de plumes, de liquides glaireux giclant en gerbes, de tourbillons de neige sale, dans une écœurante odeur d'incinérateur à ordures.

Sally s'était battue comme une lionne. Couverte du sang de ses ennemis, la bouche pleine de plumes, les cheveux arrachés par plaques, brûlée au deuxième degré, elle continuait à se battre sans faiblir, reculant pas à pas. Du coin de l'œil, elle entrevit la silhouette du shérif sur la terrasse et, dans un ultime effort, elle parvint à s'y traîner.

– Bon Dieu, Kellerman ! hoqueta Herbie en la voyant surgir par-dessus la balustrade, telle une grosse saucisse rescapée d'un barbecue.

– Aidez-moi, balbutia-t-elle, j'en peux plus !

Avec répulsion, il lui tendit la main et elle s'y accrocha. C'est qu'elle était lourde ! Elle se rétablit lentement, chassant le sang qui coulait devant ses yeux et l'empêchait de voir clairement.

– Je crois qu'on est en train de flanquer la pâtée aux emplumés, dit-elle avec satisfaction.

Allons bon, songea Herbie, encore une bonne nouvelle. Dieu chassé du ciel, nouvel ange déchu.

– J'ai aperçu les enfants, continua-t-elle en reprenant son souffle. Les petits mômes difformes. Ils s'enfonçaient dans une sorte de grille d'égout, les pauvres choux.

– Où ça ? demanda Herbie sur le qui-vive.

Mc Mullen allait certainement essayer de rejoindre ses gosses.

– Par là en bas.

– Montrez-nous, on vous suit.

En soupirant, Sally consentit à descendre en traînant les pieds un escalier hélicoïdal translucide qui les emmena dans des sortes de douves, vides et envahies d'une vapeur qui sentait l'œuf pourri.

– Là, dit Sally, désignant une grille vermoulue scellée entre des blocs cyclopéens. Ça doit descendre dans les oubliettes.

Herbie fit sauter la grille d'un coup de botte et se laissa glisser dans l'encadrement. Il atterrit dans un étroit tunnel qui s'enfonçait dans des profondeurs insondables.

– Passez-moi la torche, je vais voir plus loin.

– On vous accompagne ! décida Marvin. Il faut qu'on reste groupés.

– Je vais devant, lança Agnello, je vous dégagerai le passage.

Il se tortilla pour se retrouver en tête, torse nu, sa chemise nouée en turban autour de la tête pour empêcher la sueur de lui couler dans les yeux, Miss Grenada dans une main, Fuzzylapomp dans l'autre et son couteau de chasse entre les dents. Derrière lui, Buddy Cole. Herbie le suivait, torche allumée, puis Jem, Laurie, Sally et Marvin.

Il s'immobilisa soudain devant une table, garnie d'un pichet de limonade et d'un pain d'épice mordoré.

Une table. Avec de la nourriture. Agnello se rendit compte qu'il était affamé et assoiffé. Mais une table, ici ?

Les autres l'avaient rejoint et contemplaient la vieille table en bois en silence.

– A quoi ça rime ? dit Jem tout haut. Une table dans un souterrain ?

– C'est peut-être un poste de garde, répondit Laurie.

– Et où est le garde ?

– Bof… parti participer à la bataille, tombé dans une oubliette…

Agnello saisit la carafe, la huma, puis en but une rasade avant de la faire passer à la ronde.

Jérémie considérait le pain d'épice avec méfiance, la bouche pleine de salive. Depuis quand n'avaient-ils rien mangé ? Il y enfonça un doigt, rien de suspect.

– Quelqu'un en veut ?

Herbie trépignait.

– Bon sang, on n'est pas venus prendre le thé !

Marvin lui cloua le bec avec un morceau de gâteau.

– On a besoin de garder nos forces.

Il partagea rapidement le reste du pain d'épice et ils se remirent précipitamment en route, la bouche pleine, un peu confus de leurs instincts triviaux.

Au bout d'une cinquantaine de mètres, Laurie se fit la réflexion que le souterrain semblait de plus en plus long, les murs de plus en plus hauts. Il avait la sensation désagréable d'être une minuscule créature se déplaçant furtivement dans l'ombre qui s'épaississait au point qu'on ne distinguait bientôt plus le plafond voûté.

Il voulut en parler à Jem, mais ils butèrent soudain contre une paroi qui obturait le passage.

– Quelle drôle de matière… dit Marvin en passant ses grandes mains le long de l'obstacle.

C'était souple et strié de minuscules sillons.

– On dirait une membrane, dit Laurie.

– Membrane ou pas, ça va pas nous empêcher de passer ! dit Agnello en sortant son couteau de chasse.

La lame aiguisée fendit la paroi, dont les bords parurent se recroqueviller sur eux-mêmes. Agnello s'engouffra dans l'ouverture. Il se retrouva dans un nouveau boyau, sombre et malodorant. Il tâta les parois de la main. Elles étaient recouvertes d'une substance mousseuse et humide. Rien de bien grave.

– C'est bon ! cria-t-il.

– Nyx est fantastique ! disait Sally. Jamais rencontré une fille aussi énergique ! Et pourtant, ils ne l'ont pas ratée, la pauvre ! Ces jambes de bouc poilues, ces sabots fourchus… et cette longue queue… Ils lui ont même greffé des serpents sur la tête, des milliers ! Et des piles au phosphore sous la peau, c'est pour ça qu'elle brille dans le noir.

– Et des rayons laser sur le nerf optique, dit Laurie. C'est pour ça qu'elle a les yeux rouges.

– Comment tu le sais ? demanda Sally interloquée.

– Oh, je lis pas mal… répondit Laurie tandis que Jem lui flanquait une bourrade en chuchotant « super, ta nouvelle conquête… ».

– Halte ! lança Agnello, les dents serrées. Vous ne sentez pas ?!

Reniflements.

– Est-ce que quelqu'un a pété ?

– Agnello, vraiment, je ne crois pas que ce soit le moment…

– Fermez-la, Hayes, et servez-vous de votre nez ! Si personne n'a pété, alors on n'est pas seuls dans le coin.

– Mais tout pue ici ! protesta Jem.

– Toi, le psychopathe, ta gueule. Tout pue, mais tout ne pue pas de la même manière. Jusqu'à maintenant, ça puait le cadavre en décomposition, maintenant ça pue les matières fécales fermentées.

Silence interloqué.

– Et je me demande… ajouta-t-il soudain, en examinant le sol et les parois, ouais, je me demande… regardez-moi ça !

Il tira sur la matière spongieuse qui tapissait le boyau et la matière suivit docilement le mouvement. Il enfonça ensuite son poing dans le mur comme dans du beurre sous les regards perplexes des autres avant de se retourner avec un regard extatique.

– On y est ! chuchota-t-il, on est dans le nid, tout ça, c'est de la matière vivante !

Jem eut la déplaisante vision de millions et de millions

de cafards brusquement dérangés grouillant sur son visage, son corps, ses mains.

– L'oothèque ? dit Marvin, indécis, appuyant ses longs doigts contre la paroi.

Souple et élastique, incontestablement. Et tiède. Un organisme vivant ? Une algue ? La puanteur semblait augmenter de seconde en seconde, accompagnée d'un lointain grondement de plus en plus sourd. Comme si quelque chose de lourd arrivait dans leur dos en dévalant la pente.

– Plaquez-vous contre les murs ! hurla Agnello.

Obéissant instinctivement, ils se plaquèrent contre la paroi spongieuse qui vibrait maintenant au rythme de la chose qui arrivait. Agnello brandissait sa grenade, les dents serrées. Et soudain, ils la virent. Une énorme boule foncée, roulant vers eux dans un bruit de tonnerre et une odeur immonde, faisant tressauter le sol, une boule opaque, de quatre mètres de haut, dont les bords, apparemment mous, raclaient les parois.

– Elle va nous écraser… murmura Herbie, tétanisé, songeant à Sam abandonnée aux mains du monstre.

– Face contre le mur ! lança soudain Laurie, fermez les yeux, la bouche, ne respirez pas ! Vite !

Il projeta Jem contre la mousse brune, lui serrant la main à l'écraser. Marvin vit du coin de l'œil l'énorme boule sombre arriver sur Agnello qui semblait vouloir s'incruster dans le mur, l'engloutir, aplatir Cole, le dépasser, rouler sur les gosses, sur Herbie, arriver sur lui, oh bon sang, il retint sa respiration, ferma les yeux et sentit une masse molle et pesante essayer de l'arracher du mur dans un bruit de succion, il enfonça ses doigts dans la mousse, pinçant, tirant, s'accrochant, et l'odeur était si forte, et brusquement son visage émergea à l'air libre. La boule était passée et continuait sa route vers les profondeurs inconnues.

Muets, haletants, ils la regardèrent s'éloigner avec ce

grondement abyssal. Jem s'aperçut qu'ils étaient tous recouverts d'une sorte de boue brune. Il porta ses doigts à ses joues, puis renifla. Oh non, ce n'était pas possible ! Une gigantesque boule d'excréments ! Dont il se trouvait enduit des pieds à la tête. Il voulut s'essuyer la bouche, oubliant que ses doigts… et sentit ses entrailles se révulser sans arriver à vomir.

Atterré, Laurie essayait de comprendre. Et brusquement, la vision du pichet de limonade et du pain d'épice s'imposa. Ils s'étaient fait avoir ! Comme dans les contes pour enfants !

– L'oothèque, ricanait Herbie. Le nid ! On est dans un gigantesque intestin, oui !

– Chuut ! fit Buddy, écoutez !

Un immense plouf retentit, suivit d'un grondement de cataracte, et l'odeur s'atténua.

– Ça veut dire que la sortie n'est pas très loin, marmonna Marvin, en essayant de repousser de toutes ses forces l'idée qu'il puisse être le moins du monde enduit de matière fécale. Allons-y.

– Et si on se fait écraser au passage ?

– Chaque minute qui passe est une minute de plus que Sam passe avec Mc Mullen, dit Herbie, on y va.

– Quel effet ça te fait de marcher dans le ventre d'un mec ? demanda Laurie à Jem en lui emboîtant le pas.

– C'est peut-être celui d'une nana, dit Jem en rougissant, car l'idée semblait encore plus gênante.

La pente s'accentua nettement et ils durent se retenir aux parois.

– Hé, tu te rends compte qu'on descend en rappel dans ses tripes ? murmura Laurie.

– Pourvu que ça lui flanque pas la colique, répondit Jem, morose.

Marvin se concentrait sur l'objectif, les dents serrées. Après un bon shampooing, tout irait mieux. La situation présente ne correspondait pas vraiment à l'idée qu'il s'était fait d'une lutte titanesque contre les forces du Mal. Mais tous les êtres vivants ne passaient-ils pas leur temps à se remplir et à se vider à un rythme régulier dont l'interruption prolongée pouvait entraîner la mort ? Ingestion, digestion, éjection : le cycle fondamental du système biologique terrestre. Les supra-normaux y étaient apparemment soumis. Ou n'était-ce qu'un jeu destiné à les déstabiliser ?

– J'aperçois la sortie ! cria Marvin. Il y a de la lumière !

Les pieds en équerre contre les parois spongieuses, il avançait avec précaution vers un orifice d'une cinquantaine de centimètres de diamètre par où l'on distinguait une lumière bleutée. L'odeur était nettement plus agréable, une odeur fraîche et mentholée.

– Je suis presque au bord ! dit Marvin. Je vais essayer de passer.

– Oh mon Dieu, un agent du FBI broyé par un anus étranger qu'il essayait d'investir de force… gémit Buddy avec un rire hystérique.

– Fermez ça, Cole, et donnez-moi plutôt la main, on va faire la chaîne, décréta Herbie. Marvin, attrapez mon poignet et laissez-vous descendre lentement. Au moindre pépin, on vous remonte.

Marvin opina et entreprit de glisser ses longues jambes dans l'orifice palpitant, ses cuisses effleurant les bords de chair hérissée et plissée qui se contractaient à un rythme régulier. Ne pense pas à ce que tu fais, s'ordonna-t-il, ne pense à rien d'autre que sortir de ça, non, sortir d'ici, voilà, la taille maintenant, tes jambes sont déjà dehors, s'« il » se contracte un peu fort, il te broie les côtes, allons ne dis pas de bêtises, Marv', bouge-toi un peu, c'est tout, pense à Sam, pense à ta femme et à tes gosses qui regardent *Au-delà du réel* à la télé. Voilà, tu y es presque, le cou, retiens ta respiration, la tête…

Maintenant, seule sa main cramponnée au poignet d'Herbie émergeait encore.

– Alors ? hurla celui-ci.

– On dirait de l'eau ! Je me lâche ! répondit la voix étouffée de Marvin en retour.

Plouf. Puis, sur un ton pressant :

– C'est bon, venez, vite !

Herbie fit signe à Laurie qui considérait la sortie d'un œil morne. Il prit sa respiration et se coula en se contorsionnant entre les chairs roses. Oh Jésus, si Juddy le voyait !

Plouf.

– A toi, Jem, magne-toi.

Si ce truc se resserrait autour de son cou et le broyait ? Jem prit son élan en frissonnant. Un, deux, trois, hop ! Il plongea tête la première vers la lumière, les yeux fermés.

Plouf.

Buddy se signa :

– C'est bien la première fois que j'y vais les pieds d'abord ! lâcha-t-il avant de disparaître à son tour.

Plouf.

– Si vous croyez que je vais passer à travers... ça, grogna Agnello, les traits crispés de dégoût.

– Imaginez que c'est une sorte de renaissance... dit Herbie, placide. En tout cas, moi j'y vais.

Plouf.

Agnello ferma les yeux. Quelqu'un devrait payer pour ça.

Plouf.

Laurie ouvrit les yeux en refaisant surface. Ils nageaient dans une sorte de lac aux parois lisses et abruptes. L'eau était froide, transparente et d'un bleu intense et il sentit avec plaisir la gangue qui l'enveloppait se diluer.

Le lac était entièrement ceint d'une haute falaise blanche, lisse et nue. Marvin fendit l'eau de son crawl puissant et essaya de prendre pied sur une des parois, mais il glissa et retomba dans l'eau. Impossible d'escalader ce truc.

Sally flottait entre deux eaux, se demandant pourquoi les autres s'évertuaient à nager. C'était si bien de se laisser dériver tranquillement sous la surface. En plus, l'eau s'engouffrait dans son ventre éviscéré et ressortait par son entrejambe béant, ce qui lui rappelait d'agréables sensations oubliées.

– On va nager en rond là-dedans et se noyer, prédit froidement Agnello. Les parois sont trop hautes et sans aucune aspérité.

Herbie sentait un grand calme l'envahir. Le calme précédant le désespoir absolu, se dit-il. Samantha était très certainement morte à présent, démembrée vivante par le monstre. Il allait mourir aussi, la rejoindre, et ils se retrouveraient tous les deux enrôlés dans l'armée de Nyx, en train de se battre pour ce qu'ils avaient combattu, un truc à vous donner le tournis, comme de nager dans de l'eau pleine de désinfectant et en plus il faisait froid et son cerveau commençait à se ramollir et…

– Que faisiez-vous dans le ventre de mon papa ?

Hein ? Herbie cligna des yeux, il avait dû perdre conscience. Le ciel s'était assombri, l'eau du lac était grise. Le lac ? Quel lac ? Il avait failli oublier… il regarda autour de lui. Sally Kellerman semblait avoir coulé. Buddy nageait en rond en chantonnant *My Solitude*. Marvin, tétanisé, était recroquevillé contre une des parois. Jem et Laurie battaient frénétiquement des pieds, blêmes, la bouche ouverte comme pour crier. Agnello faisait la planche, une main tenant une grenade hors de l'eau. Herbie vit que tous semblaient regarder le ciel avec une terreur sans nom.

– Qu'est-ce que vous faisiez dans le ventre de mon

papa ? répéta une voix suraiguë, aussi stridente qu'une sirène de pompiers.

Il leva les yeux et ne put réprimer un hoquet.

Un visage de la taille d'un terrain de foot était penché sur eux. Une petite fille géante, se dit Herbie. Une petite fille aux boucles blondes bien peignées. Ses yeux étaient tellement grands, et d'un vert minéral. Des yeux de lézard enchâssés dans un visage mince et crayeux. Une mince bouche rouge comme une blessure entrouverte sur des dents blanches et pointues. La petite fille passa sa langue sur ses lèvres. Étrange à quel point une bouche vue d'aussi près et tellement grossie se révélait être un parfait outil de préhension et de dévoration… Cette petite horreur pouvait les croquer comme des bonbons.

La tête se pencha un peu plus vers l'étendue d'eau claire.

– Papa, il y a des insectes qui flottent dans les toilettes ! lança-t-elle et Marvin crut qu'il allait en rester sourd.

Une voix basse, pareille à une soupe de pois cassés, grommela quelque chose d'indistinct.

– Je peux les épingler avec mes papillons ? demanda encore la petite fille.

Jem sentit une longue aiguille le transpercer et gémit.

– Est-ce que tu sais que je travaille ? rugit la voix de pois cassés. Fais ce que tu veux, mais fous-moi la paix !

– Est-ce que votre père est Versus ? cria Laurie, et sa voix ressemblait à un petit couinement de souris.

La fillette tourna vers lui ses yeux aussi expressifs que s'ils avaient été peints sur une face de porcelaine.

– Mon père n'est pas mon oncle, sale petit cafard ! déclara-t-elle en pinçant les lèvres, puis elle ajouta avec un vilain sourire : Je suis Anyx. Bienvenue au Pays des Merdeilles !

Et, gloussant de rire, elle actionna la chasse d'eau.

Siphon. Maelström aseptisé. Longue chute, poumons

bloqués sur le point d'éclater. Millions de bulles. Et soudain, de l'air ! De l'air !

– J'ai cru que j'allais crever, haleta Jem en aspirant une grande goulée d'air fétide.

– Oh mec, t'avais l'air d'une otarie, tu te serais vu ! lança Laurie en titubant dans le ruisseau où ils avaient atterri.

– Personne n'a rien de cassé ? s'enquit Marvin dès qu'il eut repris pied.

Agnello s'ébroua sans répondre, le regard mauvais. Laurie leva les yeux : le plafond était revenu à une hauteur normale et il n'éprouvait plus cette sensation de rétrécissement. L'eau de la cuvette constituait peut-être un antidote... Buddy s'appuya contre le mur pour reprendre son souffle. Pour une cure de désintoxication, c'en était une ! Que d'eau ! Il vit la silhouette massive de Wilcox le dépasser, ruisselant, pas plus remué que s'il sortait de sa douche.

Herbie observait les lieux. Les murs avaient l'air en pierre. Pas en boyau vivant. Ils pataugeaient dans une sorte de canalisation où une eau bourbeuse leur arrivait à mi-cuisses. Ça sentait l'humide, le froid, la brique suintante, la terre. L'idée qu'on se faisait d'une balade sous un cimetière par un jour de pluie, par exemple. Si on avait parfois l'idée de ce genre de balade... Brusquement, il sentit une poussée d'adrénaline inonder ses reins moulus. Là, sur le rebord en ciment, ce truc brillant ! Il se précipita, manquant renverser Laurie.

– C'est le bracelet de Sam ! Ils sont passés par là ! Vite !

– Je suppose que « se reposer une seconde » ne fait pas partie de notre vocabulaire ? demanda Buddy en se remettant en marche.

– Tu l'as dit, ma grosse, rétorqua Agnello en le dépassant.

Grosse, lui ? Buddy se tâta furtivement. Avec tout

l'exercice qu'il faisait, il avait dû perdre au moins trente kilos. Sandy ne le reconnaîtrait pas. Sandy. C'était drôle d'imaginer qu'elle déambulait au soleil, dans un monde où on pouvait s'asseoir et boire un coup sans être dérangé par un ange belliqueux, un mort affamé ou précipité dans les boyaux d'un parfait inconnu. Devait s'ennuyer, la Sandy.

Herbie courait presque, ralenti par l'eau nauséabonde. Sam avait eu l'intelligence de déposer des objets à chaque embranchement. Son bracelet, puis une bague, un bouton, un autre bouton…

Épuisée et perdue, Ruth était sur le point de renoncer quand elle pénétra dans une grande pièce noire aux murs lisses comme du granit. Enfin, si on pouvait appeler ça une pièce. Il n'y avait aucun meuble. Un immense miroir vénitien occupait un pan de mur. Et le plafond laissait voir le ciel. Gênant, avec toutes ces étoiles qui scintillaient jour et nuit.

– Vous cherchez quelque chose ? fit une voix mélodieuse.

La Rita ! Surgie sur le seuil comme un chien défendant l'antre de son maître. Ruth se força à lui sourire poliment.

– Je désire voir Kether.

– Vous avez rendez-vous ?

– Kether ne refuse jamais de me voir, rétorqua Ruth avec assurance.

– Désolé, mais pour l'instant, il n'est pas visible… répondit Rita. Madeleine l'a cherché en vain.

– Eh bien, je vais l'attendre, décréta Ruth.

– Ça risque d'être long, objecta Rita en touchant machinalement son stigmate.

– J'ai tout mon temps.

Quelle horrible plaie au front. Kether était bien bon de garder cette pauvre femme comme secrétaire.

– Comme vous voulez, soupira Rita en sortant.

Elle n'avait que trop négligé ses devoirs. Si la vieille toupie voulait poireauter là jusqu'à ce qu'elle se momifie, grand bien lui fasse.

Samantha se demandait si Mc Mullen allait cesser un jour de déambuler dans les sous-sols. Elle avait l'impression d'avoir été scalpée et devait se retenir pour ne pas lui hurler d'arrêter. Pourvu qu'Herbie trouve les indices qu'elle avait réussi à semer en se contorsionnant le plus discrètement possible !

– Papa !

Oh non !

– Papa ! On est là !

Brenda et Jason se précipitèrent vers leur père, avec des gloussements de joie.

– On s'était perdus ! pleurait Jason à froides larmes, on n'arrivait plus à trouver la sortie !

– C'est sa faute, il voulait toujours tourner à droite…

Allan lâcha abruptement Samantha qui s'écroula au fond de la canalisation, buvant la tasse, et enserra les enfants de ses bras mutilés.

– C'est fini, Papa est là, on va sortir d'ici, on va rentrer chez nous.

– Papa a pensé au pique-nique ! s'exclama soudain Jason en apercevant Samantha.

– Chic ! Je meurs de faim !

Brenda se précipitait sur Sam qui crachait des micro-organismes gluants quand elle se sentit soulevée de terre.

– Non ! dit Allan en agitant son moignon, on va la garder encore un peu.

Encore un peu ? une demi-heure ? deux heures ? Combien de temps me reste-t-il à vivre avant qu'une gamine de huit ans me déchiquette avec ses dents de lait ? Oh Herbie, trouve-moi, je t'en prie !

– Mais pourquoi ? geignait Brenda.

– On a faim… renchérissait Jason d'un ton criard.

Pourquoi ? Allan ne savait pas quoi répondre. Mais il n'avait pas envie que la femme ne soit plus là. Il voulait la regarder, regarder ses cheveux roux, sa peau pâle parsemée de taches de rousseur. Sa poitrine opulente. Nicher sa tête entre ses doux seins. Oublier tout ce bordel. Dormir. Enfin dormir.

– Papa a trouvé une nouvelle Maman, déclara-t-il finalement.

– Quoi ? Cette… cette… laide !?

Brenda, indignée, décocha un coup de pied à Sam. La gifle que lui asséna son père la cueillit par surprise et elle tomba en arrière, les fesses dans l'eau sale.

– Je t'ai dit de ne pas y toucher ! gronda Papa, les yeux étincelants.

La joue brûlante, Brenda considéra l'odieuse femelle rousse à travers ses paupières mi-closes. *Crever cette salope. La bouffer. Prendra pas la place de Maman. Jamais. Papa perdu la tête. Pas possible qu'il veuille cette guenille dans la maison ! Ma maison !* Elle en avait mal aux dents tellement elle avait envie de les enfoncer dans la chair moelleuse de la pétasse.

Sam les regardait tour à tour, pétrifiée. *Non, mais je rêve ! Ce tas de viande faisandée veut m'épouser ? Il croit que je vais jouer les mamans pour ses deux poubelles sur pattes ?!*

– Mais quoi qu'on fait alors ? insista Jason, en se frottant les yeux de ses petits poings couverts d'asticots.

– Taisez-vous ! lança Allan.

Des bruits. Pas très loin. Un écho assourdi. Quelque chose progressait dans l'eau. Plusieurs choses. Rapides. Déterminées. Avançant droit sur eux. Encore ces emmerdeurs de vivants ! Mais on ne lui foutrait donc jamais la paix ! Il empoigna de nouveau Sam.

– On file ! Magnez-vous, les gosses !

– Herbie ! hurla Samantha, Herbie, par ici !

– Ta gueule ! rugit Allan en la frappant violemment.

Insensible à la douleur, Sam s'accrocha à un piton rouillé, ruant des quatre membres.

– Herbie !

– Sam !

La voix était lointaine, mais nettement audible.

– On arrive ! Tiens bon !

– Herbie ! hurlait Sam sans discontinuer, comme si sa voix était une corde lancée entre eux, indifférente aux coups qui pleuvaient sur son visage.

– Tu vois qu'il faut la tuer ! criait Brenda.

Elle avait raison, Allan le savait. Mais il ne pouvait pas. Il lui fallait cette femme. Sentir sa chair chaude réchauffer ses os glacés. *Tue-la ! Obéis !* rugit une voix tout au fond de sa boîte crânienne. *Obéis, esclave !*

– Non ! hurla Allan, sans que personne ne comprenne pourquoi, non, marre d'obéir, à la fin ! Va te faire foutre, quoi que tu sois !

A peine eut-il prononcé ces mots qu'un étau invisible se resserra sur sa tête, broyant ses tempes, faisant gicler des myriades de cafards de ses oreilles, de sa bouche et de ses narines. Son corps semblait danser au bout d'une corde et les enfants pleuraient, cramponnés à ses jambes tressaillantes. Sam se releva lentement. Versus était en train de tuer Mc Mullen, de l'écraser comme une mouche. Elle commença à reculer en direction des pas maintenant tout proches.

– Sam !

Oh mon Dieu, merci !

Elle se jeta dans les bras d'Herbie, heureuse qu'ils soient épais comme des jambons. Mc Mullen se trémoussait toujours, comme au son d'une gigue jouée pour lui seul, dans des craquements d'os brisés.

– Il faut l'aider ! glapit Sally en se précipitant vers lui à la stupéfaction générale.

C'était l'homme et les enfants de la morgue. Des victimes comme elle. Elle n'allait pas les laisser crever sous ses yeux ! Elle se rua sur la main invisible qui secouait le pauvre homme, plantant ses crocs à l'aveuglette. Oui, il y avait une présence. Un cordon ombilical translucide. Le trancher. Mordre. Couper.

Douleur aiguë au poignet. Poignet ? C'est quoi « poignet » ? Ah oui, forme humaine. Prison de peau. Douleur mordante. Petites dents tranchantes fouaillant et tailladant. Pour quelle raison ? Ah oui, la guerre. La connerie de guerre. Confusion totale. Chaos et Ténèbres. O vous, mes géniteurs ! Pourquoi avoir engendré Chronos ? Pourquoi tant de rigidité ? Pourquoi ne pas lui avoir permis de nous dévorer tous et laisser l'univers en friche ?

Allan retomba sur le sol comme un tas de chiffons malodorants.

– Ça l'a lâché, dit Sally, le truc l'a lâché.

Elle se pencha sur lui, circonspecte.

– On dirait qu'il fonctionne encore. On dirait qu'ils nous ont rendu increvables, les vaches !

– C'est des vaches qui vous ont fait ça ? demanda Jem qui commençait à s'y perdre.

– Hé, mec, c'est une expression ! lui renvoya Laurie en agitant sa main devant ses yeux. Regarde, combien j'ai de doigts ? Hou hou !

Allan s'assit et secoua la tête. Bruit de grelot nettement perceptible.

– Devriez peut-être la porter sous le bras… marmonna Buddy.

– Te moque pas de mon papa, vilaine tapette ! menaça Jason.

– Quelle charmante petite créature, et tellement en avance pour son âge !

– Je suppose que vous allez nous b-r-û-l-e-r… épela

Allan sur le ton de l'évidence, avec un coup d'œil triste aux enfants.

Silence.

– Ben, pourquoi vous dites ça, mon vieux ?! On est à deux doigts de gagner la bataille ! protesta Sally en lui assénant une claque complice sur l'épaule.

Il tourna vers elle ses yeux glauques. Mais de quoi parlait-elle ? Est-ce qu'elle se croyait encore vivante ?

– Allez, ce qu'il faut avant tout, c'est se tirer de ce merdier ! continua Sally en soulevant Jason. Prenez la petite et allons-y.

La première réaction de Jason fut de mordre la grosse femme, mais il s'arrêta. Elle sentait comme Papa ! Comme Brenda ! Comme le lapin mort que Hulk avait caché dans le salon.

– Tu as des enfants, toi ? demanda-t-il en nichant son visage glaireux dans la bonne puanteur du cou.

– Hélas, non. Mon salaud de mari est stérile. Mais j'ai toujours rêvé d'avoir des enfants, conclut-elle en serrant Jason plus étroitement.

Suivi d'un Allan cataleptique tirant une Brenda rageuse, elle s'éloigna dans le dédale voûté.

Indécis, hésitants, Marvin et les autres les regardèrent disparaître tandis qu'Agnello trépignait :

– Fallait les cramer ! Putain, z'êtes trop nuls ! Passez-moi cette torche !

– Non ! rétorqua Herbie. On verra ça plus tard. La priorité, comme a dit Kellerman, c'est de se sortir d'ici.

17

Ruth avait fini par s'endormir au pied du superbe miroir, le précieux flacon serré contre sa poitrine. Il faisait froid dans cette sinistre chambre noire. Elle rêvait que Kether revenait, se penchait sur elle, la réchauffait entre ses bras de feu. De feu ? Oui, un Kether étincelant comme une étoile, se consumant comme une étoile. Kether-brasier. Mais ce feu ne la brûlait pas. Ce feu était de l'énergie pure coulant dans ses vieilles veines.

Toute à l'extase de son rêve, Ruth se retourna, appuyant sans le savoir sur le mécanisme secret dissimulé dans l'encadrement doré, qui pivota rapidement et sans bruit, et elle se retrouva de l'autre côté du miroir.

Sally Kellerman et les Mc Mullen émergèrent enfin à l'air libre que fouettait une pluie torrentielle. Le champ de bataille n'était plus qu'un vaste charnier, tout autour duquel tourbillonnaient d'épaisses nuées violacées dans un bourdonnement de mouches affamées. Les combattants luttaient pied à pied, se démembrant avec férocité. Nyx galopait sur ses longues pattes de bouc, portant la destruction avec l'aisance d'une longue habitude. Michel, immense, ses ailes couvertes de sang et de sanies, s'avançait face à elle, s'enfonçant dans les cadavres jusqu'aux chevilles, ses mâchoires claquant au vent glacé de l'espace.

– Comment on va rentrer à la maison, papa ? demanda Jason. Je suis tant fatigué…

– Je ne sais pas… je ne sais plus, murmura Allan, désemparé.

La chose qui contrôlait son âme semblait avoir disparu et il se retrouvait démuni et hésitant. Il se tourna vers Sally, dont l'assurance et la plantureuse silhouette avaient quelque chose de réconfortant.

– Bon, voilà comment je vois les choses, dit-elle, les bouts de chou tombent de sommeil, et vous-même vous avez besoin d'un bon bain et d'un peu de repos. On a fait ce qu'on a pu. Laissons tout ça et rentrons.

– Oui, mais comment ?

– La barque ! cria Brenda, Papa, la barque !

Au loin se profilait la barque plate manœuvrée par la longue forme brune, dérivant en bordure du champ de bataille, sur un courant d'énergie crépitante.

Ils se mirent à courir dans sa direction, hélant son conducteur avec de grands gestes.

Ruth ouvrit les yeux. Elle n'était pas seule. Quelqu'un respirait à côté d'elle. Une respiration lente et sifflante. Elle ouvrit les yeux lentement et se redressa avec précaution. Dormir par terre à son âge n'avait rien de bon pour ses articulations. Et voilà, ça craquait de partout, pire qu'un vieux rafiot en bois. Une fois assise, elle regarda autour d'elle. La pièce avait changé de couleur ! Du noir intense, elle était passée au blanc le plus éclatant ! Le miroir était à la même place et elle se réajusta rapidement. Comme elle avait l'air fatiguée ! Comment pouvait-elle avoir toutes ces rides ? Elle avait l'impression qu'elle venait à peine de perdre sa première dent de lait et le miroir lui disait qu'elle allait bientôt mourir. C'était injuste ! Un reflet mouvant attira son attention. Quelque chose avait bougé derrière elle.

Elle se retourna avec toute la vivacité possible et faillit

lâcher le flacon de saisissement. Kether la regardait froidement. Mais ses beaux yeux bleus étaient aussi noirs que l'onyx et sa peau brune de la blancheur de l'albâtre.

– Mais, Kether… balbutia-t-elle, déconcertée.

– Kether… Kether… singea-t-il. Qui es-tu ? Encore une de ces groupies bêlantes toujours prêtes à plonger leurs vieilles pognes dans du béni-oui-oui ?

– Mais… c'est moi, Ruth. Ruth Mirales.

– Ruth…

L'espace d'une seconde, il sembla vaciller et ses yeux prirent la consistance du diamant.

– Je vous ai apporté un petit remontant, continuait Ruth en se mettant sur ses pieds – crac crac le dos –, qu'est-ce qui vous est arrivé ? Vous êtes tout blanc !

– Blanc ? Bien sûr que je suis blanc puisque je suis…

Il s'interrompit et porta les mains à ses tempes, comme en proie à une vive douleur.

– Oh ! mon pauvre Kether…

– Tais-toi, vieille folle ! rugit-il en la repoussant. Je ne suis pas ton imbécile de Kether, je suis… ma tête…

Il la saisit à pleines mains, et l'arracha brusquement de son cou, libérant un flot de matière en fusion. Ruth poussa un hurlement et se réfugia au pied du miroir. Sa tête sous le coude, Kether s'approcha d'elle. Ses belles lèvres ricanaient et la matière jaillissante de son cou béant se vitrifia d'un coup. Puis ce fut tout son corps qui prit l'apparence du cristal, jusqu'au visage coincé sous son coude.

Les lèvres transparentes grommelèrent quelque chose qui ressemblait à « …sus… ».

– Oh Kether, voyons ! protesta-t-elle, scandalisée.

Depuis quand ne lui avait-on fait pareille et obscène proposition ? Voyons, Herbert dans les années 70 ?

– Ce n'est plus de nôtre âge, minauda-t-elle, les paupières baissées. Grand fou, va !

La tête tourna son regard vers elle, et c'était comme

deux étoiles tourbillonnantes enchâssées entre des paupières blêmes.

– T'es marrante, toi, murmura la bouche. Tu me plais. Redis-moi ton nom.

Le pauvre cher perdait la mémoire…

– Ruth. Ruth Mirales.

Et de nouveau, à l'énoncé de son nom, il parut envahi par une douleur insoutenable. Le verre explosa et les éclats se ressoudèrent en une masse incandescente à l'allure vaguement humaine. Un gémissement sourd et guttural montait de la forme prostrée que Ruth n'osait toucher de peur de se brûler. « Souviens-toi de ton rêve. Il est de feu mais ne brûle pas. » Elle approcha une main timide de ce qui devait être le visage, prit une grande inspiration et plongea ses doigts dans la matière en fusion. Oh mon Dieu, c'était comme de se brancher sur un orgasme électrique ! Secouée de pied en cap, Ruth se trouva plaquée contre lui, le sentit se fondre en elle, s'immiscer en elle, se mêler à sa chair, et c'était tellement merveilleux, tellement… elle avait l'impression qu'elle allait imploser, comme la télé le soir de 1982 où elle avait renversé le vase et… oh non… c'était trop…

Et brusquement elle se retrouva seule, allongée sur le sol étincelant tandis que Kether, le Kether habituel, dardait sur elle ses beaux yeux azur chavirés. Décidément, il changeait de couleur comme un caméléon.

– Qu'est-ce que je fais là ? dit-il en regardant autour de lui avec dégoût. Cette chambre immonde… et vous, Ruth ! Dans l'antre de ce monstre !

Allons bon, de quoi parlait-il ? Vérifier si elle avait gardé les pilules d'Herbert pour la circulation cérébrale, nota-t-elle dans un coin de son esprit. Pour l'instant, assurer au mieux. Elle lui tendit le flacon.

– Vous devriez en prendre un peu, mon ami. Vous avez l'air épuisé, ajouta-t-elle en baissant les yeux, le triomphe modeste.

– Où est Madeleine ? Et Rita ? Qu'est-ce que je fous là ? grommelait Kether.

Que Rita aille au diable, songea Ruth et on entendit un lointain hurlement outragé. Kether rampait maintenant à travers la pièce, reniflant dans tous les coins.

– Où est-il ? Où est cette ordure ?

– Je ne sais pas de qui vous parlez. Il n'y a que vous et moi ici. Je me suis endormie dans votre chambre et…

– Dans ma chambre ?! Mais nous ne sommes pas dans ma chambre, vous ne voyez pas que celle-ci est blanche ?!

– Justement, j'ai été étonnée que vous ayez fait repeindre si vite…

– Repeindre ? Ruth, cessez de dire des absurdités ! Qu'est-ce qu'il y a dans ce flacon ?

– Un remontant.

– Faites voir. Non, je ne peux pas boire ça. C'est trop acide. Je ne comprends pas… poursuivit-il en reniflant, et pourtant, je sens sa sale odeur, partout.

Il avait l'air complètement désemparé et elle ressentit un immense élan de tendresse envers lui.

– Vous avez perdu quelque chose ?

– Je suis en train de perdre l'esprit, je crois bien, répondit-il avec simplicité.

– Ça nous arrive à tous, dit Ruth en posant sa main noueuse sur son bras. Un jour ou l'autre.

– Mais moi, je ne peux pas me le permettre. Il faut partir d'ici, ajouta-t-il en se levant.

Ses atomes bouillonnaient sous son enveloppe de peau, enveloppés d'une douleur diffuse. Diffraction, réfraction, effraction… s'entendit-il murmurer sans même savoir de quoi il parlait. Ses yeux humains se troublèrent, momentanément liquescents, sa vue se brouilla et il trébucha lourdement sur Ruth qui lâcha le flacon. Voulant le rattraper, elle perdit l'équilibre à son tour et ils s'écrasèrent tous les deux contre le miroir qui bascula avec grâce et célérité.

– Je l'ai ! s'exclama Ruth, le flacon au bout des doigts, couchée sous un Kether hébété.

– Oh non ! dit Kether en se redressant lentement.

– Mais si ! confirma Ruth à quatre pattes.

Bon sang, toute cette gymnastique allait l'achever !

– Non ! balbutia Kether d'une voix pâteuse, non !

Ruth soupira et s'approcha de lui, elle avait mal au dos et aux genoux et envie d'un bon bain chaud et d'un bloody mary bien glacé et… mince, ce n'était pas possible, les murs avaient encore changé de couleur ! Noirs de nouveau. Elle se tourna vivement vers Kether : noir lui aussi. Bon, au moins, il s'était stabilisé. Elle avait quand même l'impression que l'organisation des lieux laissait cruellement à désirer. Normal, quand on employait des lépreuses par charité. Elle se mordit les lèvres pour se punir de sa vilaine pensée, puis s'aperçut que Kether tourbillonnait dans la pièce comme une danseuse étoile sans tutu mais avec beaucoup de bulles mousseuses au coin des yeux et des lèvres.

– Nooooon ! hurlait-il, nooon !

Une attaque, il avait une attaque !

– Au secouuuurs ! se mit-elle à crier, au secours !

Cavalcade effrénée dont les échos résonnaient en tous sens. Ruth se cramponnait à Kether en essayant de l'apaiser, en murmurant des mots comme on dit aux enfants, « là là, ça va aller, là, les secours arrivent, là, là, ce n'est rien, je suis là… ».

En levant la tête, elle s'aperçut que le ciel au-dessus d'eux semblait s'être craquelé et que de nombreuses étoiles clignotaient comme des ampoules sur le point de s'éteindre.

– Kether ! Kether ! Ressaisissez-vous ! Vous ne pouvez pas faire ça !

Il tourna vers elle ses yeux à demi fondus, un épais

mélange d'azote et de gaz s'échappait de ses lèvres d'acier rougeoyant.

Des pas, tout près.

– Ruth !

Elle leva la tête, les joues ruisselantes de larmes. Ils étaient tous là, mais c'était trop tard, trop tard ! Sans pouvoir articuler un mot, elle leur montra Kether secoué de spasmes de plus en plus espacés.

– Il a une attaque… aidez-moi, parvint-elle à balbutier.

L'espace d'une seconde, ce fut la nuit totale, puis les étoiles se remirent à briller, faiblement.

– Qu'est-ce qui se passe ? Le ciel… dit Samantha.

– Dieu est en train de mourir, répondit Laurie.

De nouveau la nuit. Puis la lumière, faible et ténue. La pulsation de l'univers faiblissait de seconde en seconde. Les larmes de Ruth baignaient les joues irides-centes de Kether.

– Ne meurs pas, ne meurs pas, je donnerai ma vie pour toi ! s'entendit-elle crier comme une oie blanche éplorée, ne meurs pas, je te l'interdis, espèce de vieux fou !

Les paupières de Kether battirent et il esquissa une sorte de sourire.

– Tu m'interdis, à Moi ? dit-il dans un souffle.

– Je te l'interdis ! répéta Ruth en caressant ses cheveux caoutchouteux.

– Je ne suis qu'un vieux con fatigué… murmura Kether.

– Peut-être, mais on n'a personne pour te remplacer ! Tiens le coup, tu m'entends ?! Merde, Kether, tu crois que c'est de mon âge, toutes ces conneries ?! Fais un effort, nom de Dieu !

Cette fois, Kether émit un borborygme qui pouvait ressembler à un rire et qui se termina dans une toux cristalline.

Noir. Lumière. Noir. Lumière un peu plus vive. Lumière. Lumière. Lumière. Dieu riait maintenant aux éclats, assis par terre dans sa chambre, les bras de Ruth Mirales autour de ses frêles épaules.

– Cosmos merci ! Vous êtes là !

Rita, haletante, se tenait sur le seuil. Que faisait la vieille momie accrochée à son Seigneur ? On verrait plus tard.

– La bataille est finie, annonça-t-elle en reprenant son souffle.

– Et alors ? demanda Kether en se redressant, soudain très calme.

– Il n'y a plus un seul combattant. Qu'un immense champ de débris. Il va y avoir un sacré ménage à faire.

– Et aurais-tu l'obligeance de me dire qui a gagné ? s'enquit Kether avec affabilité.

– Personne, bien sûr, rétorqua Rita, comme d'habitude. Depuis que ça dure, vous devriez le savoir.

– Michel ?

– Comme d'habitude également, lança Madeleine en entrant de sa démarche lascive. Réconciliation sur l'oreiller. La dernière fois que je l'ai vu, il traînait Nyx par les serpents vers un cumulo-nimbus rose.

– Vous voulez dire que c'est un jeu ? se permit de demander Herbie, incrédule.

– Pas vraiment, répondit Kether qui semblait avoir grandi d'une dizaine de centimètres. Pas vraiment un jeu. Disons… un mouvement dialectique.

– Dialectique ?

– Hmm hmmm. Prenons par exemple le balancier d'une pendule. Il marque l'avancée du temps dans un mouvement oscillatoire qui s'annule : avant, arrière, avant, arrière. Si vous ne voyez pas le mécanisme qu'il entraîne par cette infinie répétition, alors vous ne pouvez pas croire que la pendule continuera à marquer l'heure juste.

– Ouais, le blabla sur l'Horloger céleste. Bon, on peut

rentrer chez nous jusqu'à la prochaine guéguerre ? demanda Herbie d'un ton rogue.

– Vous ne voulez pas vous joindre à la fête ?

– Quelle fête ?

– Nous ferons une fête ce soir, pour célébrer la non-victoire, expliqua Rita.

– Il y aura aussi le chapelier fou ? demanda Laurie.

– Si tu veux, dit Kether.

– Et de la glace aux cookies ? demanda Jem.

– Bien sûr ! Jamais de fête sans glace aux cookies.

– Je n'ai rien à me mettre, dit Samantha.

– Tu m'as, moi, lui souffla Herbie à l'oreille et elle lui flanqua un coup de coude.

– Je vous prêterai un suaire, proposa Rita, aimable.

– Il faut que j'avertisse ma femme, dit Marvin.

– Un chérubin s'en occupera, dit Madeleine en soufflant sur ses ongles vernis de frais.

– Je n'ai pas ma trompette... dit Buddy en se demandant comment il allait se coiffer.

– Rita regardera dans le coffre de Jéricho.

– Et sur Terre ? dit Agnello. Que se passe-t-il sur Terre ? Vous vous en foutez, espèce d'imposteur ! Vous ne voyez pas qu'il vous a tous embobinés ! Vous ne voyez pas qu'il est le Diable !

– Quelle idée ridicule, dit Kether en serrant la vieille main de Ruth entre ses doigts puissants. Aussi ridicule que d'affirmer que Dieu et Diable participeraient de la même essence parce que l'initiale de leur nom est la même, continua-t-il en français. D, comme Divin. Demain. Déjà. Et Dorénavant.

– Je pige pas l'espagnol, grogna Agnello, mais je sais ce que je sais.

Kether le considérait avec indulgence. Il se sentait tellement mieux. Il avait bien eu ce petit malaise tout à l'heure, mais maintenant ça allait bien. Que s'était-il passé au juste ? Il n'en gardait aucun souvenir.

– Écoutez, Agnello, dit-il soudain, j'ai du boulot pour vous.

– Quoi ?

– J'ai besoin d'un type solide pour surveiller les frontières de la galaxie.

– Je vois. Immigration clandestine ?

– Si vous voulez. C'est un immense territoire et des étrangers essaient sans cesse de s'infiltrer chez nous.

– Les enfoirés !

– Si ça vous intéresse, voyez Michel. Il établira votre contrat.

– Plus tard. Je dois d'abord sauver la Terre, puisque apparemment tout le monde s'en fout.

– Ce n'est pas que je m'en foute, dit Kether avec calme, mais vous comprenez bien que je ne peux pas me mêler de tout.

– Vous auriez pu empêcher Grand-Pa d'avoir la tête écrasée par un camion ou mes parents d'exploser en avion ! lança soudain Jem, indigné.

– Toi, tu es bien le petit-fils de l'Aigle !

Jem sentit son cœur se gonfler de fierté et Laurie le sien se dessécher de jalousie.

– Ce n'est pas si simple, reprit Kether. Est-ce que tu crois, jeune homme, que je vais passer mes siècles l'œil rivé au trou du cul de tous les foutus avions de votre foutue planète ?! Sans compter vos milliards de bagnoles puantes, vos industries chimiques, vos usines nucléaires et tout cet immense merdier en lequel vous avez transformé cette planète ! acheva-t-il hors de lui.

– La faute à qui ? lança Laurie, fallait établir des règles, c'est tout. Votre libre arbitre, c'est de la libre connerie.

– Je te croyais assez intelligent, Laurel Robson, pour avoir compris que je n'étais qu'une sorte de gardien ici, répondit Kether. Ce n'est pas moi qui ai créé tout ça.

– Mais qui alors ?!

Kether haussa les épaules.

– Je ne sais pas. Et puis en voilà assez, conclut-il en bâillant. Restez ou partez, mais ne nous gâchez pas la journée.

– Mais les âmes des morts, où elles vont, les âmes des morts ? Où il est, le paradis ? insista Laurie.

– Décidément, tu es infatigable, bonhomme ! soupira-t-il en effleurant avec douceur une des boucles drues de Laurel et, sous ses doigts, la mèche de cheveux devint d'une blancheur de neige. Si tu veux savoir, j'ai un tempérament plutôt solitaire, reprit-il. Aucune envie d'être entouré d'une foule piaillante d'âmes humaines. C'est Nyx qui s'en occupe.

– Cette sorcière !

– Nyx est très compétente. Elle et son époux Hadès gèrent très bien le thanatorium.

– Hadès ? dit Marvin. Le même que dans la mythologie ?

– Hmm hmm, acquiesça Kether. Un grand personnage. C'est dans son ventre que vous avez échoué, tout à l'heure. Nyx s'est longtemps appelée Perséphone, vous savez.

– Et elle le trompe avec l'archange Michel !

Laurie n'avait pu retenir sa langue.

– Et alors ? Vous croyez que seuls les Anglais ont le monopole des intrigues de palais ? ricana Kether. Bon, qu'est-ce que vous avez décidé ?

– Qu'est-ce qu'il se passe sur Terre en ce moment ? demanda Herbie.

– Rien de très gai, comme d'habitude. Deux ou trois petits génocides qui tiennent en un entrefilet dans vos journaux. Quelques mers polluées pour des siècles. Viols, meurtres, saccages, j'ai rarement vu une espèce aussi stupide et aussi cruelle.

– Et les envoyés de Versus ?

– Ils occupent actuellement Paradise Mountain, marmonna Kether à contrecœur.

– « Occupent », ça veut dire qu'ils ont bouffé tout le monde, observa Herbie, morose.

– Et ils vont continuer sans que vous interveniez, je suppose ? dit Jem les mains sur les hanches.

– Ouh là, on dirait James Dean ! fit Madeleine.

– Oui, ils vont continuer si personne ne les arrête, répondit Kether, négligeant l'interruption. Versus et moi avons un pacte de non-ingérence. Ça fonctionne comme ça depuis des millions d'années, ce n'est pas vous qui allez le changer !

– A part que Versus triche et essaie de vous niquer ! s'indigna Agnello.

– Sachez, lieutenant, que celui qui me « niquera », comme vous dites, n'est pas encore né. Et réprimez donc vos mauvaises pensées, monsieur Cole, ajouta-t-il en se tournant vers un Buddy écarlate. Bien, l'audience est terminée. Rita va vous raccompagner.

– Moi, je rentre sur Terre, dit Jem.

– Moi aussi, dit Laurie. C'est sale, c'est moche, ça pue, mais c'est chez nous.

– Alors adieu, dit Kether sans malice, vous serez toujours les bienvenus !

– Je rentre également, dit Marvin, j'ai envie de voir mes gosses.

– Et nous, il faut qu'on rentre en faire un, dit Herbie en serrant Sam contre lui.

– Dépêchez-vous, dit Agnello sur le seuil, les mutants n'attendent pas pour faire leurs saloperies, eux !

– Et vous, Buddy ? demanda Rita.

– Je crois que je n'ai rien d'un ange.

– Et vous, Ruth ? questionna Samantha à voix basse.

Ruth se serra davantage contre Kether.

– Il a besoin de quelqu'un pour veiller sur lui, chuchota-t-elle à Samantha.

Ruth Mirales, femme de Dieu. Une belle reconversion, à quatre-vingts ans passés !

– Dans quelques secondes, dit Kether, vous serez sur Terre. Et vous ne saurez pas si vous avez rêvé ou non. Mais vous n'avez pas rêvé. A… plus tard, mes amis !

Et il claqua des doigts.

Trou noir.

Épilogue

Kether se tourna vers Ruth.

– Où est-ce que vous m'avez trouvé, tout à l'heure ?

– Mais là, bien sûr, répondit Ruth, là, dans votre chambre.

– Et tout était normal ?

Normal ? Voyons, c'était une question d'appréciation. Toute relative, donc.

– Mais oui, parfaitement normal, répondit-elle avec un sourire innocent.

Qu'on ne compte pas sur elle pour dévoiler la vérité. Elle imaginait déjà les gros titres des journaux à scandales : « Dieu souffre d'un dédoublement de personnalité ». De là à ce qu'ils veuillent le destituer, ou lui filer du Prozac… Elle était là, maintenant. Elle allait veiller au grain, se promit-elle.

– On va faire un tour ? dit Kether.

Et, la soulevant comme si elle était une plume, il l'installa en croupe derrière sur lui sur une comète.

Au loin, deux percherons hilares galopaient à la poursuite de la Petite Ourse.

– Où sommes-nous ? demanda Marvin avec l'impression de réciter un texte trop familier.

– Je ne sais pas. Il fait sombre.

– Évidemment, c'est la nuit.

– Chhuut ! Il y a des gens qui nous regardent ! dit

soudain Laurie, désignant des rangées de silhouettes assises dans l'ombre.

Agnello porta la main à son arme.

– Qui va là ? s'enquit-il d'une voix forte.

La curieuse assemblée resta muette. Des éclats de lumière scintillante laissaient entrevoir des visages satisfaits et hilares grignotants du pop-corn. Buddy s'approcha à son tour.

– 'Ttention, lieutenant ! La tantouse est derrière toi ! hurla un des types assis, un gros avec une grosse bedaine, et ils éclatèrent tous de rire.

La tantouse ? Buddy regarda autour de lui. Comment ces gens pouvaient-ils savoir ? Et où étaient-ils, pour l'amour du ciel ?

– Mort-vivant sur la droite, cria quelqu'un d'autre, un ado boutonneux, la bouche pleine.

Nouveaux rires. Une musique tonitruante se déversa soudain. Jem se rendit compte qu'ils marchaient dans la neige. Il se baissa, en ramassa un peu. Elle n'était pas froide. Il la huma. Elle ne sentait rien. Si, le plastique. Qu'est-ce que ça voulait dire ? Ses sens avaient-ils été altérés au cours du « voyage » ? Il plissa les yeux. Le village endormi, là en bas, devait être Paradise Mountain. Oui. Une immense enseigne clignotante scintillait à l'entrée de la petite station de ski. Une main farceuse avait remplacé le M de Mountain par un F. « Paradise Fountain ».

– Une fontaine à trente-sept degrés… marmonna Herbie en shootant dans la neige tiède avec colère.

Mais alors, si on était en pleine montagne, pourquoi les types assis, là, semblaient-ils avoir chaud ? se dit Jem en poursuivant son raisonnement. Ils portaient des tee-shirts et des sandales. Et ils étaient protégés par un toit alors qu'eux-mêmes se trouvaient en plein air. Et qu'est-ce qu'ils faisaient assis côte à côte dans le noir ?

– Jem, dit Laurie en le tirant par le bras, Jem.

– Quoi ?! Me tire pas comme ça, merde !
– Jem, les gens, là.
– Ouais ?
– Ils mangent du pop-corn.
– Et alors ? Au moins, ils ne mangent pas de viande !
– Ils sont assis dans le noir, ils mangent du pop-corn et ils rigolent en nous regardant.
– Et alors ?! Explique-toi, Laurie !
– IL NOUS A RENVOYÉS DANS UN FILM ! hurla Laurie.
– Dans un film ? hoqueta Jem.
– DANS UN PUTAIN DE FILM GORE À LA CON !
Dans un film ? dans de la pellicule ? La consistance de la neige, l'absence d'odeur, de sensations tactiles… Mais dans ce cas…
– Tu veux dire qu'on est les héros du film ? demanda-t-il en gonflant machinalement ses pectoraux.
– Oh non, il a raison ! murmura Sam, mais oui, regardez-les !
– On s'endort ! cria un des spectateurs. Action !
– Du cul ! cria un autre ado. Allez, shérif, nique-la !
Éclats de rires gras.
– Si au moins on savait dans quoi on joue… dit Buddy en rentrant le ventre et en maudissant le costumier qui l'avait revêtu de cette ridicule combinaison de ski.
– Pas question que je fasse quatre séances par jour ! lança Herbie, renfrogné.
– Hé ! je vous signale que toute la salle attend la suite ! gueula Agnello prêt à fondre sur Paradise Mountain.
Il avait le premier rôle dans un grand film ! La classe ! Lui, le lieutenant Agnello, promu héros pour l'éternité ! Défenseur de l'Amérique sur Grand Écran.
– Comment est-ce qu'on va sortir de là ? demanda Samantha qui avait vraiment mal aux pieds.
– On trouvera bien, dit Marvin. On trouve toujours.

– C’est pour ça qu’on est des héros, conclut Laurie en saluant la salle sous les lazzis.

– Eh bien, ce n’est pas si mal, dit Sally en posant l’urne fumante sur le couvercle fendillé du vieux cercueil vermoulu.

Elle avait balayé et briqué le vaste tombeau toute la matinée.

– Avec quelques ex-voto au mur, ce sera tout à fait coquet, ajouta-t-elle les poings sur les hanches, en contemplant la crypte moussue.

C’était Allan qui avait déniché le petit cimetière abandonné. Ils avaient choisi un vieux caveau un peu à l’écart dont la pierre tombale était effacée. Un joli petit deux pièces, se dit Sally, avec une crypte pour les gosses et une pour eux.

– J’irai récupérer des cercueils en meilleur état, dit Allan en l’embrassant dans le cou.

– Le mien en chêne, dit Brenda. Avec des poignées dorées.

– Et moi en or ! dit Jason.

– Qu’il est bête ! dit Brenda avec l’assurance d’une demoiselle de huit ans.

– Venez là, mes poussins, dit Sally en leur ouvrant les bras, Maman Sally vous a préparé quelque chose de bon !

– Toi, tu leur as encore fait un ragoût de têtes ! la gronda gentiment Allan.

– On ne meurt qu’une fois !

Il l’embrassa de nouveau. Ils étaient bien, là, non ? Tranquilles. Heureux.

Les habitants des cimetières.

Sur la grille noire à l'entrée, une vieille affiche de cinéma à moitié déchirée, trempée par la pluie battante, annonçait en grandes lettres rouges :

Samedi à minuit
à l'Eldorado
LA MORSURE
DES TÉNÈBRES

DU MÊME AUTEUR

Aux mêmes éditions

Les Quatre Fils du Dr March
« Seuil Policiers », 1992
et « Points », n° P617

La Rose de fer
« Seuil Policiers », 1993
et « Points », n° P104

Ténèbres sur Jacksonville
1994
et « Points », n° P267

La Mort des Bois
grand prix de Littérature policière
« Seuil Policiers », 1996
et « Points », n° P532

Requiem caraïbe
« Seuil Policiers », 1997
et « Points », n° P571

Transfixions
1998
et « Points », n° P647

Cousu de fil noir
« Points », n° P733

COMPOSITION : I.G.S. CHARENTE-PHOTOGRAVURE À L'ISLE-D'ESPAGNAC
IMPRESSION : BUSSIÈRE CAMEDAN IMPRIMERIES À SAINT-AMAND (CHER)
DÉPÔT LÉGAL : MARS 2000. N° 40346 (001090/1)